午夜图书馆

THE MIDNIGHT LIBRARY

Matt Haig

[英]马特·海格——著

梁颂宇——译

一座图书馆，无数种人生

我渴望成为各种不同的人物，经历各种不同的人生，掌握各种不同的技艺，然而我永远无法如愿。我为什么还要心怀渴望？我渴望度过这一生，体验肉体和精神可能经历的种种变化，感受蕴含其中的不同色彩和基调。

——西尔维娅·普拉斯

"在生与死之间有一座图书馆，"她说，"在图书馆里，书架延绵无尽。每一本书都将给予你一次机会，让你度过一种不同的人生，让你看看如果当初做出了不同的决定，事情会如何发展……如果你有机会让自己不再抱憾，你会做出不同的决定吗？"

关于雨的谈话

诺拉·希德决定去死。

十九年前,诺拉还在贝德福德的海泽尔登中学上学。这一天,她在学校里那暖洋洋的小图书馆中,坐在一张矮桌旁,盯着一个棋盘。

图书管理员艾尔姆太太说:"亲爱的诺拉,为未来担忧是很自然的事。"她的眼睛闪闪发亮。

艾尔姆太太走了第一步棋。她让马跳到一排整齐的白色的兵前面。"你现在当然会为那些考试担忧,可诺拉,你有机会成为一切。想想看,你的未来有无限可能,那多么让人兴奋。"

"也许是的。"

"漫漫人生路将在你脚下展开。"

"漫漫人生路。"

"你可以想做什么就做什么,想去哪儿就去哪儿,比如远离这个寒冷潮湿的地方。"

诺拉把一个兵向前推了两格。

她总是忍不住拿艾尔姆太太和自己的妈妈做比较。她的妈妈总是能从她身上挑出毛病来。当诺拉还是个婴儿的时候，妈妈就为她的左耳担忧——和右耳比起来，她的左耳是不是太翘了？为此，妈妈用胶带把她的左耳粘起来，再给她戴上一顶羊绒帽加以掩饰。

"我讨厌寒冷潮湿的天气。"艾尔姆太太又强调了一句。

艾尔姆太太顶着一头花白的短发，橄榄形的和善脸孔上，散布着淡淡的皱纹。深绿色的高领毛衣将她的脸色衬得有些苍白。她虽然已经年老，却是整个学校里跟诺拉最合拍的人。即使不下雨的时候，诺拉也会跑到这个小图书馆度过午休时间。

"寒冷和潮湿并不总是相生相伴的，"诺拉告诉她，"地球上最干燥的大陆就是南极洲。准确地说，那里就是一片沙漠。"

"听起来很适合你啊。"

"我觉得还不够远。"

"那样的话，你就应该成为一个宇航员，在星系中漫游。"

诺拉微微一笑："有些星球上的雨更加糟糕。"

"比贝德福德还糟吗？"

"金星上的雨水是纯酸。"

艾尔姆太太从袖子里抽出一张纸巾，小心翼翼地擤擤鼻子:"看吧,你这么聪明,必定能心想事成。"

窗玻璃上已经布满点点雨水。窗外,一个金发男孩匆匆跑过。他或许在追逐别人,或许在被人追逐。诺拉认出那孩子是低她一两级的学生。自从哥哥离开之后,诺拉在户外总是觉得有点缺乏安全感,而这个图书馆正是文明世界的小小庇护所。

"爸爸觉得我放弃了一切。我不再游泳了。"

"或许我不该说这话,不过在这世上,除了游泳游得飞快之外,还有其他的事可做。你可能拥有的人生数不胜数。就像我上个星期说的,你可以成为一个冰川学家。我正在研究……"

这时电话铃响了。

"稍等,"艾尔姆太太轻声说,"我去接个电话。"

片刻之后,诺拉看着艾尔姆太太接听电话:"是的,她在这儿。"图书管理员的脸突然一沉,惊骇之色涌上她的脸庞。她转过身,避开诺拉的目光,可是在这寂静的房间里,她的声音清晰可闻:"哦,不!不!上帝啊!当然……"

十九年后

门外的男人

决定去死的二十七个小时前,诺拉坐在破旧的沙发上,琢磨旁人的幸福生活。她正等着大事发生。不知怎的,接下来果然有事情发生。

有人按响了她家的门铃。

在那一刻,诺拉犹豫该不该去应门。虽然才晚上九点,她已经换上了睡衣。她上身穿着一件宽松的T恤衫,衣服上面印着"环保斗士"的字样,下身穿着一条格子图案的睡裤。她也意识到自己这副模样实在不好见人。

她穿上拖鞋,好让自己看上去像样一点,然后打开了门,门外站着一个小伙子,他们曾有过几面之缘。

他的身材高挑瘦削,洋溢着几分孩子气。他一脸和善,眼睛却犀利有神,仿佛能看穿事物表面。

诺拉很高兴见到他,但她稍稍有些惊讶。看到他一身运动装束站在自己对面,在这寒冷的雨天里热气腾腾、浑身冒汗,她甚至比五秒钟之前更加自惭形秽了。

诺拉向来觉得孤独。虽说她对存在主义哲学知之甚多，知道在这个本质上毫无意义的宇宙中，孤独是人类个体不可分割的一部分，她还是很高兴能见到他。

她露出微笑："你叫艾许，对吧？"

"是的。"

"很高兴见到你，有什么事？"

几个星期前，艾许沿着班克罗夫特大道跑步。在经过A33号的时候，他透过玻璃窗看到了诺拉。当时诺拉正在弹奏电子琴，艾许朝她挥挥手。大约在一年前，他还邀请她一起喝咖啡。或许现在他又想约她去喝咖啡呢。

"我也很高兴见到你，"艾许说，可是他那紧皱的眉头没有半点"高兴"的意思。

他在乐器店里和诺拉聊天的时候总是有说有笑，可现在他的嗓音里却蕴含着沉重。他挠挠额头，支支吾吾地吐不出一个完整的词。

"你在跑步吗？"诺拉问道。这个问题真是白痴，他当然是在跑步。可是在那一刻，这句寒暄却让艾许稍稍放松。

"是啊，我正在为周日的贝德福德半程马拉松做准备。"

"哦，对哦，好棒啊。我当时也想参加半程马拉松来着，可后来又想起自己讨厌跑步。"

她原本以为这句话很风趣，可话一出口才发现不是那么回事。她并不讨厌跑步。可不管怎么说，艾许那凝重的表情让她惶惶不安。接下来两人都没说话，沉默中不仅蕴含着尴尬，还有别的东西。

艾许总算开口了："我记得你说你养了一只猫？"

"没错。"

"我记得它的名字是伏尔泰，是一只橘猫，对吧？"

"没错，不过我叫它'福子'。它觉得'伏尔泰'这个名字太矫揉造作了，看来它对十八世纪的法国哲学和文学不是很感冒。它可是一只很接地气的猫咪。"

艾许低头看着她的拖鞋。

"我觉得……它恐怕是死了。"

"什么？"

"它躺在路边一动不动。我看到了它项圈上的名字，我想是一辆车撞到了它。我为你感到难过，诺拉。"

此时此刻，突如其来的情绪变化把诺拉吓坏了。她硬撑着一张笑脸，仿佛这样就可以一直留在刚才的世界里。在那个世界，福子还活着，而这个曾向她购买吉他乐谱的男人之所以要按响她的门铃，是出于别的原因。

她记起艾许是个外科医生，不是兽医，也不是家庭医生。当他说某个生物死了，那十有八九就是真的。

"我很难过。"他说。

这种悲痛似曾相识。幸好她服用了抗抑郁药，不然她当场就要哭喊起来了。"哦，上帝啊。"她说。

9

她走出门，走上班克罗夫特大道，她的脚落在湿漉漉的碎石街砖上。她几乎透不过气。在雨水冲刷下，人行道边的柏油路面闪闪发亮。她看到一团橘色的绒毛摊在闪亮的路面上，看上去那么可怜。它的头顶着人行道的边沿，它的腿向后撇，仿佛正跳到半空中，追逐一只虚幻的小鸟。

"啊，福子！不，不要！上帝啊！"

她知道她应该为自己的毛小孩感到怜悯和绝望，事实也的确如此。但除此之外，她的内心还涌动着其他情绪。她看着伏尔泰——那只猫咪一动不动，宁静安详，再也感觉不到疼痛。这时一股难以摆脱的情绪却暗暗滋生。

那是嫉妒。

弦理论乐器店

九个半小时前,诺拉到弦理论乐器店上下午班。她迟到了。

弦理论乐器店的办公室是一个邋遢的小隔间,没有窗户。诺拉走进办公室,对老板尼尔说:"很抱歉我迟到了。我的猫死了,就在昨天晚上。我得把它埋起来,哦,有人帮了我一把。不过后来我自己一个人待在公寓里,睡不着,又忘记调闹钟。我醒来的时候已经是中午了,接着我就匆匆忙忙地赶过来了。"

她说的都是真话。诺拉素面朝天,随随便便梳根马尾辫,身上的二手绿色灯芯绒无袖连衣裙透出一股疲惫和绝望——她穿这衣服来上班已经一个星期了。诺拉觉得自己这副模样可以证明她没有说谎。

尼尔从电脑前抬起头,往椅背上一靠。他双手交握,手指相交,两根食指竖起来,形成一个"尖塔"。他把自己的下巴搁在"尖塔"上。瞧他那模样,仿佛他是孔夫子,正在思考与宇宙真理有关的深刻哲学问题，而不是一个面对迟到员工的乐器店老板。他身后的墙上贴着佛利伍麦克合唱团[①]的大幅海报，海报的右上角已经卷曲剥落，像小狗耳朵一样耷拉下来。

"老实说，诺拉，我挺喜欢你的。"

尼尔是个人畜无害的老好人。他是个五十多岁的吉他发烧友，不时讲些蹩脚的笑话，有时在店里弹奏鲍勃·迪伦[②]的老歌，听起来也还过得去。

"我知道你心理上出了一些问题。"

"所有人都有心理问题。"

"你知道我想说什么。"

"总的来说，现在我已经好多了，"诺拉撒谎道，"这并不是需要进行临床治疗的病症，医生说那只是情境性抑郁症，只是我不停地遇到引发抑郁的情境而已……我从来没有请过一天病假，除了我妈妈……对，就只有那一次。"

尼尔叹口气。当他叹气的时候，他的鼻子里带出哨音——听起来是不祥的降B调。"诺拉，你在这里工作多久了？"

[①] Fleetwood Mac，英美著名摇滚乐团，1967 年于伦敦成立，1998 年入主摇滚名人堂。——编者注

[②] 鲍勃·迪伦（1941— ）：美国摇滚乐、民谣男歌手，2016 年诺贝尔文学奖得主。——译者注（本书中注释如无特别说明，均为译者注）

诺拉对这个问题的答案心知肚明："十二年……又十一个月零三天，工作日和休假日都算进去了。"

"那是很长一段时间了。我觉得你前程远大，你现在快四十了吧？"

"我三十五岁了。"

"你很能干，你教授钢琴课……"

"只有一个学生。"

他将一粒面包屑从套头衫上掸落。

"你十四岁的时候不会就想着一直窝在家乡小镇，在一家乐器店里打工吧？当时你的理想是什么？"

"十四岁的时候？我想成为游泳健将。"诺拉十四岁时获得了全国同年龄女子组的蛙泳冠军和自由泳亚军。她想起自己曾站在全国游泳锦标赛的领奖台上。

"那后来呢？"

"压力太大。"她简短地说了一句。

"压力造就了我们。或许你原本只是一块煤，而压力可以让你成为钻石。"

尼尔关于钻石的说法并不正确，不过诺拉没有纠正他。尽管煤和钻石都由碳元素组成，不过煤驳杂不纯，压力再大也无法变成钻石。诺拉并没有把这话说出口。从科学的角度来看，如果你天生是一块煤，那么你一辈子都是一块煤，或许这也是人生的真谛吧。

她的头发倒是像煤一样黑。她抚平一缕散落的碎发,将它拨向脑后。

"你想说什么呢,尼尔?"

"追逐梦想,为时未晚。"

"要追逐游泳健将这个梦想可确实太晚了。"

"你的履历很不错,诺拉,你有哲学学士学位……"

诺拉低头看着自己左手上的小黑痣。那黑痣一直待在那儿,和她一起经历了一切。只不过它对此毫不在意,它只是一颗痣而已。"老实说,尼尔,哲学家在贝德福德可不怎么吃香。"

"你上过大学,曾经在伦敦待了一年,然后又回来。"

"我别无选择。"

诺拉不想谈起她已故的母亲,也不想谈起丹恩。她和丹恩差点结为夫妇,可是在婚礼前两天她悔婚了。而尼尔认为这是自科特·柯本和科特妮·洛芙①相恋成婚以来最浪漫的故事,因此诺拉也不愿与他谈起。

"我们都有所选择,诺拉,这世上还有一种叫'自由意志'的东西。"

"决定论哲学认为这世上并没有'自由意志'这种东西。"

---

① 科特·唐纳德·柯本(1967—1994):摇滚乐队 Nirvana(涅槃乐队)的主唱兼吉他手,于1994年4月自杀。科特妮·洛芙(1964—):美国歌手。曾与科特·柯本结婚。

"可你为什么要选择我这家店?"

"因为如果我不来这儿,就只能去动物救助中心打工,而这里的薪酬更高。还有,在这里可以接触到音乐。"

"你曾经和你哥哥一起组建了一支乐队。"

"没错,是迷宫乐队,不过没什么发展前途。"

"你哥哥可不这么看。"

诺拉大吃一惊:"你说乔?你怎么知道?"

"他来我这儿买了一台马歇尔 DSL 40 音箱。"

"什么时候?"

"星期五。"

"他来贝德福德了?"

"当然,除非我见到的是他的全息影像,就像图派克[①]全息影像演唱会那种。"

诺拉心想:或许乔是来探望莱文的。

莱文是她哥哥最好的朋友。后来,乔不再担任乐队的吉他手,搬去伦敦,找了一份他讨厌的程序员工作。而莱文则一直留在贝德福德,加入了一支名为"四号屠场"的翻唱乐队,跟随他们在镇上的酒吧演出。

"好吧,真有意思。"

诺拉很肯定哥哥知道自己周五休假,这一事实刺痛了她

---

① 图派克(1971—1996):美国说唱歌手、演员。

的心。

"我在这里挺开心。"

"不,你不开心。"

尼尔说得没错。一股反胃感从诺拉的心底涌起,她的内心世界翻江倒海,可她却将脸上的笑容撑得更大了。

"我是说这份工作让我很开心……所谓的开心,就是满足的意思。尼尔,我需要这份工作。"

"你是一个好人,你为这个世界忧心忡忡,你关心无家可归的人,你关心环境问题。"

"可我需要一份工作。"

尼尔又摆出那副孔夫子的姿态:"你需要的是自由。"

"我不需要自由。"

"这里不是非营利慈善机构,我开这家店可是要挣钱的。不过我也得承认,过不了多久估计就真的挣不到钱了。"

"尼尔,这是不是因为我上个星期说的那些话?当时我说你应该让这家店变得更现代化,我有一些吸引年轻人的点子……"

"不是那么回事,"他反驳道,"这家店原本只出售吉他,所以取名叫作'弦理论',明白了吧?是我让这里的商品多样化,是我让这家店维持下去。只是现在生意不好做,我可不想再继续付钱给你,只为了让你摆张臭脸把顾客吓跑。"

"什么?"

"我说诺拉……"尼尔顿了一下,这短短的一瞬足以让一个刽子手举起斧头。"……恐怕我不得不辞退你了。"他接着说道。

生存即受罪

决定去死的九个小时前,诺拉在贝德福德漫无目的地游荡。这个小镇处处透着绝望:那栋外墙点缀着鹅卵石的体育中心,诺拉已故的父亲曾在那里看着她游泳;那家墨西哥餐厅,她曾经带着丹恩去那里品尝墨西哥薄饼;那所医院,妈妈曾经在那儿接受治疗……

昨天丹恩给她发了一条短信:"诺拉,我想念你的声音,我们能谈谈吗?丹。"

她回复说自己忙疯了,还加上一个大大的笑脸。除此之外,她还能说什么呢?她这样做并不是因为对丹恩已经毫无感觉。恰恰是因为还有感觉,她才不想再继续伤害他。她已经毁了丹恩的人生。诺拉在他们婚礼的前两天悔婚,之后丹恩喝得烂醉,给她发了一条短信:"我的人生已经毁了。"

随着熵值的升高,整个宇宙会变得越来越混乱,这是热力学的基本原理,或许也是万物存续的基本原理。

风掠过树梢,仿佛在轻声说:"一旦你丢了工作,倒霉事就会接踵而来。"

开始下雨了。

诺拉朝一个书报亭走去,打算在那儿避避雨。她深切地感觉到这一切会变得更糟。而后来的事实证实了她的预感。

门

决定去死的八个小时前，诺拉走进那间书报亭。

"来避雨？"柜台后面的女人问道。

"是啊。"诺拉一直低着头，绝望已经让她不堪重负。

一本《国家地理》摆在架子上。

她盯着那本杂志的封面，那是一张黑洞的图片。她意识到自己正是一个黑洞，一颗向内坍塌的死亡恒星。

她父亲曾经订过这本杂志。她想起某期《国家地理》里一篇关于斯瓦尔巴特群岛的文章曾让她兴味盎然。斯瓦尔巴特群岛隶属于挪威，位于北冰洋。那地方看上去远离尘嚣，遗世独立，她从没见过这样的地方。她从文章中得知科学家正在那里研究冰川、冰封的峡湾和海鹦鹉。在艾尔姆太太的鼓励下，她曾经想成为一名冰川学家。

接着，一个弓腰驼背、潦倒困窘的背影映入她的眼帘。那是莱文，她哥哥的朋友，也是他们曾经的乐队队友。莱文正站在音乐杂志摆放区,翻看一篇文章。诺拉在那里驻足片刻,刚想悄悄走开,就听到莱文叫她:"是诺拉吗?"

"嗨,莱文,我听说前几天乔来贝德福德了?"

莱文微微点头:"没错。"

"真的吗?你见到他了吗?"

"见到了。"

接下来是一段由痛苦凝成的沉默。"他没告诉我他要到这儿来。"她说。

"他只是路过而已。"

"他还好吗?"

莱文顿了一下。

诺拉曾经喜欢过莱文,他还是她哥哥乔忠实的朋友。但后来,就像和乔的关系一样,她和莱文之间也出现了不可弥合的裂痕。当初他们散伙时闹得很不愉快。(当诺拉告诉他自己要退出乐队的时候,莱文把鼓槌狠狠地扔在排练厅的地板上,然后怒气冲冲地走出去。)"我觉得他情绪低落。"莱文说。

一想到哥哥或许正在经受跟自己类似的痛苦,诺拉的心情变得愈发沉重。

"他完全变了一个人,"莱文语带怒气,"他就快连牧者林[①]

---

① Shepherd's Bush,西伦敦的一个地区。

那间小得像鞋盒一样的公寓都住不起了。看吧，他之所以落到这个境地，就是因为他没能成为一支成功乐队的主音吉他手！而且我告诉你，我现在也是穷得叮当响。在酒吧演出收入低微，哪怕额外帮他们打扫卫生间也挣不到几个钱。你打扫过酒吧的卫生间吗，诺拉？"

"我过得也糟糕极了，难道现在我们要比谁更惨吗？"

听了这话，莱文又咳又笑。他的脸色刹那间阴冷下来："看啊，有人又要为了鸡毛蒜皮的小事大吐苦水了。"

诺拉实在没有心情和他争辩："这都是因为迷宫乐队，是吗？你还在意那件事？"

"那乐队对我来说意义重大，对你哥哥也是一样，对我们所有人都是如此。当时我们都快和环球唱片公司签约了。想想看，我们本来可以出专辑，发行单曲，进行巡回演出，开新歌发布会……我们可能会像酷玩乐队一样大红大紫的。"

"你讨厌酷玩乐队。"

"这无关紧要。我们本可以去马里布参加音乐节，而不是窝在贝德福德。哦，对了，你哥哥并不想见你。"

"我当时有恐慌症，总会把事情搞砸，让所有人对我大失所望。我已经告诉唱片公司不用管我，和你们签约就好了。我还答应为乐队写歌。订婚又不是我的错。因为要和丹恩在一起，我才不得不毁约的。"

"好吧，那你的婚事又怎么样了？"

"莱文,这不公平!"

"公平?真是一个好词。"

柜台后头的女人饶有兴味地盯着他们。

"乐队不能长久的,我们会像流星雨一样,还没来得及辉煌就陨落了。"诺拉说。

"流星雨美极了!"

"行了,别说这些了,你还和艾拉在一起,对吧?"

"我本来可以和艾拉在一起,我本来可以成为一支成功乐队的一员,我本来可以挣大钱。那机会原本就在我们手上,"他指指自己的掌心,"我们的歌会走红的。"

诺拉在心里默默地把"我们的歌"改成"我的歌",之后又为此鄙夷自己。

"我觉得你的问题不在于怯场或恐婚,"莱文说,"你的问题在于你害怕生活。"

这句话刺痛了诺拉,让她透不过气来。

"而你的问题呢?"她用颤抖的嗓音回击,"在于把自己的生活搞得一团糟,却为此怪罪别人。"

莱文点点头,仿佛被扇了一巴掌。他把手中的杂志放回原处。

"再见吧,诺拉。"

"替我向乔问好,"看着已经离开书报亭走进雨中的莱文,诺拉说,"拜托了。"

接着她瞥见一本《宠物猫》杂志，封面是一只橘猫的照片。那一瞬间，她的脑子有什么东西轰的一声炸开了，仿佛一支狂飙突进①时期的交响乐突然奏响，就像一个德国作曲家的幽灵躲在她的脑子里制造混乱和紧张。

柜台后头的女人对她说了句什么，她没有听清。

"抱歉，你说什么？"

"你是诺拉·希德，对吧？"

那个女人的一头金发剪成蘑菇头，皮肤呈棕褐色。她看上去开心、自在又轻松，而诺拉早就不知该如何找回这些感觉了。她靠着柜台，前臂支在台面上，盯着诺拉，仿佛在看动物园里的一只狐猴。

"是的。"诺拉答道。

"我是凯莉安妮，我在学校读书的时候就记得你。你是游泳健将，脑子超好使。那个……叫什么名字来着……对啦，布兰福德先生曾经在全校大会上表扬过你，还说你最终会站在奥运会的领奖台上。"

诺拉点点头。

"所以他说中了吗？"

"我……呃……我放弃游泳了，当时我……更喜欢音乐。然后……就这么过日子呗。"

---

① 狂飙突进：18世纪60年代晚期到80年代早期的德国思潮，催生了大量文学作品和音乐作品，后被成熟的浪漫主义所取代。

"那你现在在做什么？"

"哎，就瞎忙活。"

"找到另一半了吗？有孩子了吗？"

诺拉摇摇头。她真希望自己的脑袋掉下来，落在地板上。那样她就用不着和陌生人说话了。

"别卖关子了，快说来听听嘛。"

"我已经三十五岁了。"诺拉真希望伊芷就在身边。伊芷绝不会容忍这种愚蠢尴尬的对话发生。"我不知道我想要……"

"我和杰克就像兔子一样能生，不过还好啦，现在我们只生了两个。真是两个小魔头！不过这都是值得的，你说是吧？我觉得人生圆满了。我可以给你看看照片……"

"我一看手机就会……头痛。"

当时丹恩也想要孩子，而诺拉还不确定。一想到要身为人母，她整个人都吓呆了。她害怕会引发更严重的抑郁。她还照顾不了自己，怎么能照顾别人呢？

"那你还留在贝德福德吗？"

"嗯。"

"还以为你会远走高飞呢。"

"我离开一段后又回来了，我妈妈病了。"

"啊，抱歉，那你妈妈现在好点了吗？"

"我该走了。"

"可是雨还没停呢。"

诺拉从书报亭里逃出来。她希望前面只有无数扇门在等着她,这样她就可以冲过一道道门,把一切都抛在身后。

如何成为黑洞

决定去死的七个小时前,诺拉感觉自己如同自由落体,不停坠落。她找不到可以听她诉说的人。

最后一线希望是伊芷。伊芷曾经是她最好的朋友,现在在澳大利亚,与她相隔万里。而且她们两人也渐渐疏远了。

诺拉掏出手机,给伊芷发了一条短信:"嗨,伊芷,好久没和你聊聊了。我想你,朋友。好想知道你的近况。诺"

她在最后加上一个"拉"字,然后发送出去。

伊芷用不了一分钟就能收到短信。但诺拉等了好久,也没等到手机上出现"收到新短信"的提示。

她经过电影院,今晚将上映一部莱恩·贝利主演的新影片。那是一部老掉牙的西部牛仔爱情片,名字叫作《最后机会酒吧》(*Last Chance Saloon*)。

如果你看着莱恩·贝利那张脸,你会觉得他洞悉了某些非凡深刻的道理。诺拉曾在电视剧《雅典人》(*The Athenians*)中见到他,他在剧中扮演喜欢沉思的柏拉图。在某次访谈中，贝利还提到他正在研究哲学。诺拉想象她和贝利两人就亨利·戴维·梭罗展开深刻的对话，一团团水蒸气从他那极具西好莱坞特色的热水浴缸中冒出来，弥漫在两人之间。

梭罗曾经说过："满怀信心，迈开大步，朝你的梦想前进，过你想过的生活。"

梭罗曾是她最喜欢的哲学家。可是谁又能满怀信心地朝自己的梦想迈进？或许除了梭罗之外没人能做到。梭罗跑到树林里居住，斩断和外界的联系。他只是静坐，写作，砍柴，钓鱼。这里可是贝德福德郡的贝德福德镇，和此处的当代生活相比，两个世纪前马萨诸塞州康考德的生活肯定更为简单。

不，或许并非如此。

或许是她不懂该如何生活，把自己的人生弄得一团糟。

两个小时过去了。诺拉想要找到活下去的理由，可终究还是没有找到，甚至连给班纳吉先生取药这个小小的理由都没有了——两天前她已经替他取过药了。她想给一个无家可归的流浪汉一点钱，可她发现自己没带钱。

有人会说："打起精神来，亲爱的，不会有事的。"

诺拉心想：是啊，什么事都没有，因为我一事无成。这才是问题所在。

反　物　质

决定去死的五个小时前,她走在回家的路上,手里的手机开始震动。

或许是伊芷打来的?或许是莱文让她哥哥和她联系?

都不是。

"嗨,你好,多琳。"

一个恼怒的声音传来:"你跑哪儿去了?"

诺拉早就忘得一干二净了。现在几点了?

"真是对不起,今天我过得糟糕透了,所以……"

"我们在你家门口等了足足一个小时!"

"我回去之后还是可以给里奥上钢琴课的,我五分钟就到。"

"太晚了,他已经去他爸爸那儿了,三天后才回来。"

"啊,我很抱歉,真的很抱歉。"

诺拉不停地道歉,她的歉意就像飞流直下的瀑布,几乎要把她自己淹死了。

"老实说，诺拉，里奥正好也打算完全放弃钢琴了。"

"可是他弹得那么好。"

"的确，他很喜欢弹钢琴，可是他很忙，要应付考试，要和同伴交往，要踢足球。总要有所取舍才行……"

"他真的很有天赋。我已经开始教他弹肖邦的曲子了。求求你……"

一声重重的叹息传来："再见了，诺拉。"

诺拉想象大地裂开一条缝，将她吞没。她穿过地壳和地幔，不停地坠落，一直落到地核里，化为一块毫无知觉的坚硬金属。

决定去死的四个小时前，诺拉碰到了她那位上了年纪的邻居——班纳吉先生。

班纳吉先生已经八十四岁了。他弱不禁风，不过做过胯骨手术后还能勉强走动。

"天气很糟糕，对吧？"

"是啊。"诺拉嘟哝了一句。

他看看自家的花圃："不过鸢尾花都开了。"

诺拉看着那一簇簇紫色的花朵，拼命挤出一丝微笑，心里纳闷这样的花能给人带来什么慰藉。

班纳吉先生戴着眼镜，目光透着疲惫。他正站在自家门前，翻找钥匙。他手里拎着一个对他来说似乎过于沉重的购物袋，里面装了一瓶牛奶。诺拉很少见他出门。她搬到这儿来的第一个月就去拜访班纳吉先生了，还帮他建了一个网上生鲜小店。

班纳吉先生又开口了："啊，对了，我有一个好消息。你用不着再帮我取药了。药店那个小伙子搬到这附近住了，他说他可以把药送过来。"

诺拉试着回应他的话，可她一句话都说不出，最后只好点点头。

他总算打开门走了进去，然后关上门，隐入悼念亡妻的灵堂中。

就是这么回事。没有人需要她，在整个宇宙中她就是多余的。

她回到家，公寓里的死寂比噪音更为刺耳。她闻到了猫粮的气味。伏尔泰的猫碗还在那里，里面剩着半碗猫粮。

她倒了点水，服下两颗抗抑郁药，然后盯着剩下的药品，若有所思。

决定去死的三个小时前，遗憾让她浑身疼痛，她感觉心里的绝望已经渗入四肢百骸，正在侵蚀她的每一寸身心。

这让她觉得如果没有她，所有人都会过得更好。如果你靠近一个黑洞，巨大的吸力就会把你拖进那黯黑无光的存在之中。

这个念头一刻不停地折磨着她，痛苦到让人难以忍受，又强烈到让人避无可避。

诺拉翻看自己的社交账号。没有信息,没有评论,没有关注,没有加好友的请求。她就像一种反物质,还是自怜自艾的反物质。

她登录照片墙(Instagram),发现除她之外的所有人都知道如何生活。她写了一篇啰里啰唆的文字贴在了脸书(Facebook)上,虽然她早就已经不用脸书了。

决定去死的两个小时前,她打开一瓶酒。

旧哲学课本俯视着她。这些课本如同幽灵,自她读大学起就一直跟着她。不过在那时候,她的人生还有希望。房间里还摆着一盆丝兰和三盆矮墩墩的微型仙人掌盆栽。诺拉也想成为像植物一样没有知觉的生命形态,一天到晚待在盆里一动不动。如果能成为植物,生活或许会没有这么艰难。

她在小型电子琴前坐下来,可她什么也没弹。她回想起自己坐在里奥身边,教他弹奏肖邦的《E小调前奏曲》。随着时间流逝,幸福的时光终究会化为痛苦。

搞音乐这行有句老话:每台钢琴发出的每一个音符都自有其意义。可她的生活就如同毫无意义的喧嚣。她的人生本是一首渐入佳境的乐曲,却被她弹奏得一塌糊涂。

时间一分一秒地过去,她凝望着虚空。

喝了酒之后,一个无比清晰的念头突然浮现在她脑海中——她无法过好这一生。

每走一步都是错的,每做出一个决定都会招致灾难,每过一天,她距离理想的自己就更远。

她想成为游泳健将、音乐家、哲学家、妻子、旅行家、冰川学家,她想得到幸福,得到爱。

可她一事无成。

她甚至做不成"猫饲主",也做不成"每周一小时的钢琴家教",甚至做不成"可以交谈的人"。

吃下去的药没起作用。

她把整瓶酒都灌下去。

"我好想念你们。"她对着虚空说,就像所有她爱的人的灵魂都在这间房里陪伴着她。

她给哥哥打电话,可他没有接听。她留下一则语音信息:"我爱你,乔,我只希望你知道这一点。你没有错,错全在我。谢谢你做我的哥哥,我爱你,再见。"

外面又开始下雨了。她坐在那儿,拉开窗帘,看着窗玻璃上的点点雨水。

现在是晚上十一点二十二分。

她只明白了一件事,她不想步入明天。她站起来,找到纸和笔。

她认为现在正是去死的好时候。

亲爱的大家：

  我原本有无数次机会成就自己的人生，可我全都搞砸了。由于我的疏忽大意，由于时运不济，整个世界已经离我远去。所以我也该离开这个世界了，这是再合理不过的事情。

  如果我觉得还有活下去的可能，我会活下去的。但真的没有。现在我要走了。是我让其他人的生活变得更糟糕。

  我很抱歉无法带给你们任何东西。

  请善待彼此。

诺拉绝笔

00：00：00

　　起初，诺拉置身于一团浓雾之中，什么都看不见。渐渐地，她开始能辨别出两侧的柱子，而她自己则站在一条小径上。这或许是一条柱廊吧。柱子呈浅灰色，上面还缀着点点鲜亮的蓝色。浓雾已经消散，仿佛不愿被人看到的幽灵。一个轮廓显现出来。

　　那个轮廓方方正正。

　　那是一栋建筑，与教堂或小型超市大小相仿。建筑正面的外墙用砖石砌成，墙壁的颜色和柱子的颜色一样。正中央是一扇巨大的木门，屋顶巍峨雄伟，精美华丽。一个大大的时钟嵌在正面的山墙上，钟面上刻着黑色的罗马数字，时钟的指针显示现在是午夜零点。墙壁上还嵌着几个以砖石砌边的拱形高窗，窗户里漆黑一片，每扇窗之间的距离相等。开始时，诺拉看到了四扇窗。可过了一会儿，她发现总共有五扇窗。她心想自己刚才肯定是数错了。

　　周围什么都没有，诺拉也无处可去。于是，她只好迈着小心翼翼的步伐，朝那栋建筑走去。

她看看自己手腕上的电子表，电子表上的数字是00：00：00。

正是午夜零点，就和那大时钟上显示的一样。

她等着电子表跳到下一秒，可是电子表上的数字依然是00：00：00。她慢慢走近那栋建筑，推开那扇木门，走了进去。即便如此，电子表上的数字依然没有改变。或许她的电子表坏了，或许是时间本身出了什么岔子。在眼前这种情况下，两者皆有可能。

她心想：怎么回事？这到底是怎么回事？

她走进去，心想或许答案就藏在这栋建筑里。这里面灯火通明，地板上铺着淡色地砖，地砖的颜色介于淡黄色和驼色之间，让人联想起古旧的书页。刚才她在外面看到了几扇窗户，可走进来后却一扇窗户也看不到。事实上，她虽然走进来没有几步，却根本看不到这栋建筑物的内墙，映入眼帘的只有一排排书架。那些书架一直高到天花板，诺拉沿着一条开阔的走廊前行，书架与书架之间的通道在她左右两侧不断延伸。她转入一条通道，停下来，睁大迷惑不解的双眼，盯着书架上无穷无尽的书本。

这里到处都是书。一本本书摆在高大的书架上，显得那么薄，薄到几乎看不见。所有书的封皮都是绿色的，只是深浅色调各有不同：像沼泽一样的浊绿，鲜亮的黄绿，惹眼的翡翠绿，还有让人想起夏日草坪的翠绿。

当诺拉想到夏日的草坪时，她突然意识到尽管这里的书看上去有点年头，可这个图书馆里的空气却颇为清新。在这里闻不到那种类似古老墓穴的尘土味，相反，一股茂密青草的草香味在此处弥漫，让人恍如身处户外。

这里的书架仿佛延绵不尽，一直延伸到遥远的地平线，就如同在学校里美术课上画的一条条单点透视线，只有偶尔出现的通道将它们打断。

她随便选了一条通道，向前走去。在第一个岔路口，她选择向左转。之后她感觉自己迷路了。她想离开这里，可她并没有看到出口的标示。她试图按原路返回，回到刚才的大门处，还是没有成功。

最后，她不得不承认自己是找不到出口的。

"这不正常，"她自言自语，想让自己镇定下来，"实在是太不正常了。"

诺拉停下脚步，靠近一个书架。

这些书的书脊上没有书名和作者名。除了颜色稍有不同之外，唯一的差别是书本的尺寸：这些书高度都差不多，厚度却各有不同；有些书脊足足有两英寸那么厚，有些则明显要薄很多，有一两本比宣传小册子厚不了多少。

她伸手想抽出其中一本书。那是一本厚度适中的书，封皮的颜色是黯淡的橄榄绿。那本书看上去很陈旧，布满灰尘。

她还没从书架上取下那本书,身后就响起一个声音,把她吓了一跳。

"小心点。"那个声音说。

诺拉赶紧转过身,看看来者何人。

图书管理员

"拜托,小心点。"

一个女人凭空冒了出来。她穿着入时,顶着一头花白的短发,身穿一件深绿色的高领针织衫。诺拉估计她大概六十岁。

"你是谁?"

话刚出口,诺拉就已经知道了问题的答案。

"我是图书管理员,"那女人腼腆地回答,"就是这么回事。"

她一脸和善,和善中还夹杂着几分刚强和睿智。她还和以前一样,花白的短发梳得整整齐齐,她的脸也和诺拉记忆中的一模一样。

站在她面前的正是她以前学校的图书管理员。

"你是艾尔姆太太。"

艾尔姆太太微微一笑:"大概吧。"

诺拉想起了那些阴雨的午后,她和艾尔姆太太一起下棋的时光。

她想起父亲去世的那天,在图书馆里,艾尔姆太太轻声把这个消息告诉她。那时候她父亲在一所男生寄宿学校教体育,当天他在球场上教孩子们打橄榄球时因突发心脏病而离世。听了这个消息之后,诺拉整个人都呆住了。差不多有半个小时,她整个人一动不动,只是用空洞的目光盯着那盘没有下完的棋。开始时,她无法接受这个太过沉重的现实。但后来她再也无从逃避,这一现实狠狠地砸在她的身上,让她脱离熟悉的人生轨迹。她紧紧地抱着艾尔姆太太,将自己的脸埋在她的毛衣领子里不停哭泣,直到泪水和毛衣化纤的混合物把她的脸刺得生疼。

当时,艾尔姆太太抱着她,轻轻地拍着她,抚摸她的后脑勺,就像在哄一个婴儿。她只是表达自己对诺拉的关心,没有陈词滥调,也没有虚情假意的安慰。诺拉想起当时艾尔姆太太对她说:"会好起来的,诺拉,一切都会好起来的。"

一个小时之后,诺拉的母亲来接她。她哥哥像尊石像一样,一动不动地呆坐在汽车后座。诺拉坐在副驾驶座上,身边的母亲一言不发,浑身颤抖。她对母亲说"我爱你妈妈",可是却得不到回应。

"这是什么地方?我在哪儿?"

艾尔姆太太露出一个非常职业化的微笑:"这里当然是图书馆了。"

"这不是学校的图书馆,连出口都没有。我死了吗?这里是不是死后的世界?"

"不完全是。"艾尔姆太太说。

"我不明白。"

"那就听我解释。"

午夜图书馆

艾尔姆太太开始讲述。她的眼睛充满生气，仿佛月光下的水潭熠熠生辉。

她说："在生与死之间有一座图书馆，在图书馆里，书架延绵无尽。每一本书都将给予你一次机会，让你度过一种不同的人生，让你看看如果当初做出了不同的决定，事情会如何发展……如果你有机会让自己不再抱憾，你会做出不同的决定吗？"

"所以说，我已经死了？"诺拉问道。

艾尔姆太太摇摇头："不是。你没有仔细听吗？'在生与死之间'。"她随意一挥手，指向通道的远方："死神在外面。"

"好吧，那我就去找他，反正我想死。"诺拉开始挪动脚步。

可艾尔姆太太又摇摇头："不是这么回事，这是没用的。"

"为什么？"

"你不能去找死神,得等死神来找你。"

看来就连"死"这件事诺拉也做不好。

这种无论做什么都会搞砸的感觉她再熟悉不过了。她感觉自己像一幅未完成的拼图,不仅人生不完满,死也死得不干脆。

"为什么我还没死?那死神为什么不来找我呢?我已经诚心诚意地向他发出邀请了,我想去死。可我现在还在这儿,还活着,还有知觉。"

"好吧,你即将死去的可能性很大,希望这话能让你好受点。人们在这图书馆里总是待不久,他们或是死而复生,或是步入死亡。"

诺拉开始思考这个问题。她越想就越觉得,自己总是在用无法完成之事和没能成为的人物来衡量自我。她想成为这样或那样的人,可是都没有成功。为此,遗憾反复在她心头涌现,成为永恒不灭的基调。"我没能成为奥运游泳健将。""我没能成为冰川学家。""我没能成为丹恩的妻子。""我没能成为一个母亲。""我没能成为迷宫乐队的主唱。""我没有尽力去做一个好人,一个真正幸福的人。""我没有照看好伏尔泰。"……现在,她甚至无法成为一个"死人"。这实在是太悲哀了,这么多机会都被她糟蹋了。

"诺拉,只要这座图书馆还存在,你就暂时不会死。现在,你应该决定自己如何活下去。"

移动的书架

诺拉左右两侧的书架动了起来。书架并没有旋转，而是水平移动。也可能移动的根本不是书架，而是书架上的书本。诺拉不知道这些书为什么移动，甚至不知道它们是怎么移动的。她没看到有什么机器在驱动，也无从判断这些书移动到书架末端后是不是掉下去了。所有书都在缓慢移动，不过不同书架上的书移动速度略有不同。

"怎么回事？"

艾尔姆太太的表情变得僵硬。她站直身子，下巴微微后缩。她向前一步，靠近诺拉，握住她的双手："是时候了，亲爱的，开始了。"

"不好意思，我想问一下，什么开始了？"

"人生中包含着数以百万计的决定。无论决定大小，只要你做出决定，有所取舍，结果就会随之改变。一个不可逆转的变数由此产生，再进一步衍生更多的变数。这里的每一本书都是一扇大门，通往每一种你可能拥有的人生。"

"什么?"

"你拥有多少种可能,就会有多少种人生。这些人生都是你做出不同选择之后的结果。只要改变一件事,你的人生就大不相同。而这些可能存在的人生都保存在这个午夜图书馆里,它们和你现在的人生一样真实。"

"平行人生?"

"也不总是平行的,有些更像是……相互交叉吧。现在你想尝试你可能拥有的人生吗?有什么是你想改变的吗?你有没有做错过什么事?"

最后一个问题很简单。"所有的事我都做错了。"诺拉答道。

这个回答似乎让图书管理员鼻子发痒。

艾尔姆太太飞快地从袖子里抽出一张纸巾,急急忙忙捂在脸上,打了个喷嚏。

"你还好吗?"诺拉说。她看着那张纸巾在艾尔姆太太用完之后就突然消失不见了,仿佛是某种诡异的清扫魔法在起作用。

"别在意,纸巾就像人生,用完一张还有一张。"艾尔姆太太又重拾刚才的话题,"有时候你改变一件事,就等于改变整个人生。如果你身处某一种人生中,无论你如何努力,有些事也是覆水难收,无法逆转……可目前你已经不在其中,你被抛出来了。这是你的机会,诺拉,你可以看看事情如何发展。"

诺拉心想:这不是真的。

艾尔姆太太仿佛读懂了她的心思。

"啊,这可是真的,诺拉·希德,只不过这种现实你无法理解。目前还没有什么合适的词能描绘这种状态,姑且称之为'游离于生死之间'吧。既非生,也非死,不是一般意义上的现实,也不是梦境,什么都不是。简言之,这里就是午夜图书馆。"

缓缓移动的书架停了下来。诺拉发现自己右侧与肩膀齐平的书架上出现了一个缺口。其他书本都是挤挤挨挨地摆在一块,而这个缺口只有一本书平躺在轻薄的白色书架上。

这本书与其他书不同,它的封皮不是绿色,而是灰色的。刚才诺拉走进来之前,透过迷雾看到这栋建筑正面的石砌外墙,那墙壁灰蒙蒙的,就和现在这本书的封皮一样。

艾尔姆太太从书架上取下那本书,递给诺拉。她流露出些许自豪,其中又隐隐含着几分期待,仿佛交到诺拉手里的是一份圣诞礼物。

看着艾尔姆太太拿着那本书,诺拉还以为它很轻,接过来之后却发现这书很沉。她正要翻开,却看到艾尔姆太太在摇头。

"你需要征得我的同意。"

"为什么?"

"这里的每一本书，这个图书馆里的每一本书都是属于你的不同人生，只有一本书不是。整座图书馆都是属于你的，因你而存在。每个人的人生可能有无数种结局，而书架上的书就是你不同版本的人生，它们的起始点都是相同的，就是现在，4月28日周二午夜。然而，这个午夜的后续却各不一样，有的略为相似，有的大不相同。"

"这真是太疯狂了，"诺拉说，"你刚才说只有一本不是，就是这本吗？"她朝艾尔姆太太扬扬那本岩灰色封皮的书。

艾尔姆太太挑起半边眉毛："没错，就是这本。虽然你没有握笔写下任何一个字，可这本书的作者就是你自己。"

"什么？"

"这本书是你所有问题的源头，也是所有问题的答案。"

"这究竟是什么书？"

"亲爱的，这书叫作《遗憾之书》。"

遗 憾 之 书

诺拉盯着那本书。现在她看见了，在书的封面上印着四个小字：

遗 憾 之 书

"这里面记录了从你出生到现在的所有遗憾，"艾尔姆太太说着用手指敲敲书的封面，"现在我准许你翻开这本书。"

这本书很沉，诺拉只得盘腿坐在砖砌地板上，翻开那本书。她开始浏览书里的内容。

这本书的章节按诺拉的年龄编排，每一岁就是一章：0，1，2，3……一直排到35。随着年岁的增长，章节的长度也随之增加，越到后面越长。不过有的遗憾和所在的年龄章节对不上号。

"遗憾不受时间束缚，可以四处游离。这些排列总是不停变动。"

"好吧，我觉得这样也有道理。"诺拉说。

她很快意识到书里的遗憾条目是按照轻重程度排列的。排在前面的只是日常生活中的小小遗憾，例如"我为今天没有进行运动而后悔"。而排在后面的是沉痛的遗憾，例如"我没能在爸爸离世前告诉他我爱他，我为此感到后悔"。

有的遗憾在不同书页中反复出现，仿佛持续不断的背景音乐。"我为自己没有留在迷宫乐队而后悔，我让我哥哥失望了。""我为自己没有留在迷宫乐队而后悔，我让我自己失望了。""我为自己没有为环保多做贡献而后悔。""我为自己在社交媒体上浪费时间而后悔。""我为自己没有和伊芷一起去澳大利亚而后悔。""我年轻时可以玩得更开心，可我没有，我为此而后悔。""我后悔和爸爸吵架。""我后悔自己没有为动物保护出力。""在读大学的时候，我选择了哲学，放弃了地质学，我为此感到后悔。""我不知道如何成为一个幸福的人，我为此感到遗憾。""我为自己总是感到愧疚而后悔。""我为自己没有坚持学西班牙语而后悔。""我后悔自己读高中时没有选择理科科目。""我没能成为一个冰川学家，我为此感到后悔。""我为自己没结成婚感到后悔。""我本来可以申请攻读剑桥大学的哲学硕士学位，可我没那么做，我为此感到后悔。""我为自己没能保持健康的体魄而后悔。""我后悔搬到伦敦。""我为自己没有去巴黎教英语而后悔。""我从大学时开始写一部小说，可是没有完成，我为此感到后悔。""我后悔搬离伦敦。""我所做的工作没有前途,我为此感到后悔。""我没能成为一个更好的妹妹,我为此感到后悔。""大学毕业后我没有度过间隔年①,我为此感到后悔。""我为自己让爸爸失望而后悔。""我在教授钢琴上花的时间比弹奏钢琴要多,我为此感到后悔。""我的个人财务状况一团糟,我为此感到后悔。""我后悔没有搬到乡下居住。"……

有的遗憾字迹更淡。其中一条遗憾的字迹不停变化,从淡得几乎看不见开始渐渐加深,最后变成粗粗的黑体字,如此循环往复,就如同一盏明明灭灭的灯。诺拉翻到那一页的时候,恰好碰到那条遗憾变得清晰。她定睛一看,那是"我后悔自己还没生孩子"。

"这一条介于'后悔'和'不悔'之间,"艾尔姆太太解释道,她仿佛又看穿了诺拉的心思,"有几条就是这样的。"

翻过三十四岁那一章,最后一章是最长的,一直延续到最后一页。其中很多遗憾和丹恩有关,那字体又粗又大,在她脑海中不停盘旋,如同海顿②协奏曲中的最强音和弦。

"我对丹恩很不好,我为此感到后悔。""我后悔和丹恩分手。""我后悔没有和丹恩一起在乡下开小酒吧。"

诺拉盯着书页,想起了差点成为自己丈夫的那个男人。

---

① 间隔年(Gap Year):西方国家的青年在升学或毕业后进行的为期一年的旅行或社会实践。
② 海顿(1732—1809):奥地利作曲家。

难以承受的遗憾

初遇丹恩的时候,诺拉还和伊芷一起住在伦敦的图厅(Tooting)。当时,丹恩蓄着短短的胡须,笑容很灿烂,看上去就像电视节目上的兽医,幽默风趣,充满好奇心。他酒喝得很多,但看起来从不会被宿醉困扰。

他主修艺术史,对鲁本斯[①]和丁托列托[②]知之甚详。这些知识最终派上了意想不到的用场,让他成了某个蛋白酥饼品牌的公关主任。然而,丹恩也有自己的梦想。他的梦想是在乡下开一家小酒吧。他希望能和诺拉一起分享这个梦想。

当时,丹恩的热情让她晕头转向。两人订婚了。可订婚之后,诺拉又突然觉得她不想和丹恩结婚。她内心深处隐隐有一种恐惧,她害怕自己会变成母亲那样。她不想重蹈父母婚姻的覆辙。

---

① 鲁本斯(1577—1640):佛兰德斯画家。
② 丁托列托(1518—1594):意大利画家。

诺拉一边呆呆地盯着那本《遗憾之书》，一边思索着：她的父母真的相爱过吗？或许对他们来说，婚姻就是在合适的时机抓住距离最近的可成婚对象，就像是一场游戏，在音乐停止之时抓住看到的第一个人。

诺拉绝不想玩这样的"游戏"。

伯特兰·罗素[①]曾经说过："害怕爱就是害怕生活，而害怕生活的人已经被黄土埋了半截了。"或许这就是她的问题所在，或许她就是害怕生活。不过伯特兰·罗素本人也离了好几次婚，他闹出的绯闻数不胜数，因此他的建议也未必明智。

当母亲在婚礼前三个月病逝，铺天盖地的悲痛将诺拉吞没。她提议推迟婚礼，可最终婚礼还是不得不如期举行。由此引发的绝望、焦虑和对人生失去掌控的无力感，让诺拉本就悲痛的心情雪上加霜。她觉得自己仿佛被捆在了铁轨上，若想要解开绳子逃生，唯一的方法就是悔婚。然而悔婚之后，她并没有重获自由的感觉。她只是待在贝德福德，保持单身；她没有依照计划，和伊芷一起前往澳大利亚，让自己的好朋友颇为失望；她开始在弦理论乐器店工作，养了一只猫，所有这些都与"自由"背道而驰。

[①] 伯特兰·罗素（1872—1970）：英国哲学家。

"啊，不，"艾尔姆太太的声音打断了诺拉的思绪，"太沉重了，你无法承受。"

突然之间，她感受到了过往的所有悔恨，所有让别人失望的痛楚，让自己失望的痛楚，所有一小时前她想摆脱的痛楚，都席卷而来，聚在心头。当她盯着眼前打开的书页时，感受到的痛苦真的要比之前在贝德福德街头游荡时剧烈得多。书中所有的遗憾同时发力，凝聚成一股巨大的痛苦，那些沉重的愧疚、悔恨和悲痛，让她不堪重负。她抛下那本沉重的书，身子后仰，肘关节支在地上。她紧闭双眼，感觉无法呼吸，仿佛被一双无形的手掐住了脖子。

"让它停下来！"

"把书合上，"艾尔姆太太说，"快合上书，光闭上双眼没用。把书合上，你必须得自己来。"

诺拉觉得自己就快晕过去了。她勉力坐起来，把手伸到书本的封皮下，感觉这本书变得更沉重了。她拼尽全力把书本合上，然后如释重负地喘了口气。

所有人生从现在开始

"怎么样?"

艾尔姆太太双臂抱胸。尽管她看上去和诺拉认识的艾尔姆太太一模一样,言谈举止却明显多了几分唐突。她是艾尔姆太太,又不是真正的艾尔姆太太。这实在是让人摸不着头脑。

"什么怎么样?"诺拉依旧气喘吁吁,但至少她无须忍受所有遗憾同时发力所产生的剧烈反应了。

"哪条遗憾最让你难以释怀?你想改变哪一个决定?你想试试哪一种人生?"

试试哪一种人生,这就是她的原话,仿佛这里是一家服装店,诺拉可以任意挑选一种人生,就像挑件T恤一样轻而易举。这真是一场残酷的游戏。

"太痛苦了,我感觉自己像要被掐死了一样。这么做有什么意义?"

诺拉抬起头,头一次注意到这栋建筑的灯光。一条条电线从天花板上垂下来，电线末端挂着一个个没有灯罩的灯泡。那天花板是浅灰色的，看上去普普通通，只是看不到支撑天花板的墙壁。天花板就像地板一样，仿佛无边无际。

"意义在于你过去的人生极有可能就此终止。你想去死，你也很可能死去。但你得有个去处，找个落脚点，找到另一种人生。因此你得好好想想你究竟想要什么。这座图书馆被称为'午夜图书馆'，因为在这里等待你的崭新人生都将从午夜开始。这里储藏着你的未来，这些属于你的书就是你的未来——在你之前的人生之外，你可能拥有的每一个当下和未来。"

"这里没有过去吗？"

"没有，只有过去的产物。那些书也写好了，我都已经看过，可现在你还不能看。"

"那每一段人生会在什么时候终结？"

"或许就在几秒之后，也或许几个小时、几天、几个月，甚至更久。如果你找到了一种你真心想过的人生，你就可以一直过下去，直到垂垂老矣、步入死亡。不要担心，只要你留下的欲望足够强烈，你就可以一直留在那里，仿佛从未离开过，因为在某个平行世界中你就是一直过着那样的生活。所以说，这里的书不用归还。与其说这里的书是租借品，不如说是礼物。一旦你认定自己真的想拥有那种人生，那么你头脑中所有的记忆，包括这个午夜图书馆，都会渐渐淡去,再也无法触及。这些记忆会最终消失,几乎留不下一丝痕迹。"

头顶的一盏灯闪了一下。

"不过,"艾尔姆太太的话音中多了几分不祥,"唯一的危险就在于你在这里的时候,你游离于生死之间的时候,如果你不愿继续走下去,就会断送你的本源人生。而这个地方也会因此毁灭坍塌。那你就再也回不来了,你会就此死去,再也无法接触到这图书馆里的一切。"

"那正是我想要的,我想去死,我想死,我渴望死亡。我就是为了这个才吞下大量的药,我想去死。"

"或许是吧,也或许不是。不管怎么说,你现在还在这里。"

诺拉想要理清思绪:"如果我发现自己陷入一种更糟糕的人生,比先前的人生还要糟糕,那我怎么回到这个图书馆呢?"

"这很难说清楚,不过一旦失望到无以复加的程度,你自然就能回到这里了。这种感觉有时会慢慢袭来,有时会奔涌而至。如果这种感觉没有出现,你就会一直留在那里,因为从理论上说那就是你的幸福人生。真是再简单不过了。所以说,现在你想好要改变自己人生中的哪个决定,我帮你找到那本书……我是说,找到那种人生。"

那本《遗憾之书》已经合上,扔在黄褐色的地砖上。诺拉盯着那本书。

她想起有一次和丹恩聊到很晚，聊的是丹恩的梦想——在乡下开一间古雅的小酒吧。当时丹恩对这梦想的热情感染了诺拉，让它几乎也成了诺拉的梦想。"我希望我没有离开丹恩，还和他在一起。我后悔没能和他一起努力实现这个梦想。有没有一种人生是我还和丹恩在一起的？"

"当然有。"艾尔姆太太说。

图书馆里的书又开始移动，书架仿佛成了传送带。上一回书本移动的时候速度不快，就如同婚礼队列缓缓而行。可这一回书本移动得越来越快，到最后根本看不清一本本书，只看到一条条绿色的河流不停涌动。

书本突然停了下来。

艾尔姆太太弯下腰，从左侧底层的书架上取出一本书。这本书的封皮是深绿色的。她把书递给诺拉。这本书大小厚薄和《遗憾之书》差不多，却比它轻得多。书脊上没有书名，封面上刻着四个浮雕一样的小字，色调跟书的其他部分完全一致：

我的人生

"可这并不是我的人生……"
"啊，诺拉，所有这些都是你的人生。"

"我现在该怎么做？"

"翻开书，翻到第一页。"

诺拉照做了。

"好——了，"艾尔姆太太小心翼翼，字斟句酌，"现在，看一下第一行。"

诺拉低头看着书页，开始阅读：

她走出酒吧，步入清凉的夜色中……

诺拉刚来得及转一下念头："酒吧？"就在这时，怪事发生了。书本上的字开始旋转，越转越快，到后来已经无法辨认了。她感觉浑身无力。她觉得自己并没有放开手中的书本。可是瞬息之间，她不再是手捧书本的读者，书、图书馆，还有所有这一切，全都消失了。

三块马蹄铁酒吧

诺拉身处户外，凉爽清新的空气包裹着她。这里不像是贝德福德，也没有下雨。

"我在哪儿？"她轻声自言自语。

在她面前，一条小路划出一道柔和的曲线，小路对面是一排小巧古雅的砖砌连排房屋。这些古老的房子没有声息，没有灯光。它们挤挤挨挨地排列在一个小村庄的边缘，不断延伸，最后消失在寂静的乡间。夜空澄澈，繁星点点，残月如钩。乡野气息在空中弥漫。不时传来一两声灰林鸮的叫声，之后周围一切又归于沉寂。这种沉寂仿佛一个实体，空气中蕴含着它散发出的力量。

真是诡异。

诺拉原本身处贝德福德，接着进入了那个奇怪的图书馆，现在又站在这里，一条迷人的乡间小道上。在这一过程中，她几乎动都没动一下。

在小道的一侧，金黄的灯光从一栋建筑底层的窗户里渗出来。她抬起头，看到一块招牌在风中晃动，发出柔和的嘎吱声。那块涂上油漆的酒吧招牌颇为雅致，上面的图案是几块交叠的马蹄铁，图案下方是一行考究的斜体字：*三块马蹄铁酒吧*。

在她前面的人行道上，立着一块小黑板，黑板上写着几行字。她认出那是自己能写出的最整洁的字迹：

三块马蹄铁酒吧

周二晚知识竞赛

于 8:30 开始

"真知在于认识到自己的无知。"

——苏格拉底（在我们的知识竞赛中落败之后！！！！）

在这个版本的人生中，她居然会一下连用四个感叹号。或许这就是更开心、更放松的人会做的事。

这是一个好兆头。

她低头看看自己的衣着：上身穿着一件牛仔布衬衣，衣袖卷起来，露出半截前臂；下身穿着牛仔裤，脚上穿着坡跟鞋。她在原来的人生中可绝不会是这身打扮。她因为寒冷而起鸡皮疙瘩，看来穿这身衣服不适合在户外待得太久。

她的无名指上戴着两个戒指。原来那个镶蓝宝石的订婚戒指还戴在她手上。她记得在原来的人生中，就在一年多之前,她流着眼泪,用颤抖的手摘下那枚戒指。除了这枚蓝宝石戒指之外,还有一枚造型简洁的银质婚戒。

疯了,真是疯了。

她手腕上戴着手表。不过在这种人生中,她戴的并不是电子表,而是指针式的手表,细长雅致的表面上刻着罗马数字。手表显示现在正是凌晨零点一分。

怎么回事?

在这一生中,她的手看起来更为柔滑,或许这个诺拉使用了护手霜。涂着清亮指甲油的指甲闪闪发亮。她看到左手上那颗熟悉的小黑痣,略微感到安心。

脚步声从身后传来,那是脚掌落在碎石路面上的声音。有人正沿着车道,向她走来。借助酒吧窗户的灯光和唯一一盏路灯,她看到一个男人走过来。他脸色红润,蓄着狄更斯式的灰色小胡子,身上穿着一件油蜡布夹克,活脱脱一个人形水罐①。他一举一动小心翼翼,有点小心过头的感觉。他看起来有点醉了。

"晚安,诺拉,星期五我再过来,来听听那个民谣歌手唱歌。丹恩说那家伙还不错。"

身处这一人生中的诺拉或许叫得出这个人的名字,可现在她只能支支吾吾:"是啊,当然了,星期五嘛,那天晚上肯

---

① 一种饮水用容器,外形如同一个戴着三角帽的矮胖小人。

定会很有意思。"

至少她的声音还和以前一样。她看着那个人穿过小路。尽管现在路上没有车辆,可他还是东张西望了好一会儿,才走进两栋村舍之间的一条小径,最后消失不见了。

这是真的,这的确是真的。这就是拥有一间酒吧的人生,这个梦想终于成真了。

"太诡异了,"她对着夜色说,"实在是太诡异了。"

又有三个人聚在一起,从酒吧里走出来。这两女一男走过诺拉身边,对她微笑。

"下回我们肯定会赢的。"其中一个女人说。

"当然了,"诺拉答道,"总有下一回嘛。"

她朝酒吧走去,透过窗户朝里张望。酒吧里看似空空荡荡,不过却亮着灯。刚才那三个人必定是最后一批客人了。

这间酒吧独具特色又不乏温馨,让人忍不住想进去坐坐。酒吧里摆着小巧的桌子,上方是木质的横梁,墙上还挂着一个马车车轮。地上铺着艳红色的地毯,用木板拼接而成的吧台上摆了满满一排啤酒机,很能吸引眼球。

她离开窗前,看到距离酒吧不远处有一块标示牌。前方的人行道消失了,化为一片草地,草地上立着一块牌子。

诺拉快步走过去,想看看标示牌上写些什么。

她看到的是:

利特华斯村

请小心驾驶

之后,她注意到这两行字上头还有一个盾形徽章,徽章周围的小字写着"牛津郡政府"。

"我们做到了,"她的轻声絮语飘入乡间的空气中,"我们真的做到了。"

当丹恩第一次向她提起这个梦想的时候,他们两人正在巴黎的塞纳河边漫步,吃着从圣米歇尔大道买来的马卡龙甜点。

这个梦想并不是关于巴黎的,而是关于英格兰乡间的,他们俩会一起生活在那里。

在牛津郡的某个村庄里开一家酒吧。

之后,诺拉妈妈体内的恶性肿瘤来势汹汹,再度复发。癌细胞侵袭她的淋巴结,迅速占领她的全身。这时候,关于酒吧的梦想只得暂时搁置,而丹恩和她一起从伦敦搬出来,回到贝德福德。妈妈知道他们俩已经订婚了,打算撑到亲眼看见他们结婚为止。可她还是早早走了,早了四个月。

或许就是这样吧,或许这就是她应该拥有的人生。或许这是幸运之神首度降临,又或是再度光临。

她任由一抹焦虑的微笑浮上脸庞。

她踩着碎石路面朝酒吧的侧门走去,刚才那个穿着油蜡布夹克的小胡子醉汉就是从那儿走出来的。她深吸一口气,走了进去。

里面很暖和。

也很安静。

她所处的地方像是门厅或走廊,地上铺着赤褐色的地砖,墙壁靠近地板处镶嵌着木质壁板,壁板上方贴着墙纸,墙纸上布满了梧桐叶图案。

她沿着狭小的走廊前行,走进酒吧的主厅。刚才她透过窗户看到的就是这个区域。这时一只猫不知从哪儿跳出来,把她吓了一跳。

那是一只褐色的缅甸猫,瘦骨嶙峋,姿态优雅,喵喵直叫。她弯下腰,抚摸那只猫,她的目光落在猫项圈挂着的名牌上——伏尔泰。

不同的猫,相同的名字。这只猫和原来那只亲切可爱的橘猫大不相同,她心想这只名叫伏尔泰的猫是不是来自动物救助站呢?猫咪开始叫唤。"你好呀,福子二号,看起来你在这里过得很幸福嘛,我们是不是也和你一样幸福呢?"

猫咪又叫了一声,仿佛表示肯定。它用脑袋蹭蹭诺拉的腿。诺拉抱起那只猫,朝吧台走去。那一排啤酒机里装着各种精酿啤酒:黑啤酒、西打酒、淡色艾尔啤酒、印度淡色艾尔啤酒(IPA)……酒的名目也各不相同:牧师的最爱、失而复得、马普尔小姐、沉睡柠檬、破碎梦境……

吧台上还有一个募捐箱，受益对象是蝴蝶保护协会。

她听到玻璃杯碰撞的铿锵声，听起来像是有人正把杯盏放入洗碗机中。这时诺拉觉得焦虑正在她的胸中凝结。这种感觉似曾相识。之后，一个二十来岁的小伙子突然从吧台后头冒出来。他身材瘦削，上身穿着一件鼓鼓囊囊的橄榄球衣。他对诺拉视而不见，只是把剩下的脏杯子收拾好，放入洗碗机中。他打开洗碗机的开关，从一个挂钩上取下外套穿上，然后又摸出车钥匙。

"再见了，诺拉，椅子收拾好了，桌子擦干净了，洗碗机也开了。"

"啊，多谢了。"

"星期二见。"

"好啊，"诺拉感觉自己就像一个即将被揭去伪装的间谍，"再见。"

小伙子离开后不久，诺拉听到脚步声从外面传来。那人踩过她刚才走过的赤褐色地砖，从酒吧后面走了进来。片刻之后，他就出现在诺拉面前。

他看起来大变样了。

他脸上的胡须不见了，眼睛下方多了黑眼袋，眼角的皱纹也更多了。他手里拿着一个大啤酒杯，杯里只剩下一点点黑啤酒。他看起来还像是电视节目里的兽医，不过显得更老了。

"丹恩。"她叫道,仿佛她还需要确认他的身份,就像确认路边的黑影是不是一只兔子,"我只想说……我为你感到自豪,为我们感到自豪。"

他用空洞洞的目光盯着她:"我刚刚把冷却机关了,明天得清理一下线路,这事已经拖了两周了。"

诺拉根本不知道他在说些什么。她抚摸着猫咪,支吾道:"对哦,好吧,当然了,清理线路。"

她的丈夫——她这一生中的丈夫——四处张望,看看那些桌子和翻过来搁在桌面上的椅子。他身上穿着一件褪色的大白鲨T恤。"布莱克和苏菲回去了吗?"他问道。

诺拉犹豫了,她觉得他提到的这两人是为他们工作的员工。那个穿着橄榄球衣的小伙子应该就是布莱克吧,除了他这里就看不到其他人了。

尽管眼下的情况很诡异,诺拉还是尽量用自然的语气答道:"是呀,我看他们回去了吧,他们干得很棒啊。"

"好吧。"

她记得那件大白鲨T恤是她在丹恩二十六岁生日时送给他的——那已经是十年前的事了。

"今晚的知识竞赛可不怎么样。其中一组……就是皮特和乔莉那一组,一口咬定西斯廷教堂天顶画是马拉多纳画的。"

诺拉点点头,继续抚摸福子二号。她根本不知道皮特和乔莉是谁，可她还要装出一副了然于心的样子。

"老实说，今晚的问题太难了，下回从另一个网站找问题吧。你说谁能知道喀拉什么山脉的最高峰叫什么啊。"

"喀喇昆仑山脉？"诺拉问道，"最高峰是乔戈里峰①。"

"哦？是吗？看来只有你最懂嘛。"他的话音中多了几分粗暴和醉意，"这种东西你最在行了。毕竟其他人都在听摇滚乐的时候，你可是在鼓捣真石头②。"

"嘿，"诺拉叫道，"我可在摇滚乐队里待过呢。"

乐队。这时她想起丹恩讨厌她加入乐队。

他哈哈大笑。诺拉认出了这熟悉的笑声，可她一点都不喜欢。以前他俩恋爱的时候，丹恩经常拿别人打趣——确切地说，就是取笑诺拉。她都快忘了这事了。之前她总是不愿深究丹恩性格的这一方面。丹恩性格中还有许许多多好的方面：诺拉妈妈生病时，他待她很好；他可以轻轻松松地聊起任何话题；他对未来抱有梦想；他很迷人，容易相处；他热爱艺术，看到无家可归者总会停下来和他们说话；他关心这个世界……总而言之，一个人就如同一座城。你不能因为一座城市有些不尽如人意的地方就彻底弃之而去。或许那座城里有你不喜欢的地方，例如阴暗的偏街小巷和郊区，不过它

---

① 乔戈里峰：喀喇昆仑山脉的最高峰，海拔8611米，又叫K2峰。
② 英语里的摇滚乐为"rock music"，其中rock也有"岩石"之意，此处为一语双关。

总有优点值得你深入其中，投入这座城市的怀抱。

丹恩收听了很多嘈杂烦人的播客节目，他还坚持要诺拉也听一听。他的笑声让诺拉心烦，他漱口的时候发出响亮的咕噜声。还有，他把整张羽绒被据为己有。有时候他对艺术、电影和音乐的看法又过于自以为是。可是总的来说，他这个人并没有什么大毛病。不过……现在回想起来，诺拉发觉他从来不支持她投身音乐。他说作为迷宫乐队的一员和唱片公司签约不利于她的心理健康，他说她哥哥有点自私。可那时候她并没有把这些迹象视为警示，而是把它们当成丹恩的优点。诺拉当时是这样想的：这说明他关心她，被人关心可是一件好事；这说明丹恩这个人对名声之类肤浅的东西毫不在意，他能帮助她驶过人生的海域。于是，当他在牛津塔顶层的鸡尾酒吧里向诺拉求婚时，诺拉答应了。或许，无论什么事，她只要答应就对了。

他向前几步，走进主厅，暂时把手里的啤酒杯放下，掏出自己的手机，在网上寻找更适合酒吧知识竞赛的问题。

诺拉不知道今晚他喝了多少。她心想：这个拥有酒吧的梦想实际上就是敞开肚皮无限量灌酒的梦想吧？

"拥有二十条边的多边形……叫什么[①]？"

"不知道。"诺拉撒谎道。她可不愿再次看到刚才他那种

[①] 英语中的"二十边形"是一个颇为复杂的单词 icosagon，并不是简单的数字加多边形的结合。

反应。

他把手机塞回口袋里。

"不过说实在的,今晚生意还不错,他们喝了很多酒。今天不过是周二,也算不错了。我是说,现在生意有点起色了,明天对银行那些家伙也有话可说了。或许他们会让我们延期偿还贷款……"

他盯着杯里剩下的一点啤酒,晃一下杯子,一饮而尽。

"话说回来,我得让 A.J. 改一下午餐的菜单。在利特华斯,没人想在午餐时分吃什么糖渍甜菜根、蚕豆沙拉还有玉米饼。这里可不是伦敦的费兹罗维亚区。我知道这些菜色不错,不过我觉得你挑的那些红酒可挣不回本,尤其是那种加州红酒。"

"好吧。"

他转过身,看看身后:"小黑板呢?"

"什么?"

"那块小黑板,我以为你已经收进来了?"

原来这就是她站在门外的原因。

"哦,没有,我正准备去收呢。"

"我好像看到你出去了。"

诺拉想用微笑掩盖她的紧张:"是啊,我的确出去了一会儿,不过……我得……我担心我们家的猫,福子……我是说伏尔泰。我找不到它,于是就出去找,结果找到了,是吧?"

丹恩走到吧台后头，给自己倒了一杯威士忌。

他好像发觉诺拉正在打量他。"这只是今晚的第三杯……或者是第四杯吧，"他说，"今晚可是知识竞赛之夜。你也知道，我一主持竞赛就会紧张，而且酒精能让我变得更风趣。今晚我很风趣，难道你不觉得吗？"

"没错，很风趣，简直风趣得没边了。"

接着他的脸一沉："我看到你和艾琳说话了，她说了些什么？"

诺拉不知该怎么回答："哦，没说什么，就还是平常那些，你也知道艾琳这个人啦。"

"平常那些？我觉得你之前从不和她说话。"

"就是大家会聊的那些，不是说我跟艾琳聊的意思……就是一般人会聊的……"

"威尔现在怎么样？"

"呃……挺好的，"诺拉只得乱猜，"他还问你好。"

丹恩惊讶地瞪大双眼："当真？"

诺拉不知道该说些什么。或许威尔是个婴儿，或许他正昏迷不醒。"抱歉，他没有问你好。对不起，我脑子有点乱……先不管别的，我先把小黑板收进来吧。"

她把猫放在地上，再次朝门外走去。这回她发现了一样东西——刚才进来时她并没有留意的东西。

那是一张镶在镜框里的剪报。剪报来自《牛津时报》，那篇报道还配了一张照片。丹恩和诺拉出现在照片上,两人正站在三块马蹄铁酒吧门外。丹恩搂着诺拉,他身上穿着一件她从未见过的西服,而诺拉身上穿着一条漂亮的连衣裙——她在原来的人生中从来没穿过这样的裙子,事实上,她很少穿裙子。

那篇报道的标题是:

酒吧主人梦想成真

报道说,他们俩以低廉的价格买下这家近乎荒废的酒吧,并且让它恢复生机。他们的资金源于丹恩继承的一笔微薄的遗产、存款及银行贷款。整篇报道讲述了一个成功的故事,不过那已经是两年前的事了。

诺拉走出门外,心想仅凭某个周二午夜之后的几分钟是否就能评判一种人生的好坏?或许,这短短的时间就足以让你做出判断。

风儿一阵紧似一阵。诺拉站在户外,站在那条宁静的乡村小路上。一阵阵劲风推着那块小黑板在人行道上往前滑,几乎把它吹翻在地。诺拉正想走过去把它捡起来时,口袋里的手机响了一声。她一直没有意识到自己的兜里有个手机。她掏出手机——那是伊芷发来的一条信息。

她看到自己手机的锁屏壁纸是她和丹恩的双人照,两人看起来浓情蜜意。

她用人脸识别解锁手机，打开信息。那是一张照片：一条鲸鱼跃出海面，喷出的白色水雾在空中弥漫，就像有人打开了一瓶香槟。这张照片很漂亮，光看着它就能让诺拉面露微笑。

手机显示"对方正在输入"。

接着另一条信息发过来了：这是我昨天在船上拍的。

又一条信息：这是雌座头鲸。

接着又是一张照片。这张照片上有两条鲸鱼，它们的背脊劈开海面。

再一条信息：鲸鱼妈妈和鲸鱼宝宝。这最后一条信息里还有鲸鱼和海浪的表情符号。

诺拉感受到融融暖意，这股暖意不仅源于那张照片。虽然那张照片的确很漂亮，但与伊芷尚有联络这一事实更让她觉得温暖。

在诺拉悔婚之后，伊芷坚持说诺拉应该和她一起前往澳大利亚。

她们做出了详尽的计划。她们打算在拜伦湾附近住下来，在巡回赏鲸游艇上找一份工作。

她们相互分享了许多座头鲸的照片，对未来的冒险满怀憧憬。可这时诺拉却打退堂鼓了。她放弃了澳大利亚之行，正如她放弃了游泳，放弃了乐队，放弃了婚姻。可是这回和前几次不同，诺拉连放弃的理由都说不出。没错，她已经开始在弦理论乐器店上班了；没错，她要给双亲扫墓。她心里明白留在贝德福德是最糟糕的选择，可她还是这样做了。虽然她尚未离开家乡，可她已经感受到一股奇异的思乡之情。这种感觉困扰着她，与抑郁交杂，让她明白自己根本不配得到幸福。她伤害了丹恩，而这就是对她的惩罚——待在自己的家乡小镇，在细雨和抑郁中度过一生。她不知道该做出何种改变，她也不想做任何改变，她甚至无力改变这一切。

实际上，她到最后只能用一只猫来代替自己最好的朋友。

在她原来的人生中，她从来没有和伊芷闹不愉快——那种闹剧般的分手决裂并没有发生。不过自从伊芷前往澳大利亚之后，她们便疏远了。她们之间的友谊变淡了，如同雾气留痕，最终只能通过脸书和照片墙之类的社交软件，发几张满是表情符号的生日贺卡，断断续续地维持联系。

她翻开自己和伊芷的聊天记录。她发现尽管在这一生中，两人之间也是相隔万里，可她们的联系更为紧密。

她拿着那块小黑板，回到酒吧。这时丹恩已经不见了。她锁上后门，在酒吧的走廊里站了一会儿，想摸清楼梯的位置。她拿不准自己是否真的愿意上楼，和她那位醉醺醺的丈夫待在一起。

她发现楼梯位于这栋建筑的后部，藏在一扇写着"员工通道"的门后。酒椰叶纤维织就的米色地毯一直铺到楼梯口,她踏上地毯朝楼梯走去,经过一幅挂在墙上的电影海报。那海报镶着镜框,电影是《黑暗教诲》。在莱恩·贝利主演的电影中,他们最喜欢的就是这一部。两人还一起在贝德福德的大剧院看过这部电影。这时她还注意到一个小巧迷人的窗台上,放着一张较小的照片。

那是他们婚礼的照片。照片是黑白的,看起来就像是新闻图片。照片上的丹恩和诺拉正走出教堂,彩色碎屑如同疾雨,从他们头上落下。这对新人的脸看起来不是很清楚,不过两人似乎心意相通,都不约而同地开怀大笑。就这照片来看,两个人深爱着彼此。这时她记起妈妈对丹恩的评语:"他是个好人,你很幸运,你得抓住他。"

在这照片中,她还看到了自己的哥哥乔。乔剃着光头,看上去真的很开心。他手里拿着香槟酒杯,路易斯站在他的身边。路易斯是一个投资银行家,也是乔的男朋友。他们的关系只维系了很短一段时间,这段恋情简直就是灾难。伊芷也在照片上。还有莱文,他看起来更像个会计师而不是架子鼓手。莱文身边站着一个戴眼镜的女人——诺拉从没见过这个人。

丹恩还待在浴室里,诺拉趁此机会找到了卧室。显而易见,他们在财务方面碰到了一些麻烦,令人不安的银行约谈就是明证。尽管如此,卧室的装潢颇为奢华:漂亮的窗帘,宽大舒适的床铺，床上摆放着干净清爽的雪白羽绒被。

两侧的床头柜上都摆放着书。在原来的人生中，诺拉最近半年都不曾在床头放过一本书。她半年都没有看任何书。或许在这一版本的人生中，她注意力集中的时间更长，足以让她看完一本书。

她拿起其中的一本——《初级冥想训练》。在这本书下面是一本亨利·戴维·梭罗的传记，而梭罗正是她最喜欢的哲学家。另一侧的床头柜上也放着几本书。在原来的人生中，诺拉记得丹恩读的最后一本书是土鲁斯-劳特累克①的传记《微型巨人》。不过在这一生中，丹恩读的都是商业管理书籍：《从一无所有到商界英雄：在工作中获取成功》《休闲与人生》，还有一本最新版的《酒吧经营指南》。

她觉得自己这副躯体也有所不同。她变得更健康、更强壮，但是全身神经紧绷。她拍拍肚子，意识到在这一生中她长胖了。感觉她的头发也和以前不同了。她蓄着厚实的刘海，而且——往背后摸了一下——后面的头发也变长了。她感觉有点晕头转向——这个诺拉刚才至少喝了几杯红酒。

过了一会儿，她听到马桶冲水的声音，接着是响亮的漱口声，听起来实在是有点吵。

丹恩走进卧室。"你还好吧？"他问道。这时候诺拉意识

---

① 土鲁斯-劳特累克（1864—1901）：法国后期印象派画家和设计师。

到他的声音与她记忆中的大不相同，变得更加空洞冷漠。这或许是疲倦造成的，或许是压力造成的，或许是酒精造成的，或许是这场婚姻造成的。

也或许是别的什么东西造成的。

她怎么也想不起丹恩原来的声音是什么样的，甚至无法确切回忆起他的样貌。这就是记忆的特性吧。在读大学的时候，她曾经写过一篇论文，还给这篇论文起了一个干巴巴的标题：《论霍布斯哲学理论中关于记忆和想象的基本原理》。托马斯·霍布斯[①]认为记忆和想象性质相同。自从知道这一点之后，诺拉再也无法完全相信自己的记忆了。

窗外的路灯散发出昏黄的灯光，照亮空无一人的乡间小路。

"诺拉，你怎么变得怪怪的？你站在房间中央做什么？你打算上床睡觉了吗？还是你正在'站立冥想'？"

丹恩笑了，他以为自己很风趣。

他走到窗边，拉上窗帘。之后，他脱下牛仔裤，扔在一张椅子的椅背上。她看着他——以前她曾被他深深吸引，现在她努力想重新唤醒这种感觉。只是这实在太难了，她没有想到事情会变成这样。

每个人的人生可能有无数种结局。

[①] 托马斯·霍布斯（1588—1679）：英国哲学家、政治家。

他重重地倒在床上，如同一条鲸鱼沉入海中。他拿起那本《从一无所有到商界英雄》，想要集中注意力看看书。不一会儿，他还是放下书本，拿起床边的笔记本电脑，将电脑的耳机塞进耳朵里，或许他又要听播客节目了。

"我正在思考一些事。"

她感觉到一阵眩晕，仿佛只剩下半个灵魂待在这具躯体中。她想起艾尔姆太太说一旦她感受到对那种人生的失望，她很快就能回到图书馆中。现在她意识到和一个她在最近两年都没见过的男人睡在同一张床上实在是太奇怪了，她根本做不到。

她看到一个电子时钟，上面显示的时间是12:23。

丹恩的耳朵里还塞着耳机，他又看向诺拉："好啦，说实在的，如果你今晚不想进行'造人运动'，你可以直说。"

"什么？"

"我是说，这样我们就得等到你下一次排卵的时候再……"

"'造人'？造娃娃？你是说我想要个孩子？"

"诺拉，你怎么了？你今天怎么怪怪的？"

她脱下鞋子："没什么。"

这时她想起了一件事，一件和那大白鲨T恤有关的事。

确切地说，她想起了一首歌，一首名为《美丽天空》的歌。

在她把那件T恤送给丹恩的同一天,她还为他演奏了一首歌。那首歌是她为迷宫乐队写的,名字就叫《美丽天空》。她相信这是她写过的最好的歌。不仅如此,那还是一首欢乐的歌,体现了当时她的乐观心境。这首歌的灵感来源正是她和丹恩即将开启的新生活。可是丹恩听了这首歌之后,只是漠然地耸耸肩。当时她感觉很受伤,如果那天不是丹恩的生日,她就要和他好好说道说道。

"行了,"丹恩说,"没什么大不了的。"

她纳闷这段被掩埋的记忆为什么会在此刻突然浮现,就像是T恤上的那条大白鲨突然从海里冒出头。

很快又有其他记忆涌现出来。她曾经跟丹恩提起一个名叫艾许的吉他爱好者,他是个外科医生,时不时会跑来弦理论乐器店买乐谱,偶尔还会邀请她一起去喝咖啡。

听了这事他反应激烈。

她记得自己当时说:"我当然拒绝了!别吵了!"

还有更糟糕的事。当那家大唱片公司(确切地说是大唱片公司旗下的一家独立小公司)派出的星探打算和迷宫乐队签约时,丹恩告诉她一旦签约,他们俩就只能分手。他还告诉她自己从"一个大学同学"那儿听来的悲惨故事。他说那个同学也是某个乐队的一员,也有某个唱片公司和他们签约,结果那个公司让他们四分五裂、各自发展,到最后他们既没工作又沉迷于酒精,处境潦倒。

"我可以把你带上,"当时诺拉说,"我要把这一条写进合同里。这样无论去哪儿,我们都可以在一起。"

"抱歉,诺拉,可这是你的梦想,不是我的。"

现在回想起来,这段记忆更让她痛心。她心里清楚,在婚礼之前她一直竭力把丹恩的梦想——在牛津郡乡下开酒吧当成自己的梦想。

丹恩总是说自己关心诺拉:她在乐队的时候就曾经有过恐慌症发作,尤其是在她即将上台表演的时候。可是现在回想起来,那些所谓的"关心"里至少隐含着一丝操纵的意味。

"我说,"丹恩又开口了,"你现在不再怀疑我了吧?"

"怀疑你?丹恩,我为什么要怀疑你?"

"你知道我说的是什么事。"

"我当然知道,"诺拉撒谎道,"可我想听你亲口说出来。"

"好吧,就是和艾琳那档子事。"

她死死地盯着他,仿佛他是罗夏墨迹测验[①]里的一团墨迹,她试图读出其中蕴含的深意。

"艾琳?就是今晚和我说话的那个女人?"

"那不过是某一次酒后乱性而已,是不是永远都要拿这件事来拷问我?"

---

① 罗夏墨迹测验:心理学领域较为著名的投射法人格测验。

窗外的小路上，狂风呼啸着穿过树木枝叶，仿佛想要用某种语言诉说。

这就是她因求之不得而痛惜不已的人生。她居然为没能拥有这样的人生而折磨自己，她居然为自己没能出现在这样的人生中而懊悔。

"某一次酒后乱性？"她重复道。

"好吧，两次。"

一下子就翻倍了。

"两次？"

"我当时不在状态。你也知道，我压力太大，再加上这个地方……反正我醉得糊里糊涂的。"

"你出轨了，可你看起来并不是……并不是真心悔过。"

"说实在的，干吗又把这事挖出来？这事已经过去了。记得婚姻咨询专家说的话吗？要往前看，不要老抓住过去不放。"

"你有没有想过或许我们俩并不合适？"

"什么？"

"我爱你，丹恩。你可以是个很好的人，你待我妈妈也很好。过去……我是说我们一直很聊得来。可是，你有没有觉得我们并没过上预想中的生活？我们两人都变了？"

她在距离丹恩最远的床角坐下。

"你能娶我为妻，你觉得自己幸运吗？你有没有意识到就在婚礼前两天,我差点就离开你了?你知不知道如果我没有出现在婚礼上,你的境况会变得多么糟糕?"

"哇,当真?你可太高看你自己了,诺拉。"

"是吗?这有什么不对吗?高看自己有什么不对吗?再说了,我说的这些都是真实存在的。在另一个宇宙里,你用WhatsApp给我发信息,说没有我你的生活有多混乱,说你日日用酒精麻醉自己……不过我看即使有我在身边你也是一样。你还给我发短信说你想念我的声音。"

他发出不屑的嗤笑:"好吧,不过就拿现在来说,我绝不会想念你的声音。"

她发现自己在他面前无法脱下任何一件衣物,脱下鞋子已经是极限了。

"还有,别再拿我喝酒说事。"他说。

"如果你把喝酒当成出轨的借口,我还要继续说下去。"

"我是乡下一间酒吧的老板,"丹恩冷笑道,"乡下的酒吧老板就是这样。我得乐天开朗,欢天喜地,和顾客一起畅饮我们出售的各种美酒。我的天啊。"

他说话什么时候变成这个样子了?或许,他一直以来说话都是这个样子?

"去你的!丹恩。"

他看上去并不在乎。对于自己身处的这个宇宙,他仿佛心满意足。她曾经以为这个宇宙并不存在,还为自己亲手掐灭它而伤心懊悔。丹恩掏出手机，笔记本电脑依然放在羽绒被上。诺拉看着他摆弄手机。

"你想象的生活就是这样？你的梦想实现了吗？"

"诺拉，不要再说这些扫兴的废话。快点上床睡觉。"

"你觉得幸福吗，丹恩？"

"没有人觉得幸福。"

"有人觉得幸福，以前你也是。以前你谈起这个梦想的时候，整个人容光焕发。在你真正拥有一间酒吧之前，这就是你梦想的生活。你想娶我为妻，你想拥有这样的生活。可现在你出轨，你嗜酒如命。我觉得之前你看重我，只是因为你还没有得到我。这可不是什么优点。那我呢？我的梦想呢？"

他对她的话充耳不闻。或者说，他故意装出一副充耳不闻的样子。

"加利福尼亚着大火了。"他仿佛在自言自语。

"好吧，至少我们现在不在加利福尼亚。"

他放下手机，把笔记本电脑合上："你到底要不要上床睡觉？"

为了他，她做出种种退让妥协，可他还在得寸进尺。她决定不再隐忍了。

"Icosagon。"她说。

"什么？"

"之前那道知识竞赛题目的答案,拥有二十条边的多边形叫 Icosagon。我知道答案,可我当时没有告诉你,因为我不想听你冷嘲热讽。现在我不在乎了。我知道而你不知道,那又怎样?反正你也不在乎这事。对了,我得去趟浴室。"

她任由丹恩张口结舌地坐在那里,轻轻踩着宽大的木地板,走出卧室。

她走进浴室,打开灯。她的四肢和躯干感受到阵阵刺痛,仿佛身上的静电正在寻找一个发泄口。她很清楚自己即将离去,她不会在这里待太久了。失望已经充斥她的心房。

这间浴室也很漂亮。浴室里有一面镜子。当她看到镜子里自己的映像,忍不住倒抽一口凉气。她看起来更健康,可是也更显老。再加上她那不同的发型,让她整个人看起来就像个陌生人。

这种人生和她想象的不一样。

诺拉祝福镜里的自己:"祝你好运。"

片刻之后,她已经回到午夜图书馆中。在她前面不远处,艾尔姆太太正盯着她,脸上带着好奇的微笑。

"怎么样?"

诺拉落入生与死之间前
发布的倒数第二条动态

　　你有没有想过这样的问题：我为什么会落到这种境地？你有没有过这样的感觉：自己身处一个迷宫之中，完全找不到出路，而这都是你自己造成的，因为正是你在每一个岔路口做出的决定让你陷入这种境地。你心里明白有很多条路可以让你走出迷宫，因为你听到迷宫外头传来了欢声笑语，你知道这欢笑声来自那些已经走出迷宫的人。有时候你透过树篱，可以隐约看到他们。你不时瞥见一个身影在枝叶间匆匆掠过。他们看起来那么开心，因走出迷宫而欢天喜地。你不怨恨他们，你只是怨恨你自己。你怪自己没有他们那么能干，因此无法走出迷宫。你有过这样的感觉吗？还是只有我一个人深陷迷宫之中？

　　PS：我的猫死了。

棋　　盘

午夜图书馆里的书架静止不动，仿佛从来都没移动过。

诺拉发觉她和艾尔姆太太现在正位于图书馆的另一区域。这并不是说她身处另一个房间，这个图书馆只有一间无边无际的巨大房间。实际上，她也说不准这种感觉对不对，反正周围的书都是绿色的，她也看不出什么分别。不过，她仿佛离那条走廊更近了。她的目光透过一摞书上方的空隙，瞥见了不一样的景象——在走廊上，就在两条通道之间，摆着一张办公桌和电脑，看起来就像是临时搭建的开放式办公室。

艾尔姆太太并没有坐在办公桌旁边。她坐在诺拉正前方的一张低矮木桌旁，正在下象棋。

"这和我想象的不一样。"诺拉说。

看起来艾尔姆太太下棋正下到一半。

"事先很难说得准，对吧？"艾尔姆太太一边说着，一边呆呆地看着前方。她让一个黑色的象横穿棋盘，吃掉一个白色的兵。"要弄明白什么能给我们带来幸福还真不容易。"

艾尔姆太太将棋盘旋转一百八十度,看起来她正在和自己对弈。

"是啊,"诺拉说,"的确如此。可是,她怎么样了……我是说,另一个我怎么样了?她最后是什么结局?"

"我怎么会知道?我只知道今天的事,我知道许许多多关于今天的事。可我不知道明天会发生什么事。"

"可她就留在那浴室里,她都不知道自己怎么跑到那儿去的。"

"其实我们常常会这样:走进一个房间,可不知道自己为什么要进来;脑子一片空白,记不起自己刚才做过什么。你难道没有过这样的感觉吗?"

"有,可我在那种人生里待了半个小时。"

"而另一个你不会知道。她会记得你说过的话、做过的事,但会以为是她自己说的、做的。"

诺拉长长地舒了一口气:"丹恩以前不是那样的。"

"人是会变的。"艾尔姆太太说。她依然盯着棋盘,犹犹疑疑地摸着一个象,不愿放手。

诺拉想了想:"或许他一直都是这样,只是我没发现而已。"

"所以,"艾尔姆太太抬眼看着诺拉,若有所思,"你感觉如何?"

"我还是想去死，我渴望死亡已经有一段时间了。我已经仔细盘算过了，我这个人活着就是一场灾难，我活着带来的痛苦远远超过我死后其他人感受到的痛苦。我觉得死亡就是解脱。我对任何人来说都是个没用的人，干活也干不好，每个人都对我失望透顶。说实话，我活着就是白白制造'碳足迹'。我让别人伤心，所以我的身边空无一人。连可怜的老福子都离我而去，我甚至连猫都养不好。我渴望死亡，我的人生就是一场灾难，我想要做个了断。我无法过好人生，让我经历这一切没有任何意义。显而易见，我在其他人生里也注定得不到幸福。我就是这样的人，没有任何贡献，只是沉溺于自怜自艾。我想去死，我渴望死亡。"

艾尔姆太太仔细端详着诺拉，仿佛是在重读某本书中某一段文字时发现其中蕴含着新意。"你提到'渴望'，"她斟词酌句地说，"'渴望'这个词很有意思，它意味着或有所缺。有时候我们用一些别的东西去填补空缺，原来那种'渴望'就会烟消云散了。或许你的问题不在于你渴望什么，而在于你缺乏什么。或许这里真有你想要的那种人生。"

"我之前也这么以为，就是和丹恩在一起的那种人生。可是我想错了。"

"不，你没错。你可能拥有的人生千千万万，数之不尽，可你只尝试了一种人生。'一'和'无穷尽'比起来可是微不足道。"

"每一种我可能拥有的人生里都有一个我存在，所以并没有本质上的差别。"艾尔姆太太好像根本没听诺拉说话，她只是说："告诉我，你现在想试试哪种人生？"

"什么都不想试，拜托别再让我试了。"

"你想不想再看一眼那本《遗憾之书》？"

诺拉揉揉鼻子，微微摇头。她想起所有遗憾一起涌上来时那种让人窒息的感觉。"不要。"她说。

"你的猫呢？它叫什么名字来着？"

"伏尔泰。这个名字太矫揉造作了，而它可不是一只矫揉造作的猫咪，所以我给它起了个小名叫'福子'。我开心的时候也会叫它'福崽'……当然了，这种时候可是少之又少。我甚至连给猫咪确定一个名字都做不来。"

"你说你是个糟糕的猫饲主，你想过要做出什么改变吗？"

诺拉想了一下。她现在肯定艾尔姆太太正引她入套，可她真想再次见到自己的猫咪，而不是名字相同的另一只猫咪。事实上，现在她的这个愿望无比强烈。

"好吧，我想试试我把伏尔泰圈养在家里的人生，我的猫咪伏尔泰。在那种人生里，我没有尝试自杀，我是一个合格的猫饲主，我昨晚没有让它跑到大马路上。我想试试那种生活，试一会儿就好。这里有这样的人生，对吧？"

唯一的领悟之道就是体验人生

诺拉四处张望,发现自己正躺在床上——她自己的床上。

她看看表:现在是凌晨零点一分。她开了灯。这完全就是她原来的人生,不过比原来更好,因为在这种人生中,伏尔泰会好好活着。伏尔泰,她的猫咪伏尔泰,真正的伏尔泰。

可是伏尔泰跑哪儿去了?

"福子?"

她爬下床。

"福子?"

她在公寓里找遍了,没有见到伏尔泰的踪迹。雨水拍打着窗玻璃——就连天气也和原来的人生一模一样。还没有拆封的抗抑郁药已经拿出来了,放在厨房的料理台上。电子琴立在墙边,一声不响。

"福崽?"

那盆丝兰和三棵微型仙人掌盆栽还摆在那里。书架上的书也没有变化：哲学书、小说、从来没翻开过的瑜伽运动手册、摇滚明星的传记、科普读物……还有一本老旧的《国家地理》，封面是一条鲨鱼；还有五个月前的一本《ELLE》，诺拉只是为了看其中的莱恩·贝利访谈。在那之后，她很久都没有买过新的杂志了。

猫粮碗还是满满的。

她四处寻找，叫着伏尔泰的名字。当她再次走进卧室，趴在地上朝床底张望时，她才发现它。

"福子！"

猫咪一动不动。

她的胳膊不够长，根本够不着。她只得推开床。

"福崽，过来啊，福崽。"她轻声叫道。

可是，当她的手一触到那浑身冰冷的猫咪，她马上明白了。悲伤和迷惘席卷而来，瞬息之间她已经回到了午夜图书馆，出现在艾尔姆太太面前。艾尔姆太太正坐在一张舒适的椅子里，津津有味地看着一本书。

"我不明白。"她对艾尔姆太太说。

艾尔姆太太一直盯着书页，继续阅读。"你不明白的事情可多了。"她说。

"我刚才说我想试试那种伏尔泰还活着的人生。"

"不，你刚才不是那么说的。"

"你说什么？"

艾尔姆太太放下书本："你刚才说你想试试你昨晚没有让它跑出去的那种人生，这可是完全不同的两码事。"

"是吗？"

"当然了，完全不同。你看，如果你刚才说的是'它还活着的那种人生'，我就会直接说'不行'。"

"可是为什么？"

"因为那种人生根本不存在。"

"我以为所有人生都存在。"

"存在的是你可能拥有的所有人生。事实上，伏尔泰患有严重的……"她仔细查看那本书，"限制型心肌病，非常严重。这种病是先天性的，它注定会早早夭折。"

"可它是被汽车撞死的呀。"

"死在路边和被汽车撞死也是两码事，诺拉。在你的本源人生里，伏尔泰的寿命几乎算是最长的，仅次于你刚才体验过的那种人生。在刚才那种人生里，它在三个小时前死去。它在早年历尽苦难，可是你养它的这段时间就是它猫生中最美好的时光了。伏尔泰也有很多猫生，在其中大部分猫生中它过得更惨，我说的可是实话。"

"之前你都不知道它的名字，现在你又怎么知道它得了那种限制型……什么病？"

"我知道它的名字。而且那不是'之前'，就是现在，不信看看你的表。"

"那你为什么要骗我?"

"我没有骗你。我只是问你的猫叫什么名字,我可从没说过我不知道它叫什么名字。你明白其中的差别了吧?我只是想让你亲口说出它的名字,这样你就能有所感觉了。"

诺拉因恼怒而浑身发烫:"可是这样更糟!你明明知道伏尔泰会死,还把我送进那种人生!伏尔泰真的死了,什么都没变。"

艾尔姆太太的眼睛闪了一下:"不,是除了你什么都没变。"

"什么意思?"

"你不再把自己看作一个失败的猫饲主了。你照看它,给它最好的关爱。它爱你,你也爱它。或许它不想让你看它死去。你也知道,猫是有灵性的,它们会意识到死亡即将来临。它跑到外面去是为了面对死亡,它一直都知道。"

诺拉仔细琢磨这几句话。现在回想起来,她并没有看到伏尔泰的尸体上有什么外伤。她只是和艾许一样,仓促间得出结论:一只猫死在路边,那它的死亡很可能是行走在路上的东西引起的。如果一个外科医生会这么想,一个不懂医学的外行当然也会这么想了。三下五除二,他们就认定伏尔泰是被汽车撞死的。

"可怜的福崽。"她哀伤地说道。

艾尔姆太太微微一笑，仿佛一个老师看到自己的学生对功课有所领悟。

"它爱你，诺拉。你给予它最好的照料。现在看看《遗憾之书》的最后一页。"

诺拉发现自己正跪在地板上，那本《遗憾之书》就在她身边的地上。

"我不想再翻开那本书。"

"别怕，这回更加安全，只要看看最后一页。"

诺拉翻开最后一页，她看到最后一条遗憾——"我因没有好好照看伏尔泰而后悔"——渐渐淡去，最终从书页上消失，就如同一个隐入浓雾中的陌生人。

在情况变糟之前，诺拉赶紧合上书。

"明白了吧？有时候那些遗憾未必与事实相符，有的遗憾不过是……"她搜寻合适的字眼，最后终于找到了，"不过是一堆臭狗屎。"

诺拉回想自己读书的时候，真正的艾尔姆太太有没有说过"臭狗屎"这种粗话？她很肯定自己从没听到过。

"可我还是不明白，既然你知道伏尔泰无论如何都会死去，你为什么要我去尝试那种人生呢？你可以告诉我呀，你可以直接对我说我并不是一个糟糕的猫饲主。你为什么不说呢？"

"诺拉，那是因为有的时候，唯一的领悟之道就是体验人生。"

"听起来很难理解。"

"坐下来吧,"艾尔姆太太对她说,"坐在椅子上。你老这样跪在地上也不好。"诺拉转过身,看到身后有一张椅子。之前她根本没有看到这张椅子。椅子古色古香,看起来应该是爱德华时期的风格:红心木制成的框架,皮革椅面上点缀着拉扣,一侧扶手上还配有一个铜质小书架。"给你自己一点时间。"她说。

诺拉坐下来。

她看看自己的电子表。无论她等多久,电子表上的数字依然没有变化,还是午夜零点。

"我不喜欢这样。一种悲惨的人生已经够糟糕了,为什么还要冒这个风险,去经历其他的悲惨人生?"

"随便你。"艾尔姆太太耸耸肩。

"什么?"

"那你就坐在这里,什么都不做。那么多种人生环绕在你周围,在书架上等着你,而你虽然身处图书馆中,却不愿选择其中的任何一本。"

诺拉意识到艾尔姆太太正在和她玩某种游戏,现在她决定玩下去。

"那好吧。"

诺拉站起来,而艾尔姆太太又拿起了那本书。

诺拉心想：艾尔姆太太可以翻阅那些书，却不会陷入那种人生中。这实在是不公平。

时间一分一秒地过去。

准确地说，一分一秒都没有流逝，时间停滞不前。

在这里，诺拉不会感觉到饥饿、口渴或疲惫，不过她还是会感觉到厌倦。

时间停滞不前，然而诺拉对自己人生的好奇心却愈燃愈烈。想想看，如果你身处一个图书馆中，你能克制住自己，绝不从书架上取下任何一本书吗？

"既然你已经知道这些人生的内容，那你为什么不为我挑一种好的人生呢？"诺拉突然问道。

"这个图书馆可不是这样运作的。"

诺拉又想到一个问题。

"在大多数人生中，现在的我在睡觉，对不对？"

"在很多人生中的确是这样。"

"然后会发生什么事？"

"你睡觉，然后你在那种人生中醒过来。就是这样，没什么好担心的。不过如果你真的着急，你可以选择一种'现在并非睡眠时间的人生'。"

"什么意思？"

"现在，世界上并不是所有地方都是晚上，对吧？"

"什么？"

"你可能存在于无数个宇宙之中。那么在这些宇宙中，你所处的空间难道都是遵循格林尼治标准时间的吗？"

"当然不是。"诺拉说。她意识到自己已经被引入圈套，正准备选择另一种人生。她想起照片上的座头鲸，想起自己还没回复伊芷的信息。"我想和伊芷一起去澳大利亚，我想体验那种人生。"

"很好的选择。"

"怎么了？你是说这是美好的人生？"

"我可没那么说。我只是觉得你的选择越来越明智了。"

"那是不是糟糕的人生？"

"我也没那么说。"

书架又开始移动，几秒之后就停了下来。

"好了，就在这儿。"艾尔姆太太说着从倒数第二层书架上取出一本书。这些书几乎都一模一样，可她只要看一眼就能分辨清楚。这实在是太诡异了。

她把那本书递给诺拉。她的举动中透着慈爱，仿佛她给诺拉的是一件生日礼物。

"给你，你知道该怎么做了。"

诺拉犹豫了。

"如果我死了呢？"

"抱歉，你说什么？"

"我是说在另一种人生里，我在今天之前已经死去——

这样的人生肯定很多吧。"

看起来艾尔姆太太被她勾起了兴致:"那不正是你想要的吗?"

"呃……是啊,不过……"

"没错,在无数种人生中,你死于今天之前。你死于车祸,死于用药过量,死于溺水,还有一次死于食物中毒;你死于一口苹果引发的窒息,死于一块饼干引发的窒息,死于一口素食热狗引发的窒息,死于一口非素食热狗引发的窒息;你死于每一种你可能染上的疾病……在这些人生中,你以各种各样的方式,在任何时刻死去。"

"那么我会不会一翻开这本书就死掉?"

"不,不会马上死掉,不会像伏尔泰那样。这里有的只是人生,也就是'生'。我的意思是说,或许你在某种人生中死去,不过在进入那种人生之前你不可能死去。这里可是午夜图书馆,不是鬼魂图书馆,也不是死尸图书馆。这个图书馆拥有各种可能,而如果人死了,什么可能性都不存在了。你明白了吗?"

"大概吧。"

诺拉看着递给她的那本书。松绿色的皮面质感柔滑,封面上印着四个大字:**我的人生**。这书名实在是毫无意义,真让人摸不着头脑。

她翻开那本书,看到一张空白页。她翻过空白页,看着下一页，心里纳闷这回到底会发生什么事。她看到一行字：

和往常相比，今天的游泳池更加热闹……

转眼之间，她就已经在那里了。

《火》

诺拉倒吸一口气,强烈的感官刺激瞬间袭来。周围都是水和喧嚣。她张着嘴,呛了一口水。辣辣的咸味在嘴里弥漫。

她拼命伸长腿,想要够到池底,却够不着。她马上调整姿势,游起了蛙泳。

这是一个游泳池,一个户外的海水泳池,位于海边。海岸线上立着一块凸出的巨岩,这个泳池就是掏空巨岩后建成的。她可以看到远处的大海。头顶艳阳高照,泳池的水冰凉冰凉的。不过水面之外颇为炎热,她觉得泡在这水里很舒服。

她曾经在贝德福德郡的游泳比赛中拿过同年龄女子组的冠军。

在全国青少年游泳锦标赛中,她曾经拿过同年龄组的两个冠军——自由泳四百米冠军和自由泳二百米冠军。她爸爸每天都开车送她到当地的游泳池训练,有时候是在上学之前，有时候是在放学之后。然而，当她哥哥拿起电吉他，扭动着身躯唱起了涅槃乐队的歌曲，她放弃了游泳，转而投入音乐之中。她自学成才，不仅能弹奏肖邦的乐曲，还能弹奏披头士和卡朋特乐队的经典歌曲。她开始写歌，而那时候迷宫乐队尚未成立，还只是她哥哥脑子里模糊的设想。

可是，她并没有完全放弃游泳，她只是不喜欢游泳带来的压力。

她游到池边，停下来，四处张望。她看到远处低矮的地平线上出现了一抹海滩，海滩划出一个半圆，仿佛正在欢迎海水涌进来舔舐沙滩。而沙滩再往内陆延伸是一片绿地公园，公园里种满了棕榈树，遛狗的人依稀可见。

公园后头则是一栋栋房子和一片片低矮的公寓楼，车流从一旁的公路上穿梭而过。她曾经见过拜伦湾的照片，可这里看起来不像是拜伦湾。虽然说不准这里到底是什么地方，可她能感觉到这里的建筑物更加密集。这里同样是个冲浪胜地，但都市气息也很浓郁。

她把注意力转向这个游泳池。她看到一个男人一边调整自己的护目镜，一边朝她微笑。她认识这个人吗？处于这种人生中的诺拉会欣然接受这微笑吗？她实在摸不着头脑。作为回敬，她只得露出一抹礼貌的浅笑。她感觉自己就像是个拿着陌生货币的游客，不知道该给多少小费才合适。

一个女人朝她游过来。她年纪稍大，戴着一顶泳帽。

"早啊，诺拉。"那女人边游边说。

这声招呼表明诺拉是这里的常客。

"早啊。"诺拉回应道。

为了避免陷入尴尬的谈话中，她只得朝大海望去。一群早起的冲浪者散落在大海里，看上去就像几个小黑点。他们驾着冲浪板向前冲去，去迎接那蔚蓝色的海浪。

这是一个好的开头，这意味着她的澳大利亚人生前景光明。她看看表——那是一块廉价的卡西欧表，颜色是鲜亮的橙色。她满怀憧憬：一块充满元气的手表或许意味着幸福的人生？现在是早上九点。除了手表之外，她的手腕上还套着一条塑料腕带，上面挂着一把钥匙。

看来这个诺拉的习惯就是每天早上来到这个海边的户外泳池游泳。她不禁纳闷：我是一个人来的还是和其他人一起来的？她满怀期盼，在泳池里搜索伊茞的身影，却遍寻不着。

她又游了一会儿。

之前她喜欢游泳，是因为游泳可以让她隐匿自己。在水里，她可以心无旁骛，什么都不想。学校和家庭带来的所有烦恼仿佛都烟消云散了。她认为游泳和其他艺术一样，都是一种"关于纯粹的艺术"。你对一件事情越专注，杂念就越少。你仿佛不再是自己，而是与你专注之事融为一体。

可是手臂和胸口的阵阵酸痛让诺拉难以聚精会神继续游

泳了。她意识到自己已经游了很长一段时间，是时候离开游泳池了。她看到一块标示牌：勃朗特海滩游泳池。她隐约记起丹恩提到过这个地方。丹恩在大学毕业后的间隔年去了澳大利亚，曾经和她提起这个地方。这个地名很好记——勃朗特海滩，只要想象一下站在冲浪板上的简·爱①就不会忘了。

可是这让她更加疑惑了。

勃朗特海滩位于悉尼，并不在拜伦湾一带。

有两种可能：其一是在这种人生中伊芷并没有去拜伦湾；其二是诺拉并没有和伊芷在一起。

她发觉自己的皮肤被晒成浅褐色。

眼前的问题是她不知道自己的衣服放在哪儿。这时她想起了手腕上那条挂着钥匙的塑料腕带。

钥匙上写着"57"，看来她的储物柜号码是57号。她来到更衣室，找到那个矮墩墩的方形储物柜，打开柜门，取出衣服。她发现处于这一人生中的诺拉喜欢颜色鲜亮的衣服，挑选手表的品味也是如此。储物柜里有一件菠萝印花的T恤，一个丰饶角②里满满地装着菠萝；还有一条粉紫色的牛仔短裤和一双格子花纹的懒人鞋。

这个诺拉到底是干什么的？难道她是一个儿童节目主

---

① 经典作品《简·爱》的作者是夏洛蒂·勃朗特。
② 起源于希腊罗马神话，在西方文化中象征着丰饶富裕。

持人？

柜子里除了防晒霜和木槿花色的唇彩之外，没有其他的化妆品了。

她穿上T恤。这时她注意到自己的手臂上有一些疤痕，不禁纳闷这是不是自残留下的伤痕。在她肩膀下方还有一个文身，图案是浴火重生的凤凰。那个文身很难看。显而易见，处于这种人生中的自己没什么品味。可是话说回来，有无品味和幸不幸福又有什么关系呢？

她穿好衣服，从短裤口袋里掏出手机。和"成婚后经营酒吧的人生"比起来，她在这一生中使用的手机型号更老。幸好她可以用指纹识别解锁手机。

她离开更衣室，沿着海边的一条小径前行。天气很暖和，四月的太阳泰然自若地悬在空中，散发着光芒。或许在这样的天气里，人生也会自然而然变得更美好。和英格兰相比，这里的一切都更富生机，更具活力，更加色彩斑斓。

她看到一只鹦鹉。那只鹦鹉披着蓝黄相间的羽衣，立在一张长凳上，两三个游客正在和它合影。一个人骑着自行车经过，看样子刚冲完浪回来。他手里拿着一杯橘子汁，对她微笑："早上好。"

这里和贝德福德完全不同。

诺拉感觉自己的脸正在起变化——她竟然面露微笑，这可能吗？那是自然流露的微笑，不是投人所好故意挤出来的微笑。

之后,她看到一堵矮墙上的几处涂鸦。其中一片涂鸦写着"整个世界着火了",另一片涂鸦写着"一个地球,一次机会"。这时她脸上的微笑消失了。没错,她可以选择不同的人生,可无论哪种人生,都发生在同一个地球之上。

她不知道自己住在哪儿,不知道自己是干什么的,也不知道离开游泳池后该去哪儿,可是她体验到自由自在的感觉。她只是单纯地活着,无须按别人的期望行事,就连自己的期望都可以置之不理。她一边走着,一边在手机上打开谷歌,在搜索栏里输入自己的名字加"悉尼",等着看看会有什么结果。

她还没来得及看一眼搜索结果,抬头就看到一个人正沿着小路朝她走来。那人五短身材,皮肤晒得黝黑,眼里流露出和善,脸上带着微笑,稀疏的长发随随便便梳成一条马尾辫,身上衬衣的纽扣也没有扣好。

"嗨,诺拉。"

"嗨。"她也回了一句,试图掩盖自己嗓音中的迷惘。

"今天你什么时候开始?"

她该怎么回答呢?"哦,该死!我完全记不得了。"她说。

那人笑了,不是哈哈大笑,只是心知肚明的笑容。看来这个诺拉生性健忘,别人早已见怪不怪了。

"我看了一眼轮值表,好像是十一点吧。"

"早上十一点?"

目光和善的男人又笑了:"你最近抽了什么烟?弄得五迷三道的?给我也来点。"

"啊,没有。"诺拉僵硬地回了一句。"我没有抽烟,只是没吃早饭。"她说。

"好吧,下午见……"

"好,老地方见……那是在哪儿来着?"

那人笑了笑,微微皱眉,继续往前走。或许她在悉尼附近的一艘观鲸游艇上打工,或许伊芷也在那儿呢。

诺拉不知道她(或者她们)住在哪儿,在谷歌上也搜不到什么。不过她觉得朝远离海滩的方向走应该没错。或许她就是当地人,或许她以前来过这儿。在游泳池的咖啡馆外停放着一些自行车,说不定其中有一辆就是她的。她在小钱包和口袋里翻找,想看看有没有自行车钥匙,却只找到了一把房门钥匙。没有汽车钥匙,也没有自行车钥匙,这么看来,她不是走路来的,就是坐公车来的。那把房门钥匙上没有任何信息。她在一张长椅上坐下,低头翻看手机里的信息,任由太阳将她的后颈晒得火辣辣的。

那些人名她都不认得。

艾米、罗贺里、贝拉、露西·P. 凯米拉、鲁克、露西·M……

这些都是什么人啊？

通讯录里有一条只是简单地标示着"工作"，不过也没什么帮助。这个"工作"最近发来的一条信息是："你在哪儿？"

她在通讯录里发现一个她认识的人名：丹恩。

她点开丹恩最近发来的信息，感觉自己的一颗心沉了下去。

丹恩的信息是：

> 嗨，诺拉！在澳大利亚这个奇幻乐园里你过得还好吗？我接下来要说的话或许你已经听得耳朵起茧，或许会让你不自在，可我还是要说。有天晚上我梦见我们的酒吧，那真是个美妙的梦！我梦见我们俩过得好幸福。先不管这个离奇的美梦，我想说的是：猜猜看五月份我会去哪儿？正确答案是——澳大利亚！我已经有十多年没去那儿了。我去那儿是为了公事，现在我为一家澳大利亚采矿公司工作。我很想知道你近况如何，如果你有空，能一起喝杯咖啡就更好了。丹。

这种感觉太诡异了，她几乎要笑出来了。她赶紧用咳嗽声掩盖笑声——为什么要掩饰？仔细想想，或许她还是没能适应现在这种人生。她心想：不知这世上到底有多少丹恩这样的人？他们对还没到手的东西朝思暮想,一旦弄到手又心生厌弃。他们关于幸福的美梦只是虚妄,只是不知这世上还有多少人被丹恩们引入歧途,被他们推进那个虚妄的陷阱之中？

看来这个诺拉唯一使用的社交软件是照片墙,可她也只是在那上面贴了一些诗歌的图片而已。

她翻看其中一首:

火

她的每一寸躯体都在脱胎换骨。

学校里的嘲笑,

和长辈的忠告,

如同刀子,

让她的旧皮囊簌簌剥落。

这些已经成为过去,

为朋友感受到的伤痛,

也如逝水东流。

她收拾起旧皮囊的碎片,

如同拾起片片木屑,

把它们作为燃料,投入火中。

火熊熊燃烧,

明亮的火光照亮了永远。

这简直是莫名其妙。不管怎么说，这毕竟是一首诗。接着她翻看电子邮件，找到一封寄给夏绿蒂的信件。夏绿蒂曾经是弦理论乐器店的员工，也是诺拉在那里唯一的朋友。她自有一种粗俗的幽默感。她是一个横笛手，她所属的乐队是专门为苏格兰共乐会伴奏的。之后她搬到苏格兰去了。

她翻看那封电子邮件：

嗨，夏绿蒂！

希望一切安好。

很高兴听到你的生日聚会进行得如此顺利，我为自己无法参加而感到遗憾。悉尼这边阳光灿烂，岁月静好。终于搬到新家了，就在勃朗特海滩旁边，那海滩很漂亮。这一带有很多咖啡馆，风景很迷人。我还找到一份新工作。

每天清晨和傍晚我都去海水泳池游泳，在阳光下喝一杯澳大利亚红酒。生活真美好！

发信地址：澳大利亚新南威尔士州2024，勃朗特市达令街2/29号

发信人：诺拉

有点不对劲。感觉这封信有点矫揉造作，语气中隐约透出一种陌生的疏离感，感觉就像是写给一个许久不联系的亲

戚。"这一带有很多咖啡馆,风景很迷人"……感觉就像旅行社推荐行程时的腔调。她从来不会和夏绿蒂这么说话——事实上,她和任何人都不会这么说话。

这信里也没有提到伊芷。"终于搬到新家了。"谁搬到新家?是"我"还是"我们"?夏绿蒂认识伊芷,为什么没有提到她?

她很快就能发现事实的真相。二十分钟后,她站在自己公寓套房的玄关里,看着准备丢弃的四大包垃圾。公寓的客厅狭小压抑,沙发破旧邋遢,一股淡淡的霉味在空中弥漫。

墙上贴着一幅电子游戏《天使》的海报,咖啡桌上摆着一支电子烟,电子烟上贴着一张大麻叶的贴纸。一个女人坐在电脑前,瞄准一个个僵尸,一枪爆头。

那个女人的短发染成蓝色。在那一刻,诺拉以为她就是伊芷。

"嗨。"诺拉打声招呼。

那女人转过头——不是伊芷。她睁着惺忪的睡眼,表情空洞,仿佛她杀死的僵尸最终附着在她的身上。或许她是个正派的体面人,可是诺拉在原先的人生中从来没有见过她。

那女人微微一笑:"嗨,那首新诗怎么样了?"

"哦,还行吧,还不错,挺好的,谢谢关心。"

诺拉感觉有点头晕目眩,她在公寓套房里走来走去。她随手打开一扇门,结果发现那是浴室。她不想上厕所,可她需要一点时间好好思考。于是她走进去，关上门，洗洗手，看着盥洗池里的漩涡呈顺时针旋转——和北半球正好相反。

她看看淋浴喷头，又看看浴室的浴帘。那暗黄色的浴帘肮脏邋遢，很有学生宿舍的感觉。学生宿舍？这间公寓给她的感觉正是如此。在这种人生中，她已经三十五岁了，可她还过着学生一样的生活。她看到盥洗池边放着抗抑郁药。她拿起来，看到贴在药盒上的处方笺写着她的名字：N. 希德。她低头看看自己的手臂，看到那些伤痕。她想从自己的身上找到解开谜团的线索——这种感觉真是太诡异了。

在垃圾桶旁的地板上有一本《国家地理》，封面是一张黑洞的图片，和她在另一种人生中看到的一模一样。就在昨天，身处世界另一头的她也看到了这本杂志。她意识到这本杂志是她的。她向来喜欢阅读这本杂志。有时候如果她觉得《国家地理》的电子版不能很好地体现所刊照片的美妙之处，她会一时兴起买一本纸质的。直到现在这个习惯都没有改变。

她想起十一岁的时候曾经在爸爸订阅的某一期《国家地理》上看到几张斯瓦尔巴特群岛的照片。那个群岛隶属于挪威，位于北冰洋中。那个地方看起来广漠空旷，渺无人烟，却蕴含着一种凛然的威势。杂志中的一篇文章提到一些科学探险家正在那里度过夏天，进行某种地质学研究。她不禁感到好奇：如果她像那些科学家一样，待在这样一个地方，那会是什么样的感受？她把那几张照片剪下来，后来那些照片被她贴在卧室里的留言板上。在接下来的好几年里，她在学校里努力学习科学和地理，梦想着以后能和文章里的科学家一样，在冰封雪覆的大山和峡湾中度过夏天，看着海鹦鹉从头顶飞过。

但在她父亲去世之后，她读了尼采的《善恶的彼岸》，这让她认为，只有哲学才能为她突然袭来的精神危机提供解答。除此之外，她发现自己更想成为一个摇滚歌星，成为科学家的梦想只得退居其次了。

她从浴室里走出来，回到那位谜一样的室友身边。

诺拉坐在沙发上，一边等待一边观察，就这样过了好一会儿。

那个女人操纵的阿凡达被一枪爆头。

"去你妈的，鬼脸僵尸！"女人对着屏幕兴致勃勃地大叫大嚷。

女人拿起了电子烟。诺拉纳闷她和这个人到底熟到什么程度。她假定她们俩是室友。

"我在想之前你说过的话。"那女人说。

"我说什么了？"诺拉问道。

"就是养猫的事情，你还记得吧，你想照顾那只猫？"

"哦，当然了，我记得。"

"这主意实在是糟糕透顶。"

"是吗？"

"你想想，那可是猫耶。"

"猫怎么了？"

"它们身上有寄生虫，叫作……弓什么虫。"

这个诺拉知道。她十几岁的时候曾经在贝德福德动物救助中心帮忙，那时候她就已经知道一些跟猫有关的知识了。"弓形虫。"她说。

"对！就是弓形虫！我从一个播客节目里听来的……说是有人认为由各国亿万富翁联合起来的一个团体故意让猫染上这种病，这样他们就能让人变得越来越笨，最终统治整个世界。想想看，到处都有猫呀！我把这事告诉杰拉德，可他只是说：'娇娇，最近你抽了什么烟？'我回答说：'就抽你给我的烟啊。'然后他说了一句：'好吧，我明白了。'接着他又告诉我关于蚂蚱的事。"

"蚂蚱？"

"是啊，你听说过吗？"娇娇问道。

"蚂蚱怎么了？"

"蚂蚱正在自杀，这都是因为它们体内有一种寄生虫。那种寄生虫就像是发育成熟的水生物，它们在成长过程中慢慢控制了蚂蚱的大脑。到后来蚂蚱会想：'啊，我真喜欢水啊。'然后它们就一个个跳进水里死掉了。这样的事一直都有，不信你查查谷歌,搜索'蚂蚱自杀'。不管怎么说,我的意思是那些精英们想通过猫来害死我们,所以你得离猫远点。"

诺拉不禁纳闷这种人生和她想象中的差距到底有多大。她原本以为自己会和伊芷一起,在拜伦湾附近的一条游艇上,对着雄伟壮观的座头鲸惊叹连连。可现在她却在悉尼,在一间臭气熏天的小公寓里,她的室友是一个阴谋论者,甚至都不让她接近猫。

"伊芷到底怎么了?"

诺拉这才意识到她大声说出了这个问题。

娇娇一脸茫然:"伊芷?你的老朋友伊芷?"

"是啊。"

"死了的那个?"

这句突如其来的话让诺拉一时反应不及。

"啊,什么?"

"就是遇到车祸的那个?"

"什么?"

娇娇看起来一头雾水,电子烟冒出的缕缕白烟掠过她的脸庞。"你还好吧,诺拉?"她把电子烟递过来,"要不要来一口?"

"哦,不,谢谢,不用了,我还好。"

娇娇咯咯一笑:"换下口味嘛。"

诺拉拿起手机,登陆上网。她在搜索栏里输入"伊莎贝尔·贺许①",点击"新闻"类别。

她找到了。网页上出现了一条新闻标题,标题下方是伊芷的照片——她的脸庞晒得黝黑,脸上挂着微笑。

英国籍女性公民在新南威尔士州道路交通事故中丧生

昨晚在新南威尔士州考夫斯港以南的太平洋高速公路上发生了一起道路交通事故,造成一人死亡,三人受伤。死者为三十三岁的女性,当时她驾驶着一辆丰田卡罗拉汽车,与反方向的一辆小轿车相撞。

经过确认,死者为英国籍公民伊莎贝尔·贺许。她在事故中当场死亡,死亡时间约为昨晚九点。当时丰田车里没有其他乘客。

据贺许女士的室友诺拉·希德说,当时贺许女士驾车从布里斯班赶回拜伦湾参加她的生日聚会。贺许女士最近开始为拜伦湾观鲸旅游团工作。

"我实在是太难过、太震惊了。"诺拉说,"一个月前,我们一起来到澳大利亚,伊芷打算在这里长住。她活力无限,生机勃勃,真是无法想象没有她的世界会是什么样子。她为自己找到的新工作兴奋不已。整件事真让人难过,实在是难以忍受,让人无法理解。"

---

① 伊芷是伊莎贝尔的昵称。

另一辆车里的三人均在事故中受伤,驾车人克里斯·戴尔被空运至拜灵加的医院进行抢救。

新南威尔士警察局正在寻找该起事故的目击证人。希望目击者能主动提供帮助,配合警方询问。

"哦,天啊。"诺拉轻声自言自语。她感觉到一阵眩晕:"哦,伊芷。"

她知道在她全部人生中,伊芷都还活着——不,应该说在她大部分人生中,伊芷都还活着。然而,眼下这种人生却并非如此。可她感觉如此真实,她感受到真真切切的悲痛。这种悲痛似曾相识,让她心存畏惧,其中还夹杂着丝丝愧疚。

她还没来得及调整自己的状态,手机响了。来电显示是"工作"。

一个男人的声音从手机里传来,他说起话来慢悠悠的。

"你跑哪儿去了?"他问道。

"什么?"

"半小时前你就该到了。"

"到哪儿?"

"渡轮码头呀,你在这儿卖票。我没拨错号吧?你是诺拉·希德,对吧?"

"是其中之一吧。"诺拉叹了一口气,慢慢退出这具躯体。

鱼　　缸

当诺拉回到午夜图书馆，那个目光狡黠的图书管理员根本没抬头看她，而是低头盯着她的棋盘。

"老天，这太可怕了。"

艾尔姆太太的笑容中带着一丝揶揄："这回你明白了，对吧？"

"明白什么？"

"你可以选择人生，可你不能选择结局。不过我还是坚持之前的看法：这回你的选择很明智，只不过那结局不是你想要的。"

诺拉仔细端详艾尔姆太太的脸，她是不是乐在其中？

"我为什么还要留在澳大利亚？"她说，"为什么在伊芷死后，我不回来呢？"

艾尔姆太太耸耸肩："你深陷其中，悲痛欲绝，而且你还抑郁了。你也知道抑郁的滋味吧。"

诺拉当然知道。她想起在什么地方读到过一篇关于鱼的研究报道。其实鱼比我们想象的更像人类。

鱼也会抑郁。科学家们用斑马鱼来做实验，他们把鱼放在一个鱼缸里，然后用马克笔在鱼缸的一侧画一条横线。抑郁的鱼一直待在横线以下，不过如果给它们喂食了抗抑郁药物百忧解，它们就会冲到横线以上，一直冲到鱼缸顶端，如同获得了新生。

如果没有刺激，鱼就会抑郁。它们毫无意义地漂浮在鱼缸中，如同失去了一切。

或许对于那种人生中的诺拉来说，一旦伊芷不在了，澳大利亚就是一个空空如也的鱼缸。她已经没有动力游到横线以上了。无论是百忧解还是氟西汀[①]，都无法让她重新振作。于是她就一直留在那里，和娇娇一起住在那间公寓里，直到不得不离开那个国家。

或许连自杀都太过主动了。在某些人生中，你只是随意漂泊，心如死灰，甚至不愿有所改变。或许大多数人生都是这样。

"就是这样，"诺拉大声说道，"或许我被困在那个鱼缸里了。或许在每一种人生中我都陷入困境，无法逃脱。我是说……大概我就是这样的人。无论换到哪一种人生，海星始终是海星，不可能变成一个航天工程教授。或许……我根本

---

① 氟西汀：一种抗抑郁药物。

不可能找到一个不被困住的人生。"

"哦,我觉得你的看法不对。"

"好吧,那就让我体验一下那种不被困住的人生。那是什么样的?"

"不应该由你来告诉我吗?"

艾尔姆太太移动一个后,吃掉一个兵。之后她旋转棋盘:"老实说,我只是个图书管理员。"

"图书管理员博学多识,他们能帮你找到合适的书,去往合适的世界。他们能找到最好的去处,就像是能让灵魂升华的搜索引擎。"

"说得不错,不过你还是要明白自己想要什么,你在使用搜索引擎时也得知道该在搜索栏里输入什么词。有时候你得试好几次,才能想明白。"

"我没法坚持下去了,我觉得我做不到。"

"唯一的领悟之道就是体验人生。"

"我知道,你都说了好几遍了。"

诺拉重重地呼出一口气。她意识到在这个图书馆里她竟然还能呼吸,这还真有意思。她感觉自己已经完全回到了这具躯体之中,一切似乎都很正常。可是这地方绝对不正常,真正的她肯定不在这里,不可能在这里。但无论出于什么原因或目的,她都以某种方式存在于这座图书馆中,双脚踩在地板上,连重力都还在起作用。

"好吧,"她说,"我想试试成功的人生。"

艾尔姆太太发出不以为然的啧啧声:"你读了那么多的书,可用词还是不够精确。"

"抱歉。"

"你刚才说'成功',那成功对你来说意味着什么?挣很多钱?"

"不,不是……或许会挣很多钱吧,不过成功不能用金钱来定义。"

"那好吧,你说成功是什么?"

诺拉不知道成功是什么,她一直觉得自己很失败。

艾尔姆太太露出耐心的微笑:"你要不要再翻翻那本《遗憾之书》?你要不要回想一下自己曾经做错了什么决定,让你离成功越来越远?"

诺拉马上摇摇头,就像一条狗抖落身上的水珠。她的情绪已经够低落的了,她可不想再面对那一长串的错误和过失。再说了,她对自己的遗憾了然于心。遗憾不是蚊子叮咬的肿包,不会慢慢消散。它们会一直困扰你。

"不,不是这样的。"艾尔姆太太看穿了她的心思,"你不再为了自己的猫感到遗憾,对吧?你也不再为自己没有和伊芷去澳大利亚而后悔了。"

诺拉点点头。艾尔姆太太说得有道理。

她回想起在勃朗特海滩泳池游泳的感觉,那种既熟悉又陌生的感觉可真棒。

"在你很小的时候，大人们就鼓励你游泳了。"艾尔姆太太说。

"没错。"

"你爸爸总是很喜欢带你去游泳池游泳。"

"能让他开心的事少之又少，而带我去游泳就是其中之一。"诺拉沉吟道。

对诺拉来说，游泳能让她获得父亲的赞许。除此之外，她喜欢待在水里。水里的世界是无声的，与充满父母吵架声的真实世界恰好相反。

"你为什么放弃了呢？"艾尔姆太太问道。

"我赢得比赛之后，大家开始关注我了。我不想让很多人盯着看，尤其是在穿着泳衣的时候。当你处于一个对自己身体很在意的年龄，被人那样关注可实在不好受。当时有人说我的肩膀长得像男孩一样宽。这当然是一句无聊的蠢话。可是在那种时候，你就是会为很多类似的蠢话耿耿于怀。青春期那段时间，我只希望自己能躲在大家的视线之外。当时他们给我起了个绰号叫'鱼'，这并不是在夸我游泳游得好，只是因为我那时候很害羞。这也是我喜欢待在图书馆，却不喜欢在操场上玩耍的原因之一。或许这只是一件小事，不过能拥有那一片小天地真的对我帮助很大。"

"不要低估小事的重要性，"艾尔姆太太说，"你要始终记住这一点。"

诺拉回想自己的过去。她的青春期夹杂着羞涩和不得不出现在众人面前的难堪。两者混杂起来,让她深受其扰。尽管如此,她从来没有遭遇过校园霸凌,大概是因为所有人都知道她哥哥是谁。虽然她哥哥乔并不是什么真正意义上的"硬汉",不过大家都认为他很酷,很有人缘,而他的亲妹妹自然也不会成为校园暴力的受害者。

诺拉接连在本地和全国的游泳比赛里夺冠,前景一片光明,但到了十五岁的时候,她突然觉得不堪重负。那些日复一日,游泳池里一圈一圈又一圈的训练,她再也无法忍受。

"我不得不放弃。"她说。

艾尔姆太太点点头:"放弃游泳几乎斩断了你和你父亲之间的亲情纽带。"

"大概吧。"

她想起在一个细雨蒙蒙的周日上午,父亲的车停在贝德福德休闲中心外面的停车场上,她和父亲坐在车里。她对父亲说她不想再参加游泳比赛了。现在她还记得当时父亲的表情——失望中夹杂着深深的挫败。

父亲对她说:"游泳能让你拥有成功的人生。你要成为摇滚歌星太不现实了,游泳才是你能牢牢把握在手里的机会。成功就在你面前。我相信只要你继续训练,你最终能站在奥运会的领奖台上。"

父亲的话让诺拉很恼火，说得好像就只有走他选定的那条独木桥才能获得幸福，而她自己的人生选择就肯定是错的。但当时只有十五岁的诺拉还不明白，她将为此饱受多少遗憾的折磨，也无法体会父亲当时有多痛苦——距离梦想实现仅有一步之遥，几乎唾手可得，可她却放弃了。

诺拉的父亲的确是个难以相处的人。

对于诺拉的愿望、想法及所作所为，只要和游泳无关，他都会百般挑剔。诺拉甚至觉得只要面对父亲，她就会产生一种罪恶感，仿佛身负某种未被揭露的罪行。父亲原本是个橄榄球运动员，后来因韧带受伤而退役。他固执地认为整个宇宙都在密谋和他作对，而诺拉也参与了这个庞大的阴谋——至少诺拉觉得父亲是这么看她的。自从在停车场和他说了那番话之后，诺拉觉得自己仿佛化身为父亲左膝伤痛的一部分，让他痛上加痛，成为一个活生生的伤口。

或许父亲已经知道将来会发生什么，或许他已经预见到遗憾会不断衍生，直到后来她整个人都被遗憾占据，成为一本《遗憾之书》。

"好吧，艾尔姆太太。我想看看如果我照爸爸的话去做，我的人生又会是什么样的。在那种人生中，我努力训练，从来不会为训练开始得太早或结束得太晚而抱怨连天。在那种人生中，我每天都游泳，从没想过要放弃；我没有被音乐引入歧途，也没有写那些没有完成的小说。我专攻自由泳，并且为此放弃了一切。在那种人生中,我没有放弃游泳,我拼尽全力,只为了在奥运会中一显身手。帮我找到这样的人生吧。"

艾尔姆太太似乎对诺拉的长篇大论不以为意。她只是皱着眉头,盯着棋盘,思考如何击败自己。过了好一会儿她才说:"我最喜欢的是车,大家总是盯着狡猾的后、马和象,对直来直去的车不太在意,可是最后将军的往往是车。它总是走直线,可是'走直线'并不像看上去那么简单。"

诺拉意识到艾尔姆太太谈论的或许不仅仅是棋子。这时候书架又开始移动了,这一回的移动速度很快,快得像一列列火车。

艾尔姆太太解释说:"酒吧人生以及澳大利亚人生是与本源人生相近的人生,和这两种人生比起来,你这回想要的人生距离有点远。这涉及许许多多不同的选择,要沿着时间线回溯到更早的时期。因此,这本书摆在距离我们较远的书架上,你明白了吗?"

"明白了。"

"图书馆自有一套运行体系。"

书架的移动速度慢了下来。"啊,在这里。"这回艾尔姆太太没有站起来,只是抬起左手,一本书就朝她飞去。

"你是怎么做到的?"

"我也不知道。好了,这就是你想要的人生,去吧。"

诺拉接过那本书。书的封皮是清新的淡绿色，就像是酸橙的颜色。在她翻开第一页的那一刻，她发觉这一回她竟然毫无感觉。

诺拉落入生死之间前
发布的最后一条动态

我想念我的猫,我累了。

成功的人生

诺拉睡着了。

那是深沉而无梦的睡眠,最后打断这睡眠的是手机的闹钟声。诺拉醒过来,不知自己身在何处。

她看了一下手机的时间:早上六点半。借着手机屏幕的亮光,她看到床头边有一个电灯开关。她开了灯,发现自己正在一间酒店套房里。这间套房颇为奢华,不过却是低调的奢华,其中夹杂着一丝沉郁和不近人情的冰冷,就像是大公司的写字楼。

墙上挂着一幅镶了框的画。这幅画作颇有格调,像是抽象派风格,有点塞尚的味道,画的是一个苹果或梨。

床头柜上放着一个圆柱形玻璃水瓶,里面还剩下半瓶矿泉水。除此之外还有一些没开封的奶油酥饼,还有一沓装订好的文件,看起来像是时间安排表。

她翻看那些文件,上面写着:

格利弗成功励志研究会

春季会议行程表

（主讲嘉宾诺拉·希德，大英帝国勋章获得者）

8：45am：在洲际酒店大堂与普利亚·纳瓦鲁里（格利弗研究会工作人员）、罗里·朗福德（名人主讲）以及J会面

9：00am：试音

9：05am：彩排

9：30am：在贵宾区等候或在演讲大厅里听第一位演说者（J.P. 布莱泽，MeTime App 的开发者和《你的人生你做主》的作者）演讲

10：15am：进行演讲

10：45am：与听众进行互动问答

11：00am：见面会

11：30am：结束

诺拉·希德，大英帝国勋章获得者。

成功励志。

这就是属于她的成功人生——有点意思。

她纳闷"J"到底是谁，还有那些要在酒店大堂和她会面的又是什么人呢？她把行程表放下，从床上爬起来。现在她时间充裕，为什么她要在早上六点半起床呢？或者这个诺

拉每天早上都要游泳？或许就是因为这个。她按下一个按钮，低沉的嗡嗡声传来，窗帘自动拉开了。她看到一片水面，看到了林立的摩天大楼，还有 O2 体育馆[①]的白色穹顶。她从没有站在这个角度欣赏城市风景。那是伦敦，那是金丝雀码头，而她则站在二十层的高楼上。

她走进浴室。浴室里铺着米黄色的瓷砖，淋浴间很大，白色的毛巾软和厚实。以前她在早上起床时感觉都很糟糕，可现在她发现自己好多了。一面镜子正对着她，占据了半堵墙。她看到镜子里自己的映像，不禁倒抽一口气。之后她笑了起来。她看起来健康强壮，这实在太诡异了。现在她穿着黄绿花格的睡衣，看来这个诺拉在挑选睡衣方面没什么品味。

洗浴间也很大，大得可以让她趴下来坐俯卧撑。她一口气做了十个俯卧撑，无须借助膝盖，做完后也没有气喘吁吁。

之后她拿起一块厚重的木板，用一只手举起来，然后换到另一只，简直是轻而易举。然后她又做了几个立卧撑。

根本不费吹灰之力。

哇。

她站起来，拍拍结实的小腹。她想起在本源人生里，她只是在大街上走一走都会气喘吁吁。准确地说，那不过是昨

[①] 即伦敦著名的北格林尼治体育馆，也被称为"千禧穹顶"。——编者注

天的事。

自从她的青春期结束之后,她的身体状态从来没有这么好过。现在她正处于最健康的状态。毫无疑问,也变得更强壮了。

她在脸书上搜索"伊莎贝尔·贺许",发现自己以前最好的朋友现在还活着,还住在澳大利亚。这让诺拉颇为欣喜。她们俩在社交软件中并没有互加好友,不过她并不在乎。或许在这个版本的人生中,诺拉没有去布里斯托大学读书;就算她真的去那里读书,她选择的课程也会有所不同。当她想到伊莎贝尔·贺许或许从没遇见诺拉·希德,她不禁感到失落。不过这个伊芷所做的事和本源人生中的那个伊芷倒是一样的。

她还搜索了一下"丹恩"。她发现这个人生中的丹恩和一个健身教练结婚了,看上去很幸福。他的妻子名叫吉娜·洛德,原来的娘家姓氏是"夏普"。他们在西西里岛举行婚礼。

诺拉搜索"诺拉·希德"。

她找到了自己的维基百科主页(她居然有维基百科主页)。她从中得知这个诺拉获得过两枚奥运会奖牌,最擅长的是自由泳。她曾经在八百米自由泳比赛中夺得金牌,用时短得惊人,只有八分零五秒。此外,她还夺得了四百米自由泳的银牌。

这都是她二十二岁时的事。她二十六岁时还在 4×100 米游泳接力赛中获得银牌。她继续浏览网页，发现自己曾经是世界水上运动锦标赛女子四百米自由泳的纪录保持者，真是太不可思议了！在那之后她就退役了，不再参加国际比赛。

她是在二十八岁时退出泳坛的。

现在她正在为英国广播公司（BBC）工作，主持游泳赛事转播。她还曾经在一个名为《体育问答》的电视节目上露脸，并写了一本名为《沉下去或者游下去》的自传。她不时作为助理教练，对英国游泳队进行指导。现在她每天还要游两个小时。

她为慈善事业捐赠了大笔善款，她所捐助的团体是"玛丽·居里癌症治疗项目"。她曾经组织过环布莱顿码头马拉松游泳慈善赛，慈善赛的捐助对象是海洋保护协会。自从退出职业泳坛之后，她曾两次游泳横渡英吉利海峡。

她的主页上还有一个 TED 演讲的链接，演讲的主题是"毅力在体育、训练以及人生中的价值"，视频播放次数超过一百万。诺拉点开视频，感觉自己正在看着另一个人演讲。视频里的女人充满自信，演讲全程都处于她的掌控之中。她的举止落落大方，说话时脸上挂着自然的微笑。她还能让听众在合适的时间微笑、大笑、鼓掌、点头。

她从没想过自己会变成这个样子。她拼命想象这个诺拉做过的事，可惜却是徒劳。

视频里的诺拉还在侃侃而谈："有毅力的人跟普通人相比，唯一的区别就在于他们有明确的目标以及实现目标的坚定决心。如果你想在这充斥着诸多干扰的人生中凝聚全神，毅力是至关重要的。毅力是一种能力，让你在身心处于极限之时专注于自己的目标，让你低头向前，沿着自己的泳道拼命向前游，而不是东张西望，担心其他选手会赶上你……"

这个人到底是谁呀？

她将视频的进度条往前推一下，视频里的诺拉还在高谈阔论。她充满自信，如同散发着励志光芒的圣女贞德。

"你必须成就自我，"视频里的诺拉继续说道，"如果你不想做你自己，你注定会失败。无论在外貌、举止还是思维上，你都要做你自己。你要造就最真实的自我，要拥抱自我，支持自我，热爱自我。你要努力做好你自己。当别人讽刺你、贬低你时，不要在意。大多数流言蜚语不过是经过掩饰的嫉妒。你应该低头向前，坚持下去，继续向前游……"

"继续向前游。"诺拉喃喃地重复另一个自己说的话。她纳闷这个酒店里有没有游泳池呢？

视频结束了。片刻之后，她的手机响了。

来电显示是"纳蒂亚"。

在本源人生中，诺拉从不认识叫这个名字的人。她也不知道当这个诺拉见到这个名字的时候，是应该满怀雀跃的期待，还是会陷入恐惧之中？

想要弄明白只有一种办法。

她按下接听:"你好?"

"你好啊,亲爱的。"手机里传来陌生的声音,还算亲切,但不会让人觉得温暖。对方说起话来还带点口音,听起来像是俄罗斯的口音。"希望一切都好。"另一头的女人说。

"嗨,纳蒂亚,谢谢关心。我还好,我正在酒店里,为参加一个会议做准备。"诺拉尽量让自己的语气显得轻松愉快。

"哦哦,我知道那个会议。一次演讲一万五千镑,很划算啊。"

这听起来太不可思议了。不过她纳闷这个纳蒂亚——姑且不论她到底是什么人——为什么会知道这事。

"啊,是啊。"

"是乔告诉我们的。"

"乔?"

"没错。嘿,我想找时间和你谈谈,关于你爸爸生日聚会的事。"

"什么?"

"如果你能来看看我们,他肯定会很高兴的。"

诺拉浑身冰冷,虚弱无力,仿佛看到了一个鬼魂。

她想起了父亲的葬礼,想起自己和哥哥相拥而泣。

"我爸爸?"

我的爸爸，我死去的爸爸。

"他刚才在花园里，现在进屋了。你要和他说话吗？"

这真是太不可思议，太令人震惊了。但电话那头的女人却说得那么随意，仿佛这不是什么了不得的大事。

"什么？"

"我是说，你要不要和你爸爸说句话？"

诺拉不知所措，好一会儿都没有反应过来。

"我……"

她说不出话，甚至不能呼吸。她不知道自己该说些什么。一切都宛如虚幻，就像是她穿越回了二十年前。

已经来不及反应了。她听到的下一句话是："你爸爸来了……"

诺拉真想挂断电话——或许她真应该挂断电话，可是她并没有那么做。她知道在这一人生中父亲可能还活着，她想听听他的声音。

电话里先传来父亲的呼吸声。

然后他说："嗨，诺拉，最近怎么样？"

只是这样而已，那么随意，就像平日里泛泛地打声招呼。那是她爸爸，是他的声音。在她的记忆中，爸爸的声音浑厚有力，语速急促，说话总是说半截。不过现在这个声音听起来中气没那么足。毕竟，说话的人也老了十五岁①。

此时的诺拉大为惊愕，只能轻声说道："爸爸，是你呀。"

"你还好吗，诺拉？是不是信号有问题？你想换成视频聊天吗？"

视频聊天。他会看到她的脸。不行，她一下子承受不了。现在这种情形她已经无法承受了。想想看，在某种人生中，她父亲一直活到视频聊天问世之后。父亲是习惯于有线电话的那一代人。在他去世之前，他才开始接受类似电子邮件和短信之类的"新鲜玩意"。

"不用了，"她说，"我没事，我只是在想别的事情，有点分心了，抱歉。你还好吧？"

"还好，昨天我们带莎莉去看兽医了。"

她猜莎莉或许是条狗吧。她的父母从来没养过狗，也没养过任何宠物。她小时候曾经央求父母养一条狗或一只猫，可是她父亲总是说养宠物会让人不得自由。

"它怎么了？"诺拉尽量用自然的语气问道。

"又是它耳朵的毛病，老是反复感染。"

"哦，对哦。"诺拉说着，就好像她真的见过莎莉并且知道它耳朵有问题似的。"可怜的莎莉。我……我爱你，爸爸，我只是想说……"

---

① 原文如此。根据前文，诺拉的父亲应该是在十九年前去世的。

"你还好吗，诺拉？你听起来有点……情绪激动。"

"我只是……没有……没有把想对你说的话都说出来。我只是想让你知道我爱你，爸爸。你是一个好父亲。在另一种人生中……我放弃了游泳，我为此感到很后悔。"

"诺拉？"

她感觉很尴尬，心里有很多问题难以启齿，但又不得不问。于是一个个问题像间歇泉里的水一样喷涌而出。

"你身体还好吗，爸爸？"

"为什么会不好？"

"就是……以前你经常说胸口疼。"

"我恢复健康之后，胸口就再也没有疼过，那都是好几年前的事了，你不记得了吗？我现在可注重健康啦，毕竟整天跟奥运健将待在一起，耳濡目染呀。现在我的身体就像以前打橄榄球时那么强壮。我戒酒也有十六年了。医生说我的血脂和血压都很正常。"

"哦，当然了，我当然知道你现在很注重养生。"这时又一个问题冒了出来，可她不知该怎么问出口。最后，她还是单刀直入："你和纳蒂亚在一起有多久了？"

"你的记忆力是不是出了什么问题？"

"不是……呃……不好说，或许吧。最近我在思考人生，想了很多。"

"你现在变成哲学家了？"

"我就是学哲学的呀。"

"你什么时候学哲学了？"

"别管这个了。我只是不记得你是怎么遇见纳蒂亚的。"

一声叹息从手机里传来，其中还透着几分尴尬。父亲的声音变得生硬冰冷："你知道我是怎么遇见纳蒂亚的……为什么你要把这陈年旧事又挖出来？是不是你的心理咨询师建议你这样做的？你也知道我对这件事的感觉如何。"

我有一个心理咨询师。

"抱歉，爸爸。"

"没事。"

"我只是想知道你过得幸不幸福。"

"我当然幸福了。我的女儿是奥运会冠军，而我自己最终找到了一生的真爱。而你又爬起来了……我是说，在葡萄牙那件事之后，你又重新振作起来了。"

诺拉想知道在葡萄牙到底发生了什么事，不过她还想先问另一个问题。

"那我妈妈呢？难道她不是你'一生的真爱'？"

"以前是的，可后来情况有变……行了，诺拉，你已经长大了。"

"我……"

诺拉点开免提键，同时翻看她的维基百科主页。没错，她看到了。她父亲和一个名叫纳蒂亚·万戈的女人闹出婚外情，之后她父母就离婚了。这个纳蒂亚·万戈的儿子是一名乌克兰游泳运动员，名叫耶格·万戈。沿着这条时间线看下去，她发现她母亲已于 2011 年离世。

之所以会发生这些事，就是因为诺拉没有在贝德福德的某个停车场告诉自己的父亲她不想参加游泳比赛。

那种感觉又回来了，她觉得自己即将退出这具躯体。她已经发现这种人生并不适合她，她很快又能回到那个图书馆中。可是她并没有飘走，而是留在那里，和父亲道别，挂上电话，继续浏览网上关于她自己的信息。

这个诺拉还是单身，不过她曾经有过一段持续三年的恋情。她相恋的对象是一个美国跳水运动员，也是一个奥运会奖牌得主，名叫斯科特·理查兹。她曾经和这个人同居过，时间并不长。当时他们在加利福尼亚州定居，住在圣迭戈的拉荷亚。现在她居住在伦敦西区。

她把网页上的所有信息都看完了。她放下手机，打算看看这个酒店到底有没有泳池。她想要做这一人生中的诺拉会做的事——游泳。或许水能帮助她好好思考，让她好好构思即将进行的演讲内容。

虽然这次游泳没有给她带来灵感，可是这次体验却非同寻常。游泳安抚了她的情绪，让她在与本应离世的父亲通话之后平静下来。整个游泳池只有她一个人。她游起了蛙泳，游了一圈又一圈，什么都不想。现在的她健康强壮，游起泳来得心应手,感觉浑身充满了力量。她暂时放下了因父亲引发的焦虑,对即将到来的演讲毫无准备的忧虑也暂时被她抛诸脑后。

可是游着游着,她的心情发生了改变。她想到父亲多活了这些年,而母亲却早早离世。她越想越生气,生父亲的气。而愤怒驱使她越游越快。她一直以为自己的父母太过高傲,永远不会离婚。他们或是任由一腔怨恨侵蚀自己的内心,或是拿自己的孩子——尤其是诺拉——作为出气筒发泄一番。而游泳是她获得父母赞许的唯一方法。

在眼前这种人生中,诺拉投身于游泳运动,只为了让父亲开心。为此,她牺牲了自己的爱情,放弃了对音乐的追求。为了在游泳赛事中夺得奖牌,她放弃了一切梦想。她放弃了自己的人生。可父亲是怎么回报她的呢?他和一个叫纳蒂亚的女人搞婚外情,离开她母亲。现在他还为她提起这事而不高兴,言语中对她很不客气。在经历过这一切之后,他竟然这样待她。

去他的!对于这一人生中的父亲,诺拉只想大骂一句。

她变换姿势,游起了自由泳。父母应该无条件地爱着孩子,可她的父母做不到。现在诺拉意识到这并不是她的错。她母亲总是盯着她身上的每一个缺点,盯着她那对不甚对称的耳朵——可这并不是诺拉的错,绝对不是。这个问题可以一直追溯到更早的时候。问题的根源在于诺拉竟然敢在这个时间降生于世。那时候她父母的婚姻岌岌可危，她母亲患上了抑郁症，而父亲则在酒精中寻求安慰。

她又游了三十多圈，心情渐渐平复。她开始体验到自由自在的感觉，这里只有她和身边的水。

可她最终还是离开泳池，回到自己的房间。她在房间里只找到一套干净的衣服——一套海军蓝套装。她换上这身衣服，看着行李箱里的那些东西，感觉一阵深沉的孤独扑面而来。行李箱里放着一本她的自传，自传封面是她的照片。照片上的诺拉目光坚毅决绝，身上穿着英国游泳队的队服。她拿起那本书，发现封面上有一行小字：与阿曼达·桑德斯联合撰写。

网络上的信息表明，这个阿曼达·桑德斯是为许多体育界名人撰写传记的执笔人。

她看看表——是时候去酒店大堂了。

酒店大堂里有三个人正等着她。其中两个穿着入时的人她不认得，第三个她一眼就认出来了。在这种人生中，他穿着西装，梳着中分头，一张脸刮得干干净净，看起来就是一个职场人士。可不管怎么说，他就是乔——她的哥哥。他那两条黑眉毛还是像以前一样浓密。她母亲以前常说这是"你们身上的意大利血统在作怪"。

"乔？"

他还对她微笑。那是灿烂淳朴的笑容,是兄长对妹妹的笑容。

"早啊,小妹。"他说。诺拉给了他一个长时间的拥抱,让他颇为尴尬错愕。

诺拉终于放开他。乔向她介绍站在旁边的两人。

"这位是普利亚·纳瓦鲁里,格利弗研究会的工作人员,也就是这场会议的组织者。这位是名人主讲罗里·朗福德。"

"嗨,普利亚。"诺拉和两人打招呼,"嗨,罗里。很高兴见到你们。"

"是啊。"普利亚微笑着说,"很高兴你能来参加我们的会议。"

"听你那口气,好像第一次见到我似的!"罗里说着哈哈大笑。

诺拉赶紧掩饰刚才的过失:"啊,我当然知道我们曾经见过面,罗里。我只是开个小玩笑。你懂我的幽默感啦。"

"你有过幽默感?"

"真有你的,罗里!"

"好啦。"她哥哥看着她,面露微笑,"你想看看会场吗?"

诺拉脸上的笑容一直没有消退——这可是她哥哥呀。在原来的人生中,她已经有两年没有见到哥哥了。他们之间颇为疏远,看起来也没什么好转的可能。可现在哥哥看起来那么健康,那么开心,似乎也很喜欢她。"会场?"她说。

"是啊,就是会议厅,你要进行演讲的地方。"

"已经布置好了。"普利亚补充道。

"那个大厅实在太棒了。"罗里手里拿着一个咖啡纸杯,赞许地说道。

于是,诺拉答应和他们一起去看看会场。她被引入一个巨大的蓝色会议厅。这里有宽阔的讲台,讲台前摆放了一千张空椅子。一个穿着一身黑的技术人员走过来问她:"你喜欢哪一样?领夹式、耳机式还是手持式?"

"抱歉,你说什么?"

"待会你演讲时想要哪种麦克风?"

"哦!"

"要耳机式。"她哥哥插了一句,帮诺拉做了决定。

"对,要耳机式吧。"诺拉说。

"我想起加的夫那次,"乔说,"简直就是一场噩梦,都是因为麦克风的问题。"

"哦,是啊,简直糟透了。"

普利亚对她微笑,仿佛有问题要问:"你没有带什么多媒体资料来展示吗?就是幻灯片之类的?"

"呃……我……"

她哥哥和罗里都颇为关切地看着她。显而易见,真正的诺拉肯定会知道这个问题的答案,可她就是不知道。

"有吧……"接着她看到哥哥的神情,"我是说,没有……

的确没有。我没带什么多媒体资料。"

三个人看着她,好像觉得她不大对劲。诺拉只得面带微笑,硬着头皮蒙混过关。

薄 荷 茶

十分钟之后,她和哥哥坐在所谓的"贵宾商务厅"里。这个商务厅只是一个狭小憋闷的房间,里面摆着一张桌子和几张椅子,桌上摆着几份当天的报纸。两个穿着西装的中年男子正在敲打笔记本电脑的键盘。

这时她已经发现她哥哥就是她的经纪人。在她从职业泳坛退役之后,这七年来他一直是她的经纪人。

哥哥从咖啡机那儿弄来两杯喝的,走回她身边。他撕开一个纸袋,取出一个茶包——薄荷茶包。他把茶包放入从咖啡机处取来的热水中,递给诺拉。"没什么问题吧?"他问道。

在她原来的人生中,她从来不喝薄荷茶。"这是给我的?"她问道。

"是啊,他们这里没有别的花草茶。"

他倒是为自己倒了一杯咖啡。诺拉暗暗觊觎他那杯咖啡。或许在这种人生中,她根本不碰含咖啡因的东西。

她想起哥哥刚才问她：*没什么问题吧？*

"什么没问题？"诺拉问道。

"就是今天的演讲啊。"

"哦，对哦。这回要讲多久？"

"四十分钟。"

"哦，是啊。"

"可以赚一大笔钱。原来他们出价一万，后来我抬高了要价。"

"你太厉害了。"

"好吧，考虑到我要从中抽取百分之二十的佣金，这也是在给我自己谋利。"

诺拉盘算着该如何揭开两人的过去。她想知道为什么在这种人生中，她和哥哥能坐在一起和睦共处。或许是因为金钱？但哥哥不是那么看重金钱的人啊。在原来的人生中，当诺拉退出与唱片公司的合约谈判，她哥哥的确大为恼火。可这并不是为了金钱，而是因为她哥哥希望能一直在迷宫乐队中担任吉他手，直到成为摇滚巨星。

诺拉在那杯热水中蘸蘸茶包，然后任由它泡在水里。"你有没有想过，如果我放弃了游泳，你我的人生或许会大不相同？"诺拉问道。

"真没想过。"

"我是说，如果你不做我的经纪人，你会去做什么？"

"我也不光是你一个人的经纪人,你知道的啊。"

"好吧,没错,这个我当然知道。"

"但如果没有你,我可能不会干经纪人这行。我是说,你可是我第一个客户。而且你介绍我认识凯伊、纳泰利还有艾利,所以说……"

她点点头,好像她当真认识凯伊、纳泰利和艾利似的。"没错,可你或许会通过其他方法认识他们呀。"她说。

"谁知道呢?或许我还留在曼彻斯特。谁也说不准。"

"曼彻斯特?"

"是呀,你也知道我多喜欢曼彻斯特,喜欢待在大学里。"

听了这话,诺拉拼命掩饰自己讶异的神情,这可当真不容易。想想看,和她相处融洽的哥哥,和她一起共事的哥哥,居然上过大学!在她的本源人生里,她哥哥上了高中,原本打算考取曼彻斯特大学,攻读历史专业。可他一直没考上,或许这是因为他每天晚上都花太多时间和莱文鼓捣摇滚乐。最后他认定自己根本不想上大学。

他们聊了一会儿。

在聊天的过程中,他变得心不在焉,刷起了手机。

诺拉注意到他手机的壁纸是一张照片。照片上的男人相貌英俊,容光焕发,脸上带着微笑。她从没见过这个人。这时她还注意到她哥哥手上戴着婚戒。

她尽力摆出一副波澜不惊的样子:"你的婚姻生活怎么

样啊?"

乔微微一笑,那是发自内心的幸福微笑,她有好多年没在他脸上见到这样的微笑了。在她的本源人生中,乔在爱情方面总是不顺遂。她在十几岁的时候就知道自己的哥哥是同性恋,可他直到二十二岁才正式出柜。他的恋爱总是不长久,也不幸福。想到自己的人生竟会对哥哥的人生产生重大影响,她不禁感到愧疚。

"哦,你也知道埃文啦,埃文就那样的人啦。"

诺拉报之以微笑,仿佛她当真认识埃文,还知道埃文是什么样的人。"他很不错,我真为你们俩感到高兴。"

乔哈哈大笑:"我们结婚已经五年了,你说得好像我们刚走到一起似的。"

"不,我只是……你也知道……我有时觉得你很幸运。你们彼此相爱,过得那么幸福。"

"他想养条狗,"乔微笑着说,"现在我们讨论的就是这个。养狗我倒不介意,不过我想领养一条救助中心的狗。我不想养什么混血贵宾犬或者比熊犬,我想养狼狗——一条真正的狗。"

诺拉想起了伏尔泰:"动物是很好的伴侣……"

"没错,你还想养狗吗?"

"想啊,养一只猫也不错。"

"猫太不听话了,"他说话的语气真像她记忆中的哥哥,

"而狗知道自己的位置。"

"不服从是自由的真正基石，服从者必定要成为奴隶。"

他一脸茫然："这话是打哪儿来的？是名人名言吗？"

"是啊，是亨利·戴维·梭罗说的。你也知道，他可是我最喜欢的哲学家。"

"你什么时候开始研究哲学了？"

当然了，在这个版本的人生中，她并没有考取哲学学位。而在她的本源人生中，她曾经窝在布里斯托大学一间臭气熏天的学生宿舍里，熟读梭罗、老子和萨特的著作。与此同时，这一人生中的诺拉或许正站在北京奥运会的领奖台上。她居然有点可怜这种人生中的自己了，这实在是太奇怪了。这个诺拉从没有为梭罗在《瓦尔登湖》中展示的淳朴之美而倾心，也不会为马可·奥勒留①那种斯多葛派的沉思冥想所折服。她为这个诺拉感到惋惜，正如她之前为自己没有拼尽全力进军奥运会而感到懊悔。

"呃……我不知道……我只是在网上看到的。"

"不错嘛，一会儿我也去查查看。你可以把类似的话加到你的演讲里。"

诺拉觉得自己的脸都吓白了："呃……我想今天来点不一样的，我想临场发挥一下。"

---

① 马可·奥勒留（121—180）：罗马帝国皇帝、政治家、哲学家。

147

临场发挥,这段时间诺拉总是在"临场发挥"。

"有天晚上我看到一篇很棒的文章,关于格陵兰的。我想起以前你痴迷于北冰洋,你还把那些北极熊之类的照片剪下来。"

"是啊,艾尔姆太太说如果想去极地探险,最好的方法就是成为一个冰川学家。当时我就想成为冰川学家。"

"艾尔姆太太,"乔轻声说道,"这名字听起来很熟。"

"以前学校的图书管理员。"

"对哦,以前你成天待在图书馆里。"

"差不多吧。"

"想想看,如果你没有坚持游泳,说不定现在你已经去格陵兰了。"

"是斯瓦尔巴特群岛。"她说。

"你说什么?"

"那是属于挪威的群岛,位于北冰洋。"

"行啊,那就挪威吧。说不定现在你已经到那儿去了。"

"也许吧。或许我还窝在贝德福德,四处游荡,没有工作。还要拼命筹钱付房租。"

"别说得那么悲惨,你总能成就一番大事业的。"

看到哥哥对自己原来的人生一无所知,她不禁笑道:"说不定在某种人生中,你和我根本合不来。"

"这不可能。"

"我也希望如此。"

乔似乎有点不自在，明显想转换话题。

"嘿！猜猜我那天见到了谁？"

诺拉耸耸肩，她只希望是自己听说过的人。

"我见到了莱文，你还记得他吗？"

诺拉想起莱文在那间书报亭里和她吵架，那不过是昨天的事。"哦，当然了，莱文嘛。"她说。

"我碰巧遇见他。"

"他在贝德福德？"

"当然不是啦！他离开贝德福德已经好多年了。我是在黑衣修士车站见到他的，完全是巧合。我至少有十多年没见到他了吧。他想拉我去酒吧坐坐，我告诉他我现在滴酒不沾了。之后我又向他解释我以前有酒精成瘾问题，还把以前所有的事都告诉他。不管怎么说，现在我不抽烟不喝酒，已经有好几年了。"

这番话对诺拉来说不亚于晴天霹雳，不过她只是点点头。乔继续说道："你也知道，自从妈妈去世后，我自己弄得一团糟。我猜当时莱文肯定在想：'这家伙究竟是怎么回事？'不过他人很好，没有大惊小怪。现在他是一个摄影师，有时候也做点和音乐有关的兼职。他没有继续搞摇滚乐，只是闲时帮人打碟——就是做 DJ。你还记得很多年前我和他一起组建的那个乐队吗，迷宫乐队？"

现在诺拉可以轻而易举地装出一副懵懂茫然的模样。"哦，对哦，迷宫乐队。当然了，好久以前的事了。"

"虽然我们的乐队很垃圾，我唱歌也唱不好，不过我觉得乐队散伙之后他还是难过了好久。"

"那你呢？你有没有想过迷宫乐队发展下去可能会走红？"

乔笑了，他的笑容里夹杂着一丝哀伤："没想过，这可说不好。"

"或许你们的乐队还需要多加人手。我以前经常玩爸妈给你买的电子琴。"

"当真？你哪有时间玩电子琴？"

这是与音乐无缘的人生，是与她所爱的书籍无缘的人生。

但这也是她与哥哥相处融洽的人生，是她没有让哥哥失望的人生。

"不管怎么说，莱文也问你好。他想知道你近况如何。他工作的地方离这里只有一站路，他想要赶过来看你演讲。"

"什么？这真是……我希望他还是别来了。"

"为什么这么说？"

"说实话，我不怎么喜欢他这个人。"

乔皱皱眉头："当真？我不记得你曾经说过这样的话……不过莱文还好啦，他人不错。或许他以前有点颓废，不过他现在似乎振作起来了……"

诺拉感到不安："乔？"

"怎么了？"

"你知道妈妈是什么时候去世的吗？"

"当然知道。"

"那时候我在哪儿？"

"什么意思？你今天还好吧？那些新药有用吗？"

"药？"

她查看自己的手提包，开始在里面翻找。她在包里找到一盒抗抑郁药，一颗心不禁沉了下去。

"我只是想知道在妈妈去世前，我经常陪在她身边吗？"

乔眉头紧皱，他和原来那个乔没什么两样，还是看不透自己妹妹的心思，还是想逃避现实。"你也知道当时我们不在她身边，整件事发生得太快了。她没有告诉我们她病得有多重。她之所以这么做，或许是为了保护我们，或许……只是因为她不想听我们劝她戒酒。"

"戒酒？妈妈酗酒？"

乔脸上的忧虑之色变得更重了："小妹，你是不是得了健忘症？自从那个叫纳蒂亚的女人出现之后，妈妈每天都喝整整一瓶酒。"

"哦，当然了，我记得。"

"再加上你那时候正要参加欧洲游泳锦标赛，她不想打扰你……"

"老天！我真希望当时我陪在妈妈身边。我们俩至少要有一个陪在她身边，乔，或许我们俩都应该……"

乔的一张脸突然冷下来："你和妈妈从来都不是很亲近，对吧？你为什么突然……"

"后来我跟她变亲近了……我是说，我本可以……"

"你变得不像你自己了，你可把我吓坏了。"乔说。

诺拉点点头："没错……我只是……你说得没错……我想是因为那个药……"

她想起妈妈在临终前的最后几个月曾经对她说："我不知道没有你的话我该怎么办。"或许她也对乔说过同样的话。然而在这种人生中，他们兄妹俩都没有在妈妈去世时陪在她身边。

这时普利亚走进房间。她脸上挂着微笑，手里拿着手机和一块记事板。

"是时候上场了。"她说。

人 生 之 树

五分钟之后,诺拉回到酒店那巨大的会议厅。台上,第一名演讲者即将为自己的演讲画上句号,至少一千名听众坐在台下侧耳聆听。站在台上的正是《从零到英雄》一书的作者。在另一种人生中,诺拉曾经在丹恩的床头柜上见到这本书。诺拉坐在前排的贵宾席上,可是那人的演讲她一句都没听进去。母亲的事让她不安,即将到来的演讲让她紧张。她在自己的脑海中捞取偶然飘过的只言片语,就像是在意大利浓汤里捞油炸面包丁:"不为人知的事实""理想""我接下来要说的话或许会让你感到惊讶……""如果我能成功的话……""沉重的打击"……

会议厅里充斥着麝香和新地毯的气味,闷得让人透不过气。

诺拉试图让自己保持冷静。

她凑近哥哥,轻声说道:"我觉得我做不来。"

"什么?"

"我觉得我惊恐发作了。"

他看着她,脸上带着微笑,可他的眼神却变得生硬,让她想起了另一种人生中的一幕。那是迷宫乐队建立不久后发生的事,当时他们正要在贝德福德的一家酒吧进行表演,诺拉惊恐发作了。当时她哥哥就是这种眼神,和现在一模一样。

"你没事的。"他说。

"我觉得我做不来,我的脑子一片空白。"

"你想得太多了。"

"我很紧张,我不知道该如何思考。"

"行了,你可别让我们失望。"

别让我们失望。

"可是……"

她试图把自己的心思转到音乐上。

音乐向来可以让她平静下来。

一段旋律在她脑海中浮现。即便是在她内心深处,她也略微觉得有些尴尬。她意识到那段旋律正是她谱写的歌曲《美丽天空》。那是一首欢快的歌曲,其中蕴含着希望,她已经很久都没唱过了:"天空变暗,由蓝转黑,星辰依然,为你闪亮……"

这时坐在诺拉旁边的女人却凑过来。她约莫五十岁,衣着入时,是个商界人士,也是那种麝香味的来源。她轻声说："我为你的遭遇感到难过。我说的是发生在葡萄牙的事……"

"什么事？"

这时观众席上爆发了一阵热烈的掌声，把那女人的回答湮没了。

"什么事？"她又问了一遍。

太晚了。工作人员示意诺拉上台，她哥哥用手肘捅了捅她。

"他们叫你了，快上吧！"哥哥几乎是吼着对她说。

她硬着头皮朝摆在舞台中央的讲台走去。在那讲台后头的投影屏上，出现了一张诺拉的照片，她那巨大的脸庞上挂着胜利的微笑，脖子上挂着金牌。

她向来讨厌出现在众目睽睽之下。

"大家好，"她颇为紧张地对着麦克风开口了，"很高兴今天能来到这里……"

一千多张脸庞正对着她，满怀期待。

她从没有对着这么多人讲话。即使是在迷宫乐队的时候，他们的观众也不过百来号人。那时候在歌曲演奏的间隙，她也是尽量少说话。在弦理论乐器店打工的时候，她可以和顾客聊天，不过在开员工会议时从不发言，而所谓的"员工会议"最多只有五个人参加。在读大学的时候，她总是提前几周为即将到来的课堂演讲忧心，而这对于伊芷来说不过是小菜一碟。

观众席上，乔和罗里一脸茫然地看着她。

现在站在台上的诺拉并不是在 TED 演说视频中侃侃而谈的那个诺拉。她觉得自己无法成为那个人，因为她没有经历过那个诺拉所经历的一切。

"嗨，我是诺拉·希德。"

她说这话并不是为了搞笑，可是整个会议室却爆发出一阵笑声。显而易见，她没有必要进行自我介绍。

"人生很奇妙，"她说，"我们总是一路向前、步履不停地活过一生，但人生并不是只有一种可能的单行道，形塑人生的不仅仅是我们'做了什么'，还有我们'没做什么'。人生的每一刻都像是……一个岔道口。"

她脑子里一片空白。

"想想看，想想我们的人生是如何开始的，就像是一颗种子落入泥土里，然后……我们长啊长……先长成树木的主干……"

还是不知所云。

"可是这棵树——这棵代表我们人生的树，接着又长出枝干。一根根枝干从主干上萌生，达到不同的高度，而这些枝干又萌生出更细的树枝，朝着截然不同的方向伸展。想想看，枝干萌生出枝干，最后变成一根根细枝。每一根细枝的末端都会落在不同的位置，可它们都是源自同一颗种子。人生就像这样一棵树，不过规模更大。每一天每一秒，这棵人生之树都会萌生出新的枝干和细枝。在我们看来……在所有人看来，人生好像是……连续不断的。如果你循着某一根枝干或细枝行走，你只能一去不回头。然而其他的枝干和细枝依然存在。也就是说……还有无数个今天。如果你在人生早期做了不同的决定，你的人生走向将会大不相同。这就是'人生之树'。许多宗教和神话……包括佛教、犹太教和基督教……也提到过'人生之树'……或者叫作'生命之树'。很多哲学家和作家也曾经使用过'人生之树'的隐喻。例如，西尔维娅·普拉斯[①]认为自己的人生是一棵无花果树，甜美多汁的无花果挂在枝头。那些无花果就是她可能拥有的人生——成婚后幸福生活的人生，成为成功诗人的人生……然而她无法品尝那些甜美多汁的无花果，只能任由它们落在她面前，慢慢腐烂。想想看，想想那些我们没能经历过的人生——这简直让人抓狂！"

"比如说，在我大多数的人生中，我并没有站在这个讲台上和你们谈成功……在大多数人生中，我并不是一个奥运会金牌得主。"这时她想起艾尔姆太太在午夜图书馆里对她说的话。"知道吗？有时候你改变一件事，就等于改变整个人生。如果你身处某一种人生中，无论你如何努力，有些事

[①] 西尔维娅·普拉斯（1932—1963）：美国女诗人、小说家。

也是覆水难收，无法逆转……"

听众们正在侧耳聆听。显然，他们都需要一个艾尔姆太太为他们指点迷津。

"唯一的领悟之道就是体验人生。"

她就这样东拉西扯了二十分钟，尽力回忆艾尔姆太太曾经对她说的话。之后她低下头，看着自己的手。在讲台反射的光线之下，那双手显得格外苍白。

手腕上一条凸起的粉红细线吸引了她的注意。她知道那是割腕留下的伤疤，这让她一时间说不下去了，或者说，让她扯到另一个话题上。

"而且……而且重点是……重点是……那些我们以为最成功的人生道路，其实并不是真正的成功。我们认为的'成功'不过是流于表面的狗屁成就，比如，获得奥运奖牌，嫁个理想的丈夫，拿到理想的薪水……我们将这些视为衡量成功的指标，并努力去达成。而真正的成功是无法衡量的，人生也不是一场竞赛。这些都是……都是胡说八道……"

显而易见，听众们已经变得局促不安，这可不是他们希望听到的演讲。她扫了听众席一眼，发现只有一张脸在对她微笑。过了一会儿，她才认出那人是谁。那是莱文。在这个版本的人生里，他穿着入时，上身穿着蓝色的棉布衬衫。和窝在贝德福德的那个莱文相比，这个莱文的头发更短。他看起来很友好，可诺拉无法摆脱关于莱文的记忆。他怒气冲冲地冲出书报亭，为自己买不起一本杂志而郁郁不欢，并且怪罪于她。

"我知道你们希望听我谈论成功之道，就像那个 TED 演讲一样。可是事实上，成功不过是虚妄，一切都是虚妄。我的意思是说……我们的确可以克服困难。比如说，以前我害怕站在台上对着一大群人讲话，可现在……看看我，我正站在台上啊！最近有人告诉我，我的问题不在于怯场，而在于我害怕人生。你们知道吗？这话实在是太对了。因为人生让人恐惧。无论你选择了'人生之树'上的哪条枝干，你的人生终究还是源于那棵树——那棵腐烂朽坏的树。在我的人生中，我想成为各种各样的人，想做各种各样的事。可是如果你的人生之树本来就是腐朽的，无论你怎么做，你的人生都会变得很烂。所有无用的人生在湿气的浸润下慢慢腐烂……"

乔一脸绝望，做了个抹脖子的手势，示意她就此打住。

"无论如何，请做一个好人……一个善良的人。我觉得我就要走了，我只是想对我哥哥乔说……我爱你，哥哥，我爱这会议室里的每一个人。很高兴能来到这里。"

当她说出"很高兴能来到这里"的那一刻，她已经不在那里了。

系 统 错 误

她回到了午夜图书馆。

可这一次她出现在距离书架较远的地方。她站在一条比较宽阔的走廊上,这里勉强可以称得上办公区,她之前留意到过。办公桌上摆满了文件架,被凌乱的纸张和文件盒塞得满满当当,就快要装不下了。桌上还摆着一台电脑。

那是一台老旧的台式机,机壳是淡黄色的,就摆在那些凌乱的文件旁边。以前艾尔姆太太在学校图书馆里用的就是这样的电脑。现在艾尔姆太太正坐在电脑旁,盯着电脑屏幕,急促地敲打键盘。而诺拉正好出现在她的身后。

头顶上,一个个没有灯罩的灯泡挂在垂下的电线末端,正在闪个不停。

"因为我的选择,我爸爸活下来了,但是他搞婚外情,而我妈妈早早就去世了。我和哥哥相处得不错,因为我没有让他失望。可他还是他。在那个版本的人生中,他之所以对我感到满意,是因为我能帮他挣大钱……还有……这不是我想象中的奥运金牌梦。我还是我。还有,在葡萄牙不知发生了什么事,或许我想自杀……还有其他不一样的人生吗?还是所有人生都只是换汤不换药?"

可是艾尔姆太太并没有听见她的话。诺拉注意到桌子上摆着一支笔——一支老旧的塑料圆珠笔,笔身是橘黄色的。那是诺拉上学时用过的一支笔。

"嗨,艾尔姆太太,你听到我说话了吗?"

有什么不对劲。

图书管理员一脸焦虑,整张脸绷得紧紧的。她看着屏幕自言自语,把屏幕上显示的字读出来:"系统错误。"

"艾尔姆太太?你还好吗?你能看到我吗?"

诺拉拍拍她的肩膀,这回倒是起作用了。

艾尔姆太太转过头,脸上的焦虑已经消散,取而代之的是如释重负的神情:"啊,诺拉,你回来了?"

"不然呢?你以为那是我想要的人生吗?"

艾尔姆太太摇摇头,可她的脑袋几乎纹丝不动——她究竟是怎么做到的?"不,不是的,只是它看起来不太稳定。"她说。

"什么不稳定?"

"传送系统。"

"传送系统?"

"就是把书——把你选择的人生送到这里的系统。看起来好像出了什么问题，好像整个系统都出了问题。那问题存在于图书馆之外，不是我能马上解决的。"

"你是说我真实的人生出现了问题？"

艾尔姆太太转过头，再次盯着电脑屏幕："没错。你也知道，午夜图书馆只因你而存在，问题出在你的本源人生中。"

"也就是说……我要死了？"

艾尔姆太太看起来有些恼怒："有可能。换言之，有可能我们已经穷尽一切可能了。"

诺拉回想起在泳池里游泳的感觉，那种生机勃勃、活力无限的感觉多么美妙。这时候她感觉自己的体内发生了变化。那是实实在在的变化，感觉很诡异，就像是她的胃被人揪了一把。她感觉自己整个人变得不一样了，她不想死了。此时此刻，她头顶的灯也停止闪烁，开始大放光明。

艾尔姆太太看到电脑屏幕上的信息，她拍拍手："恢复了，太好了。故障解除了。我们又可以继续下去了。我觉得这都是你的功劳。"

"什么？"

"电脑显示存在于主机里的本源问题已经暂时修复。而这主机就是你，本源问题也是你。"艾尔姆太太微微一笑。这时诺拉眨眨眼。当她睁开眼时，她发现自己和艾尔姆太太身处图书馆的另一区域。现在她们又站在书架之间。两人僵硬地站着，颇为尴尬地面对彼此。

"好了,现在没事了。"说完艾尔姆太太重重地长吁一口气。显而易见,她正在自言自语。

"在不同的人生中,我妈妈去世的时间是不同的。我想要一种她还活着的人生,有这样的人生吗?"

艾尔姆太太把注意力转回诺拉身上。

"或许有吧。"

"那敢情好。"

"可是你无法进入那种人生。"

"为什么?"

"因为这个图书馆里收藏的是你所有的人生选择。可无论你做出何种选择,你母亲顶多能活到昨天。抱歉。"

诺拉头顶的一盏灯闪了一下,不过图书馆里其他的灯依然稳稳地散发着光芒。

"你得想点别的事,诺拉。刚才你体验的那种人生有什么美妙之处?"

诺拉点点头:"美妙之处就是游泳。我喜欢游泳,不过我觉得在那种人生中我并不幸福。我怀疑在任何人生中我都不会幸福。"

"追求幸福是你的目标吗?"

"我不知道。我希望自己的人生有意义,我希望能做一些有益的事。"

"你曾经想成为一名冰川学家。"艾尔姆太太好像记起了这事。

"没错。"

"你以前经常谈起这事,你说你对北冰洋感兴趣,而我建议你成为一名冰川学家。"

"我记得,光听听'北冰洋'这个词的发音就让我喜欢上那里了。不过我爸妈对此并不赞成。"

"为什么?"

"我也不知道。他们鼓励我游泳……呃,是爸爸鼓励我游泳。可是一提到学术研究,他们的态度就变得怪怪的。"

诺拉感觉到深沉的哀伤在胃部深处翻涌。自从她降生以来,父母就以全然不同的态度对待她和她哥哥。

"除了游泳之外,他们对我没什么期待。他们希望乔有所追求,而我就不同了,"她对艾尔姆太太说,"凡是可能让我远走高飞的事,我妈妈都阻止我去做。她和爸爸不同,她甚至不会逼我游泳。可是肯定有这样一种人生,我没有听妈妈的话,还是成了一名北极科考人员。我远离俗世,身负使命,为挽救地球出一份力。我冲到第一线,研究气候变化的影响。"

"你想让我为你找到这种人生吗?"

诺拉叹口气。她还是不知道自己想要什么。不过至少北极圈是一个全然不同的地方。

"是的。"诺拉答道。

斯瓦尔巴特[1]

诺拉在一张小床上醒来。她感到所处的房间在不停摇晃,这应该是一艘船的船舱。虽然摇晃并不剧烈,她还是被晃醒了。她穿着厚厚的羊毛衫和秋衣裤,推开盖在身上的毯子,感觉脑袋隐隐作痛。她的嘴很干,脸颊紧绷绷地贴在牙齿上。她重重地咳嗽两声,那咳嗽声仿佛从她胸腔深处冒出来。她感觉现在这具皮囊跟做奥运选手时大概差着一百万个游泳池的距离。她的手指带着烟味。她坐起来,看到一个女人坐在对面那张小床上看着她。那女人身材健硕,满脸沧桑,顶着一头淡金色的头发。

"早上好,诺拉。"

诺拉微微一笑。她想那女人大概会说某种北欧语言,她只希望这一人生中的自己无法流利地掌握那种语言,这样就用不着和她说话了。

---

[1] 位于北冰洋上、主权归属于挪威的极地自然群岛。

"早上好。"

她注意到在那女人床边的地板上放着半瓶伏特加和一个啤酒杯。在两张床之间的床头柜上放着一本日历,日历上的图案是狗。现在那日历正翻到四月,图案是一条史宾格犬。日历上压着三本书——都是英语书。靠近那女人的那本书是《冰川力学原理》,靠近诺拉的两本书是《北冰洋自然学家指南》和企鹅经典版的《沃尔松格萨迦:屠龙者西格德的史诗》。除此之外,她还发现这里很冷。这寒冷严丝合缝,密不透风,让人体验到一种近乎灼烧的感觉。这种寒冷让人手指脚趾生疼,让人脸颊发僵。现在她们身处室内,身上穿着好几层保暖内衣,外面还套着羊毛衫,两台电暖器的发热片散发着橘黄色的光芒。尽管如此,她还是觉得很冷,呼出的每一口气都化为一团烟雾。

"你为什么要来这里呢,诺拉?"那女人问道,她的英语带着很重的口音。

这个问题很难回答,因为诺拉根本不知道"这里"是哪里。

"现在还早,那么早就讨论哲学问题啦?"诺拉紧张地笑道。

透过舷窗,她看到一堵冰墙屹立在海面上。大概现在她不是在极北就是极南之地,总之是个远离俗世的地方。

那女人还在盯着她。诺拉不知道她俩是不是朋友。那女人看起来很强悍,讲求实际,说起话来单刀直入。不过或许她也是个很有意思的同伴。

"我不是在讨论哲学问题,也不是在问究竟是什么促使你进行冰川研究,虽然我问的可能根本就是同一件事。我是说,你远离文明世界,有多远跑多远,这究竟是为什么呢?你从没告诉过我这到底是为什么。"

"我也说不清,"诺拉答道,"我喜欢寒冷。"

"除了受虐狂,没人会喜欢这种寒冷。"

那女人说得对。诺拉身上已经穿着一件羊毛衫,可她还是伸出手,拿起放在床脚的另一件毛衣套上。在伸手拿衣服的时候,她看到一张系着挂绳的工作证落在伏特加酒瓶旁的地板上,上面写着:

英格莉德·斯卡贝克

地质学教授

国际极地考察站

"我不知道,英格莉德。我想那大概是因为我喜欢冰川吧。我想要了解冰川,弄清楚它们……为什么会融化。"

英格莉德扬扬眉毛,看来刚才诺拉的话不像是出自一个冰川学家之口。

"那你呢?"她满怀期待地问道。

英格莉德叹口气，用拇指摩挲自己的手掌。"皮尔去世之后，我在奥斯陆①就待不下去了。那里有很多人，可他们都不是皮尔，你明白吗？我们读大学的时候经常去一家咖啡馆。我们就坐在那里，读读报，喝喝咖啡，一句话都不说，就很幸福。如果我留在奥斯陆，很难避开这样的地方。以前我们总是到处逛荡，他的鬼魂在每一条街徘徊不去，真让人头疼……我不停对记忆中的他说快滚开，可他就是不走。悲伤真是个混账东西！如果我在奥斯陆继续待下去，我就会憎恨人类了。所以当我得知前往斯瓦尔巴特的科考团有一个空缺，我感觉自己得救了。我要去一个皮尔没有去过的地方，我要去一个感觉不到他鬼魂的地方。但其实这解决不了根本问题，你明白吗？不管你走到哪儿，那些回忆都会跟着你，而人生也还是那个混蛋的人生。"

诺拉把这些话都听进去了。显而易见，英格莉德以为自己正在和一个熟人说话，可这个诺拉却是一个素不相识的陌生人。这种感觉很诡异，很不对劲。诺拉心想：或许这就是做间谍最难应付的问题吧。人们在你身上投注的感情就像一笔糟糕的投资。而你觉得从他们身上夺走了本不属于自己的东西。

英格莉德微微一笑，打断了诺拉的思绪。"不管怎么说，

---

① 挪威首都。

昨晚上真是谢谢你了……我们聊得很开心。这艘船上有很多混蛋,不过你不是其中之一。"

"啊,谢谢,你也不是。"

这时候诺拉看到房间另一头的墙角立着一支来复枪,就放在墙上那排挂衣钩正下方。那是一支大号的来复枪,配着笨重的褐色枪托。

不过这一景象却让她感到开心。她觉得眼前这一幕会让十一岁的自己感到自豪——她正踏上一段探险之旅。

雨果·莱福利

诺拉的头痛没有消退，显然还在宿醉。她硬撑着走过一条简陋的木质走廊，走进船上那间小餐厅。餐厅里弥漫着腌鲱鱼的气味，几个科考团成员正在那里吃早餐。

她拿了一杯黑咖啡和一些发馊的黑麦干面包，坐了下来。

四周的舷窗外，是她平生所见最奇异瑰丽的景象。冰块形成一个个浮岛，如同一块块澄澈洁白的巨岩，在雾气中若隐若现。诺拉数了一下，除了她自己之外，餐厅里还有十七个人，十一个男人，六个女人。诺拉自己一个人坐着，可是不到五分钟就有一个男人拿着一份全麦面包，在诺拉的桌边坐了下来。那男人一头短发，脸上蒙着一层胡碴儿，仿佛有两天没刮脸了。他和餐厅里大多数人一样，穿着一件派克大衣。可是这衣服并不适合他。他更适合穿着专人设计的短裤和粉色的马球衫，在度假胜地里维埃拉四处晃荡。他对诺拉微笑。诺拉试图读懂这微笑的含义，试图摸清他们俩之间的关系。他看着她,看了好一会儿。之后,他挪动椅子,坐到诺拉对面。诺拉用目光搜寻那人的身份牌,可他并没有挂身份牌。她纳闷处于这一人生中的诺拉到底知不知道眼前这人的名字。

那人开口了:"我叫雨果。"这话让她如释重负。"雨果·莱福利。你叫诺拉,对吧?"

"没错。"

"在斯瓦尔巴特的科研中心我就见过你,不过我们俩还没打过招呼。还有,我看了你写的关于脉动冰川的论文,真是太震撼了。"

"是吗?"

"当然。我的意思是说,我一直都很好奇这样的现象为什么单单会发生在这里。真是太奇异了。"

"人生充满奇异之事。"

她很想和人交谈,可这样的对话却蕴含着危险。诺拉露出一抹礼貌的浅笑,然后看向舷窗外。寒冰浮岛已经让位于真正的岛屿。有的小岛上矗立着白雪皑皑的尖顶小山,有的小岛只是怪石嶙峋的岩质开阔地。小岛后方是诺拉曾经透过船舱舷窗见到的那道冰川。现在她看得更清楚了。虽然那冰川的顶部依然为一层云雾所笼罩,冰川的其他部分已经从雾气中显露出来。那实在是让人惊叹的壮观景象。

如果你在电视或杂志上看到冰川的照片,你会觉得那只

171

是一块表面平滑的洁白冰块。然而真正的冰川质地与大山相仿，颜色为黑褐色和白色相间。那白色又各有不同，千变万化，纯白色、蓝白色、青白色、金白色、银白色，还有半透明的白色，形成令人眼花缭乱的视觉盛宴，熠熠生辉，令人见之难忘。不管怎么说，冰川肯定比早餐更能引人注意。

"很压抑，对吧？"雨果说。

"什么？"

"就是这极昼啊。"

这话让诺拉感到不安："为什么这么说？"

片刻之后雨果才回答："永远都是那么亮，"他咬一口干巴巴的饼干，"从四月起就是这样了。就好像这白天永远也不会结束……我讨厌这种感觉。"

"什么感觉？和我说说。"

"你以为他们会在舷窗上加装窗帘，可是并没有。自从上船后我几乎都没睡着过。"

诺拉点点头："有多久了？"

他抿嘴一笑。那是和善的笑容，笑不露齿，彬彬有礼，甚至不能确定是不是真的在笑。

"我昨晚和英格莉德喝多了，伏特加让我记不清以前的事了。"诺拉说。

"你肯定那是伏特加造成的？"

"不然还能是什么？"

他的眼眸中充满好奇，让诺拉不由得感到愧疚。

她看向英格莉德。英格莉德边喝咖啡边敲打着手提电脑的键盘。诺拉真希望现在她坐在英格莉德身边。

"好吧，这是我们上船后的第三个晚上。"雨果说，"自从星期天启程之后，我们的船一直绕着群岛航行。我们是在星期天离开朗伊尔城①的。"

诺拉做个鬼脸，仿佛这些事她早就知道了。"星期天……感觉是好久以前的事了。"她说。

船好像在转弯。诺拉不得不侧着身子，在椅子里坐稳。

"二十年前，在斯瓦尔巴特群岛一带，四月里几乎看不到开阔水域。可现在却可以行船，感觉就像在地中海上航行。"

诺拉尽力让脸上的微笑显得从容自如："也不至于啦。"

"对了，我听说今天你抽到'下下签'了？"

"是吗？"诺拉装出一副懵然无知的模样，这对她来说并非难事。

"你不是要放哨吗？"

她实在不懂他在说些什么，可是他那灼灼的目光让她害怕。

"是啊，"她答道，"我就是那个'哨兵'。"

---

① 挪威城市，世界上离北极最近的城市。

173

雨果因惊讶而睁大双眼，或许他只是装的。很难说得清他到底是真情流露还是在装装样子。

"'那个哨兵'？"

"怎么了？"

诺拉很想知道"放哨"到底是怎么回事，可她又不好打听。

"行吧，祝你好运。"雨果用探询的目光瞥了她一眼。

"谢谢了。"诺拉说。她看着波纹状的北极光，看着那以前只有在杂志上才能见到的壮丽景象。"我已经准备好接受挑战了。"她说。

转　圈　圈

　　一个小时之后，诺拉站在一块白雪覆盖的岩石上。与其说这是一个小岛，不如说这是一块岩礁。这个小岛很小，没法住人，因此也没有名字。不过站在这里倒是能看到另一个稍大的岛屿。那个岛屿隔着一片冰冷的水域，与诺拉所在之处遥遥相对。它还有个不祥的名字——熊岛。诺拉站在船边，不过这条船并不是刚才她所在的那条"长矛号"，而是一条小型摩托艇。而"长矛号"正停泊在安全的外海上。一个名叫卢恩的大块头男人几乎凭一己之力，把摩托艇拖到岸上。尽管卢恩有一个北欧姓氏，他说的却是美式英语。听他那懒洋洋的腔调，应该是美国西海岸的口音。

　　一个荧光黄色的背包放在诺拉脚边，原本放在舱房墙角的那支温切斯特来复枪横在地上。那是她的枪。这是拥有武器的人生。枪旁边放着一个平底锅，里面有一把汤勺。诺拉手里还拿着一支杀伤力较弱的信号枪，随时准备把照明弹送上半空中。

现在她已经知道自己为什么要站在这里"放哨"了。有九个科学家要在这个微型岛屿上进行追踪气候变化的实地考察,而诺拉的任务是提防北极熊。显而易见,北极熊极有可能在这里现身。如果她看到北极熊,她首先要做的就是用信号枪发出信号。这么做有两个目的——把熊吓跑,警告其他人。

可是信号枪并不能确保万无一失。人类是美味的蛋白质,而北极熊向来无所畏惧。尤其是近些年来,北极熊失去了大量栖居地和食物来源。这使它们更容易受到伤害,反过来也让它们变得更加莽撞,无所顾忌。

在这九个人中,最年长的是一个名叫彼得的男人。他没有胡须,五官冷峻,也是这支小队的领头人。他说起话来总是铿锵有力:"你发出信号弹之后,就拿这个汤勺敲打平底锅,要像疯了一样拼命敲,还要扯着嗓子尖叫。熊就像猫一样,听觉很敏锐。这么做十有八九可以把它吓退。"

"万一它不走呢?"

他朝地上的来复枪点点头:"那就在它杀死你之前先杀死它。"

带枪的不止诺拉一个。所有人身上都带着枪,他们可是武装起来的科学家。彼得哈哈大笑,英格莉德拍拍她的肩膀。

英格莉德的笑声嘶哑刺耳:"我真心希望你不要被北极熊

吃了。要真是那样我会想念你的。只要你不在生理期，那就不会有什么大问题。"

"为什么这么说？"

"因为北极熊可以闻到一英里之外的血腥味。"

又有一个人走上前来祝诺拉好运，他那压抑的声音仿佛自遥远的地方传来。诺拉不知道这个人是谁。所有人都裹得严严实实，即使诺拉认识他们，她也分辨不出谁是谁。

"我们会在五个小时之内回到这里……"彼得对她说。接着他又哈哈大笑，诺拉希望这意味着他刚才那句话不过是玩笑。"你得不停地转圈圈，好让自己暖和起来。"他说。

之后他们离开诺拉，跨过嶙峋的岛面，消失在雾气之中。

头一个小时没有任何异样。诺拉不停地转圈圈，左右脚交替金鸡独立。雾气稍稍消散，她极目远眺，观赏周围的景象。她纳闷自己为什么还不回到图书馆里。不管怎么说，这样的人生实在不怎么样。在其他人生中，现在的她或是坐在游泳池边沐浴着阳光，或是在演奏音乐，或是在散发着薰衣草香味的温暖浴缸中泡澡，或是在体验美妙得难以置信的性爱，或是在墨西哥海滩上读书，或是在一家获得米其林星级评价的餐厅用餐，或是在巴黎的街头漫步，或是迷失在罗马城中，或是静静地看着京都附近的一座寺庙，或是享受着一段幸福爱情带来的融融暖意。

在大多数人生中，至少她的这具皮囊能处于舒适的环境中。然而，她在这里萌生出一种新感觉，也可能这种感觉早已有之，只是被深藏于心底。壮阔的冰川景观让她意识到，自己不过是栖居在这个星球上的普通人类——九百万物种中微不足道的一种。而她一生中做的每一件事情，她追求、购买和消耗的所有东西，都在让她渐渐忘记这一点。

梭罗在《瓦尔登湖》中写道："满怀信心，迈开大步，朝你的梦想前进，过你想过的生活。如此一来你就能在寻常生活中获得意想不到的成功。"他还提到这样的成功源于一人独处："孤独是最易于相处的伴侣。"

而此时的诺拉深有同感。她置身于渺无人烟的大自然中，独自一人在这里待了不过一个小时，就已经感受到前所未有的孤独。

她回想起那些萌生自杀念头的夜晚，那时候孤独是让人困扰的问题。然而彼时的孤独并非真正的孤独。在喧嚣的都市中，孤独的心灵渴求人与人之间的联系，认为那是一切的关键。而当诺拉置身于纯粹的自然中，正如梭罗所说的"畅饮荒野的美酒"，她感受到一种全然不同的孤独。这种孤独化为另一种联系，是与整个世界的联系，是与自我的联系。

她回想起与艾许的某次谈话。那是个有点笨拙，又有点可爱的高个男子，他总是在寻找新的吉他乐谱。

那次谈话并不是在乐器店里进行的，而是在医院里。当时她妈妈病倒了。妈妈确诊卵巢癌之后需要进行手术。诺拉带着她看遍了贝德福德综合医院所有的医师。在那几个星期里，她不时牵起妈妈的手。她和妈妈在那段时间里的牵手次数甚至多于其余时间的总和。

在妈妈进行手术的时候，诺拉在医院餐厅里等候。当时艾许还是那医院里的实习医生。他发现坐在餐厅里的那个人正是在弦理论乐器店里和他聊过很多次的店员。他看到她一脸焦虑，便走过去和她打招呼。

他是医院里的普通外科医生，诺拉问了他一大堆关于他工作的问题。当天他做了一个阑尾和胆管切除手术。她还向他询问手术所需时间以及术后恢复期有多长，他的回答让诺拉很安心。最后他们聊了很久，聊各种各样的话题。他感觉当时诺拉需要和人说说话。他还说不要在网上过度搜索各种疾病有何症状，接着他们又聊起了社交媒体。艾许认为通过社交媒体进行联络的人越多，整个社会就越孤独。

"这也是现在人们相互憎恨的原因，"他说，"每个人都有许许多多算不上朋友的社交媒体'好友'，最后让他们不堪重负。你有没有听说过邓巴数字？"

他告诉诺拉，牛津大学一位名为罗杰·邓巴[①]的学者发现每个人的现实社交网络所能容纳的人数上限为一百五十个

[①] 原作有误，应为罗宾·邓巴。

人，恰好是原始时代狩猎采集团体的平均规模。

当时他们坐在医院的餐厅里，坐在那惨白的日光灯下。艾许对诺拉说："根据《末日审判书》的记载，当时英格兰社区的平均规模就是一百五十人，只有肯特郡是例外。在肯特郡，社区的平均规模为一百人。而我就是肯特郡人，我们都有反社交媒体的基因。"

"我去过肯特，"诺拉说，"我也注意到了。我挺喜欢这条理论的。不过话说回来，只要我登录照片墙，我在一个小时之内就能接触到一百五十人。"

"说得没错，可这样不健康，这让我们的大脑难以应付。正因如此，我们对面对面交流的渴望变得更加强烈，比以往任何时候都要强烈。还有……我之所以不在网上购买西蒙和加芬克尔组合①的吉他乐谱，正是因为这个。"

当诺拉回想起这些往事，她不禁面露微笑。这时候一声响亮的击水声把她拉回现实，让她回到北冰洋的冰天雪地之中。

在她脚下的岩礁和熊岛之间，距离她几米远的地方，有另一块小型岩礁，或者说是好几块。有什么东西从水里冒出来，那湿漉漉的身躯显得愈发沉重，正撞击着那块岩礁。诺拉浑身颤抖，她正准备发射信号弹。可是那东西并不是北极

---

① 西蒙和加芬克尔：20世纪70年代的美国演唱组合，代表作有《寂静之声》《斯卡保罗集市》。

熊，而是一只海豹。那只海豹胖乎乎的，褐色的皮肤上布满皱纹。它在冰块上滑行了一段，然后停下来瞪着她。海豹向来显老，可眼前这只海豹看上去实在老得厉害。海豹不会害羞，它可以长时间和你对视。而诺拉却感到害怕。关于海豹她只知道两点：有时候它们会变得穷凶极恶；它们极少单独活动。

或许还有其他海豹正准备浮出水面。

诺拉正犹豫该不该发射信号弹。

那只海豹就待在那儿不动。在曚昽的日光中，那海豹如同一个幽灵，渐渐隐入一团雾气之中。几分钟过去了。尽管诺拉身上穿了七层衣物，可她的眼皮还是快冻僵了。当她闭上双眼时，她不敢闭得太久，生怕上下眼皮被冻成一片，再也睁不开了。她听到偶尔传来的人声——那是其他几个科考队员的声音。有一次，她的同伴距离她很近，她都能看到他们了。雾气中现出一个个弯腰低头的身影，他们正在使用某种仪器来读取冰芯样本。至于他们使用的是什么仪器，诺拉也搞不清楚。可不久之后那些人影就消失了。诺拉从旅行袋里掏出一根蛋白棒吃起来。蛋白棒又冷又硬，嚼起来像太妃糖。她拿出手机，却发现这里根本没有信号。

周围一片寂静。

这寂静让她意识到这世上的其他地方是何等喧嚣。在这里，声音自有其意义。如果有声音传入你的耳中，那你必须

181

多加小心。

诺拉正嚼着蛋白棒,这时又响起一声击水声。不过这回源自另一个方向。雾气和暗淡的光线让她无法看清,可这回出现的并不是海豹。当她发现朝她逼近的那个影子体形硕大,她愈发肯定那不是海豹。那家伙的个头比海豹要大,甚至比人还大。

在渺无人烟之处的生死一刻

"哦,真该死!"诺拉轻声说道。她的话音飘入寒冷的空气中。

急需图书馆却遍寻不着时的窘迫

一只巨大的白熊从渐渐消散的雾气中冒出来。它人立起来，接着又四脚着地，朝诺拉逼近。它的速度快得惊人，那笨拙的姿态中蕴含着威势，简直让人吓破胆。诺拉没有任何反应，她的脑子已经被恐惧塞得满满当当，根本无法转动。她整个人就像脚下的永冻层一样纹丝不动。

该死！

该死！该死！

该死！该死！该死！该死！

该死！该死！该死！该死！

最后求生的欲望终于占了上风。诺拉举起信号枪，扣动扳机。信号弹如同一颗小小的彗星升入半空中，最后落入水里。当信号弹的光芒渐渐消散，诺拉的希望也熄灭了。北极熊继续向她逼近。她跪下来，拼命敲击平底锅，扯破嗓子大喊大叫：

"熊来了！熊来了！熊来了！"

北极熊停了下来。

"熊来了！熊来了！熊来了！"

北极熊又动起来，继续向诺拉逼近。

敲平底锅也没有用。现在北极熊距离诺拉已经很近了。那支来复枪横在冰面上，距离诺拉有点远。她不知道自己能不能够得着那支枪，她已经看到那镶着利爪的硕大熊掌踏上白雪覆盖的岩礁。北极熊低着头，那双黑色的眼睛直直地盯着她。

"午夜图书馆！"诺拉大声叫道，"艾尔姆太太！接我回去！我不想要这样的人生！一点都不想！接我回去！我不想探险了！图书馆在哪儿？我要图书馆！"

北极熊的目光并无恨意。在它看来，诺拉不过是一块肉，是它的食物而已。面对北极熊的恐惧让她意识到自己微不足道。她的心怦怦直跳，心跳声越来越响亮，如同一首歌曲到达尾声之前的最强音。在这一刻，一个无比清晰的念头冒出来，让她大为惊愕。

她不想死。

这就是问题所在。在面对"死"的时候，"生"变得如此诱人。她想活下去，可这样她又如何能回到午夜图书馆？这种人生让她吓破胆，可是光有恐惧还不够，她必须对这种人生感到失望才能回到午夜图书馆中，挑选另一种人生。

死神就出现在她的眼前。残暴的死神化为一只北极熊，无声无息地靠近，用那双黑漆漆的眼睛盯着她。她呆立在原地，面对一只与饥饿抗争、挣扎求生的北极熊，不停地敲击手中的平底锅。此时此刻，她明白了一件事——她并没有准备好面对死亡。这一想法无比清晰，渐渐膨胀，盖过了其他念头，甚至盖过了她心中的恐惧。她越敲越急，越敲越用力，敲击声也越来越响亮。

我不怕。

我不怕。

我不怕。

我不怕。

我不怕。

我不怕。

北极熊停了下来，直直地瞪着她，就像之前那只海豹一样。她看一眼那支枪——离得实在太远了。等她拿起那支枪，弄清楚怎么操作，恐怕也来不及了。她拿不准自己是否有能力杀死一只北极熊。于是她只得不停地敲击平底锅。

在阵阵嘈杂的敲锅声中，诺拉闭上双眼，等着图书馆接她回去。然而当她睁开眼时，她看到那只北极熊一头钻进水里。即便在北极熊消失之后，诺拉还是继续敲锅，敲了足有一分钟之久。接着，她听到人声从浓雾中传来，有人正在呼唤她的名字。

小　岛

诺拉和同事坐在摩托艇中,他们还没有从惊骇中恢复过来。不过诺拉的感受与其他人略有不同。她之所以感到震惊并非因为刚和死神擦肩而过,而是因为她发现自己想活下去。

他们经过一个充满生机的小岛。岩石上覆盖着绿色的地衣,一群群小海雀和海鹦鹉抱作一团,抵御极地的寒风。在如此严酷的环境中,也有生命在顽强生长。

雨果从自己的水壶里倒出一杯咖啡,递给诺拉。诺拉双手捧着杯子,喝了几口。尽管她戴着三双手套,可她的手还是冷冰冰的。

当一个人融入自然,就会产生活下去的意愿。

当你在一个地方待得太久,你会忘记这个世界有多大,你无法领略这个世界的广袤浩瀚,正如你无法感知一个人的内心可以多么广阔。

然而，一旦你有所觉知，一旦有什么东西让你领悟到这种广阔，希望就会萌发。无论你愿意与否，希望都会紧紧附着在你的心上，就如同紧贴岩石生长的地衣。

永 冻 层

斯瓦尔巴特的地表气温正逐渐升高,其速度是全球平均速度的两倍。这里几乎可以算是全世界气候变化速度最快的地方。

一个女人正在和人聊冰山的事。她戴着一顶紫色的羊绒帽,帽檐压得低低的,遮住了她的眉毛。她说她曾经亲眼见到一座冰山"翻跟头"。显而易见,出现这种现象的原因是变暖的海水消融了冰山水下的部分,让它变得头重脚轻,最后大头朝下翻过来。

另一个问题是永冻层正在解冻,让地表变软,因此引发的泥石流和雪崩摧毁了朗伊尔(斯瓦尔巴特最大的城镇)的木质房屋。而且当地公墓也面临着一个问题,由于永冻层的消融,原本埋在地下的尸体可能会浮上来。

这些科学家希望能弄清楚这个星球究竟发生了何种变化。他们观察冰川活动和气候变化,并将搜集到的信息告知世人,保护地球上的生命。身处这一群人之中的确令诺拉兴奋不已。

回到大船上之后,诺拉静静地坐在用餐区,每个人都为刚才的"遇熊事件"向她表示同情。实际上,刚才的经历让她心生感激,可是她却无法说出口。她脸上挂着礼貌的微笑,尽量避免和人交谈。

这是紧张激烈的人生,没有妥协的余地。现在的气温是零下十七摄氏度,而她险些葬身熊腹。相形之下,她原来的人生就显得过于平淡了——或许这也是她的本源人生出现问题的原因之一。

她原本以为自己注定要度过充斥着失望的平庸一生。

事实上,诺拉一直觉得自己是一连串遗憾和破灭希望的产物,类似的遭遇在她的家族中代代相传。

她的外公名叫洛伦佐·康特,来自意大利的普利亚区。意大利的形状如同一只靴子,而普利亚区正是那秀气的"靴跟"。他于二十世纪六十年代来到"摇摆伦敦[①]"。

外公的家乡是普利亚区一个荒废的港口小镇布林迪西。那里大多数男子都移居英国,外公也不例外。他放弃了亚得里亚海边小镇的生活,换取了伦敦制砖公司的一份工作。洛伦佐天真地以为自己将过上精彩的生活。在他的想象之中,他白天在制砖厂工作,晚上或是与甲壳虫乐队的成员勾肩搭

---

① 摇摆伦敦:指20世纪60年代的伦敦,当时伦敦的时尚产业受流行青年文化影响而蓬勃发展。

背，或是挽着简·诗琳普顿①或玛丽安娜·菲斯福尔②的手臂，在卡纳贝街漫步。唯一的问题在于"伦敦制砖厂"虽然名字里有伦敦二字，可这家厂并不在伦敦，而是位于伦敦北边六十英里之外的贝德福德。贝德福德自有一种内敛朴实的魅力，可是和洛伦佐心目中的"摇摆伦敦"依然相去甚远。不过他适时调整了自己的梦想，在这里安家落户。这份工作或许不是很有趣，至少薪水还不错。

洛伦佐娶了一个本地的英国女子为妻。诺拉的外婆名叫派翠莎·布朗，她早就对人生中的失望习以为常。她原来的梦想是成为一名演员，现在她却放弃了舞台，成为一个家住郊区的家庭主妇，过上了平凡沉闷的生活。她的厨艺永远也比不上死去的婆婆。身为普利亚人的婆婆做出的通心粉堪称传奇。在洛伦佐的眼中，母亲的通心粉无与伦比，没人能做出这么美味的佳肴。婆婆和她的通心粉如同幽灵，在派翠莎的生活中投下片片阴影。

洛伦佐和派翠莎结婚后不到一年，一个女婴诞生了。这个女婴便是诺拉的母亲，外公外婆给她取名为多娜。

多娜在父母持续不断的争吵声中长大，因此她认为不仅婚姻是不可避免的，婚姻带来的痛苦亦是如此。她曾经在

---

① 简·诗琳普顿（1942— ）：20世纪60年代的英国超级模特。
② 玛丽安娜·菲斯福尔（1946— ）：英国女演员。

一家律所做过秘书,后来成了贝德福德市议会的联络员。然而,她对自己的某段人生经历鲜有提及,至少她从不会和诺拉谈起。她曾经经历了某种精神崩溃,而且还不止一次。这让她不得不待在家里,即使在恢复之后她也没有再去工作。

无形的"失败接力棒"从母亲手中转交到诺拉手上,在诺拉手里停留了很长时间。或许,诺拉之所以放弃了那么多的机会,正是由于她体内的"失败基因"在作祟。

现在诺拉坐在船上,在北冰洋水域中穿行。海鸟在他们头顶飞过,英格莉德说那是三趾黑腿鸥。

诺拉的父系和母系成员都有一种心照不宣的观念——人生会让你吃尽苦头。诺拉的父亲杰奥夫的人生就是失去目标的人生。

杰奥夫在只有母亲的单亲家庭中长大,他的父亲在他两岁时就因心脏病发作去世了。对于杰奥夫来说,狠心的父亲一直躲在阴影之中,即使是他最初的记忆也无法触及。诺拉的奶奶来自爱尔兰的乡村,她移居英格兰,成为学校里的一名清洁工。她拼尽全力才能勉强糊口,至于消遣娱乐那自然是谈不上了。

杰奥夫小的时候曾经受人欺负。可后来他长成了一个大块头,可以轻而易举地教训那些"校园小霸王",让他们知道好歹。他很努力,在足球场上表现优异,尤其擅长橄榄球。他曾经作为贝德福德蓝衣青年队的一员参加比赛,成为球队的最佳球员，为球队打造了辉煌的战绩。然而，内侧副韧带损伤让他就此止步。后来，他成了一所学校里的体育老师。与此同时，他对整个宇宙的一腔怒火在无声无息地燃烧。四处旅行一直是他的梦想，可他所做的也只是订阅《国家地理》，偶尔去昔克兰群岛度度假。诺拉还记得在纳克索斯岛的时候，父亲对着夕阳中的阿波罗神庙拍照。

或许所有的人生都是这样的，即使是看似最激动人心、最值得一过的人生最后也是如此。人生向来都是令人失望，单调乏味，充斥着伤痛与钩心斗角，却偶有奇异美妙的火花在其中闪现。或许这就是人生的意义所在，融入这个世界，亲眼见证人生。或许，诺拉的父母之所以郁郁寡欢，并非因为他们一事无成，而是因为他们对自己的人生满怀期待。之前诺拉对父母的内心一无所知，但在那条船上，她若有所悟。现在她更爱自己的父母了，她对父母的爱比任何时候都要强烈。此时此刻，她完全原谅了自己的父母。

朗伊尔之夜

他们的船航行了两个小时,回到了朗伊尔的小港口。朗伊尔是挪威最北的城镇,也是全世界位置最北的城镇。这里的常住人口约为两千人。

这些知识诺拉在自己的本源人生中就知道了。在十一岁的时候,她就被这地方吸引了,但她的认知也只局限于在杂志上看到的文章,因此还是害怕和人交谈。

返程途中并没有出什么问题。虽然她无法就科考队获取的岩石、冰芯和植物样本进行一番探讨,也无法理解"条纹状玄武基岩""后冰河期同位素"之类的术语,但大家都觉得可能是刚才的"遇熊事件"让她惊魂未定。

她的确还在惊魂未定,不过她的惊骇与同事们想象的不同。她之所以感到惊骇并不是因为她差点死去。自从踏入午夜图书馆以来,她一直渴望死亡。她的惊骇是因为她发现自己想活下去。至少就现在而言,她认为自己想要继续活下去,想在这种人生中做一些有益的事。

苏格兰哲学家大卫·休谟认为对于宇宙而言，人的生命和牡蛎的生命没有什么区别。

然而，人的生命也是重要的，足以让大卫·休谟写下这个想法，足以让我们为人生定下一个目标，做一些有益的事，例如，为保护各种各样的生命形态出一分力。

据诺拉所知，这个诺拉和她的科学家同事所做的是确定该地区冰川和冰块融化的速度，据此推算出气候变化的加速率。当然，具体还有很多细节，不过在诺拉看来，他们的核心任务就是这个。

由此看来，在这个版本的人生中，她的确在为拯救地球尽一己之力。她至少可以对这个星球持续不断的恶化情况进行观察，借此警示世人，让他们意识到一场环境危机迫在眉睫。从本质上来说，这种工作的确让人郁闷。不过在她看来，这样的工作也有所裨益，最终能有所成就。这是一份有目的、有意义的工作。

诺拉直面北极熊的故事也让其他人对她刮目相看。诺拉成了一个"英雄"。虽然这种"英雄"不同于奥运金牌得主那样的成功人士，但一样能让诺拉感到满足。

英格莉德搂着诺拉："你现在已经是'平底锅侠'了。我觉得我们应该吃顿饭来纪念你今天的英勇表现，也庆祝我们的突破性大发现。美美地大吃一顿，再来点伏特加。你说怎么样，彼得？"

"在朗伊尔'美美地大吃一顿'？他们这儿有好吃的吗？"

事实证明：这里的确有好吃的。

他们回到陆地上之后找了一家小饭馆。一条荒寂的道路通往一个白雪皑皑的冷峻山谷，那家名为"格鲁瓦拉格里特"的小饭馆就位于这条路边。那是一座漂亮的小木屋。诺拉在饭馆里喝了一些北冰洋啤酒。尽管菜单上有驯鹿排和驼鹿汉堡，可诺拉只点素菜，让她的同事大为惊讶。此时的诺拉必定是一脸倦容，好几个同事都这么说。不过她之所以现出疲惫之色，或许是因为她不敢大胆地加入谈话中。她感觉自己就如同一个新手司机来到一个拥挤的岔路口，正焦急地寻找一片安全空旷的路面。

雨果也在那儿，他看起来还是更适合出现在安提布或圣特罗佩①。当雨果看着她的时候，她隐约觉得不安，感觉自己被人盯梢。

吃完之后，他们匆匆忙忙返回科研基地的住所。那住所让诺拉想起了大学里的学生公寓，只是没那么大，装修家具大多是木质的，那风格看起来更像是简洁的北欧风。在回去的路上，雨果追上来，和她并排往前走。

"有意思。"他说。

"什么有意思？"

---

① 安提布和圣特罗佩：两者皆为法国小镇，也是度假胜地。

"今天吃早餐时你说你不知道我是谁。"

"什么？当时你也不知道我是谁呀？"

"我当然知道，昨天我们俩还聊了两个小时。"

诺拉感到自己落入了陷阱："当真？"

"早餐的时候，在我坐到你桌边之前，我一直在观察你。我看到今天的你和昨天不同。"

"这有点变态吧，雨果。竟然在吃早餐时观察女人。"

"而我也有所发现。"

诺拉用围巾蒙住脸："这里太冷了，明天我们再谈怎么样？"

"我发现你一直在支支吾吾。整整一天了，你说起话来都是模棱两可，绝不会把话说死。"

"不是这样的，我被吓坏了。你也知道，我碰见了北极熊。"

"不，我看不是因为这个。无论是遇见北极熊之前还是之后，你都是这个样子。你一整天都是这样。"

"我不知道你在……"

"就是这种神情，我也在其他人脸上见过这样的神情。无论走到哪里我都能认出来。"

"我不知道你在说些什么。"

"那你告诉我冰川为什么会出现脉动现象。"

"什么？"

"那不是你的研究领域吗?你不是为了研究这个才到这儿来的吗?"

"科学界对此还没有定论。"

"好吧,算你赢了。现在告诉我这一带任何一条冰川的名字。冰川是有名字的,你只要说出一个就行……康格斯布里冰川?那托斯特布里冰川?想起什么了吗?"

"我不想和你说话了。"

"这都是因为你和昨天那个诺拉不是同一个人,对吧?"

"所有人都有别于昨天的自己,"诺拉飞快地回了一句,"我们的大脑发生了变化,这就是所谓的'神经重构'。好了,雨果,别对着一个冰川学家大谈冰川,好像你什么都懂似的。"

雨果仿佛收敛了一点,而诺拉却觉得有点愧疚。接下来两个人都不说话,踏着积雪继续前行。他们快要走到住所的大门前了,其他人跟在他们身后不远处。

这时候雨果又开口说话了。

"我和你一样,诺拉。我正在体验不属于我自己的人生。我在这种人生里已经停留了五天。不过我还体验过很多种人生。我获得了一个世间罕有的机会,让我可以体验各种人生。我游离于生死之间已经很久了。"

这时英格莉德跑上前来,一把抓住诺拉的胳膊。

他们已经来到门口。"我那儿还有一点伏特加。"英格莉德说。她没有脱手套，直接摸出门卡，在门口的感应屏上刷了一下。门开了。

"听着，"雨果鬼鬼祟祟地低声说道，"如果你想知道更多，五分钟之后来公共厨房找我。"

诺拉感觉自己的心再次怦怦直跳，可这回她没有平底锅可敲。她不是很喜欢雨果这个人，可她实在很好奇，很想听听他到底要说些什么。她也希望弄清楚雨果这个人到底值不值得信任。

"好吧，"她说，"我会去的。"

期　　待

诺拉总是难以接纳自我。早在她开始记事的时候，她就觉得自己若有所缺。而爸妈各自的不安全感让她的这种感觉进一步滋长。

现在她不禁好奇完全接纳自我究竟会是何种感受。想想看，原谅自己犯下的每个过错，接受自己身上的每个印记，理解自己所有未能实现的梦想，体会自己感受到的所有伤痛，包容自己被压抑的所有渴求和欲望。

她想象自己接纳这一切，就像接纳自然一样，就如同接纳冰川、海鹦鹉和鲸鱼背上的出气孔。

她试图将自己视为一种自然的奇异造物，一种有感知的动物，正在用力活着。

如此一来，她认为自己已经品尝到自由的滋味。

生与死以及量子力学的波函数

雨果见到的并不是图书馆。

在公共厨房里,雨果倚在一个储存咖啡的廉价柜子上。"我见到的是一家音像店,和里昂城郊的卢米埃尔音像店一模一样。我在里昂长大,以前常去那家店。里昂人把卢米埃尔兄弟[①]视为英雄,很多店铺和地名以他们的名字命名。要知道,卢米埃尔就是在里昂发明了电影。这些都是题外话了。我想说的是我选择的每一种人生都是那家音像店的一盒老式录像带。我在店里播放那盒带子,录像开始播放的那一刻我就消失了。"

诺拉忍不住想笑。

"有什么好笑的?"雨果颇为不快地问道。

"没什么,只是觉得有点好笑,竟然是一家音像店。"

[①] 卢米埃尔兄弟:路易斯·卢米埃尔(1864—1948)和奥古斯特·卢米埃尔(1862—1954),法国发明家,发明了一种早期的电影摄影机和放映机。

"哦,音像店怎么了?见到图书馆就很合理吗?"

"相比之下更合理。我是说现在至少还有人看书,可是谁还会看老式录像带啊?"

"有意思,我真没想到在生死之间的这一区域还存在鄙视链。你真是个文化人。"

"抱歉,雨果。好啦,现在我想问一个认真的问题:有人在那家音像店里吗?有没有人帮你挑选人生?"

他点点头:"当然,那是我的菲利普叔叔。他几年前已经去世了,而且他从来没在音像店工作过。这实在是太荒谬了。"

诺拉告诉他艾尔姆太太的事。

"学校里的图书管理员?"雨果嘲讽道,"这也很滑稽啊。"

诺拉不理会他的冷嘲热讽。"你觉得他们有没有可能是鬼魂?或者是指引仙灵?守护天使?他们到底是谁?"

站在科研机构的大楼里说这些,有一种诡异的违和感。

"他们是……"雨果抬起手比画了一下,仿佛想从空气中抓取最合适的词语,"……一种阐释。"

"阐释?"

"我遇见过像我们这样的人,"雨果说,"实话告诉你吧,我一直在生死间游移,已经很久了。我遇见过几个'旅行者'——这是我对他们……哦,不对,是我们……的称呼。我们就是旅行者。在我们的本源人生中，我们躺在某个地方，毫无知觉，徘徊在生死之间。然后我们去到另一个地方，具体什么地方因人而异，或是图书馆，或是音像店，或是画廊，或是赌场，或是餐馆……你觉得这说明什么？"

诺拉耸耸肩，开始思索。她听到中央暖气发出的嗡鸣声。"你的意思是这不过是瞎扯淡？所有这些都不是真的？"她说。

"不是，因为每个旅行者的经历都有相同之处。比如，肯定会有一个类似向导的人出现，而且一直都是那一个人。向导通常是在人生中的关键时刻帮助过旅行者的人，那个场景对旅行者来说也具有重要的情感意义，还会发生一场关于本源人生和分支人生的谈话。"

诺拉回想起父亲去世的那一天，艾尔姆太太是怎么陪伴她、安慰她的。或许那就是诺拉在人生中感受到的最大善意吧。

"而且那里还有无穷无尽的选择，"雨果继续说道，"那些选择化身为无穷无尽的录像带、书本、画作、餐品……现在我在这种人生里是一个科学家，可是之前我已经体验过很多种科学家的人生。在我的本源人生里，我拿到了生物学的学位。在一种人生里，我是一个化学家，还获得了诺贝尔奖；在另一种人生里，我是一个海洋生物学家，为保护大堡礁努力着。不过我的物理向来不是很好，开始时我不知道自己到底遭遇了什么，直至我在某种人生中遇见一位女士，一位和我们拥有相同经历的女士。那位女士在自己的本源人生中是一位量子物理学家，她是蒙彼利埃大学的多米尼克·比塞特教授。她向我解释了这到底是怎么回事。那是量子物理对多重世界的阐释，因此这也意味着……"

这时一个男人走进厨房冲洗咖啡杯。那人一脸和善，皮肤粉扑扑的，蓄着金棕色的络腮胡。洗完咖啡杯后，他朝两人微笑。

"明天见。"他说。他说起话来带着柔和的美国口音，又或是加拿大口音。之后他趿拉着拖鞋，啪嗒啪嗒地走开了。

"明天见。"诺拉也回了一句。

"再见。"雨果对那人说。之后，他又重拾刚才的话题，压低声音道："诺拉，比塞特教授说宇宙波函数是真实存在的。"

"什么？"

雨果竖起一根手指，阻止诺拉开口，态度令人恼怒。诺拉恨不得揪住那根指头，把它折断。雨果继续说道："埃尔温·薛定谔[①]……"

[①] 埃尔温·薛定谔（1887—1961）：奥地利物理学家，量子力学奠基人之一。

"'薛定谔的猫①'的那个薛定谔?"

"没错,就是那个家伙。他说在量子物理学的世界,所有可能性都同时存在——在同一时刻、同一地点存在,也就是所谓的量子叠加。箱子里的猫可以同时处于'活着'和'死去'两种状态。你当然可以打开箱子,看看猫到底是死是活。但是从某种意义上来说,在打开箱子之前,生与死两种状态同时叠加在猫的身上。如此看来,每个宇宙都叠加在其他宇宙之上,就如同上百万张描图纸,在同一个框架下各有细微的差别。量子物理学这样阐释'多重世界',他们认为,世上存在无数个发散的平行宇宙。在你人生中的每一刻,只要你做出一个决定,你就会进入一个新的宇宙。过去人们普遍认为,尽管这些平行世界存在于同一空间,它们之间的距离或许只有几毫米,可是它们之间没有联系,人们也无法在两个世界中穿梭。"

"那我们呢?我们可以在世界之间穿梭啊。"

"没错。现在我在这里,可我也明白我并不在这里。我正躺在巴黎的一家医院里,因罹患动脉瘤而昏迷不醒;我正

---

① 薛定谔的猫:著名物理学家薛定谔提出的一个思想实验,将一只猫关在装有少量镭和氰化物的密闭容器里。如果镭发生衰变,会触发机关打碎装有氰化物的瓶子。因为镭的衰变存在概率,如果镭发生了衰变触发机关,猫就会死;如果镭没有发生衰变,猫就可以存活。根据量子力学理论,具有放射性的镭处于衰变和没有衰变两种状态的叠加,而猫也理应处于活猫和死猫的叠加状态。

在美国的亚利桑那州跳伞,正在印度南部旅行,正在里昂品尝美酒,正躺在一条游艇上,漂浮在蓝色海岸附近的海面上。"

"我早就知道了。"

"当真?"

现在诺拉觉得雨果长得挺帅。

"你看起来更适合在戛纳的克鲁瓦塞特大道漫步,而不适合在北冰洋探险。"

他张开右手,整只手如同一个海星:"五天!我在这种人生里已经待了五天了!这是我创下的停留时间最长纪录。或许这是适合我的人生……"

"有意思,那你即将拥有一个天寒地冻的人生了。"

"哈,谁说得准呢?或许你也是……我是说,如果那只北极熊都没能把你吓回那个图书馆,估计也没什么东西能赶走你了。"他往水壶里灌满水,准备烧水。"科学告诉我们在生与死之间有一个被称为'灰色区域'的神秘地带,"他说,"在那个地方,我们可以摆脱'非生即死'的状态。换言之,我们处于生死叠加的状态。在生死之间,有时……我是说有时候,我们会变成'薛定谔的猫'。我们不仅同时处于生和死两种状态,还处于量子层面上各种可能存在的状态,只要不与宇宙波函数相悖即可。这些可能性包括你我在凌晨一点,在朗伊尔的一个公共厨房里聊天……"

诺拉把这些话都听进去了。她想起了伏尔泰,这只猫一动不动地躺在床下死去,但同时又躺在路边死去。

"可有时候,猫死了就是死了。"她说。

"你说什么?"

"没什么,只是……我的猫死了,我尝试另一种人生,可它还是死了。"

"真遗憾。我也遇见过类似的情况,不过那是一条拉布拉多犬。重点是,还有像我们一样的人。我已经体验了许多种人生,我遇见好几个同类。有时候只要你把真相大声说出来,就会发现和你一样的人。"

"这实在是太疯狂了!想想看,还有像我们一样的……你刚才说我们是什么来着?"

"旅行者?"

"没错,就是旅行者。"

"好吧,类似的事当然也有可能发生在其他人身上,不过我觉得我们这类人很少。我遇见过十几个旅行者,我注意到他们的年龄和我们相当,大多是三十几、四十几或五十几岁……哦,对了,有一个是二十九岁。所有这些人都怀有强烈的愿望,希望能做出不同的人生抉择,他们心中都充满遗憾。有的人认为或许死去更好,但同时他们也希望能做一个全然不同的自己,体会一种不同的人生。"

"那是'薛定谔式的人生',在你自己的精神世界里既死又活。"

"没错!或许就是遗憾引发了我们大脑的……怎么说来着?神经化学反应,对生与死的渴望混杂在一起,使我们游离于生死之间。"

开水壶发出呜呜声,壶里的水开始冒泡,就如同诺拉翻涌的思绪。

"那为什么我们在那个地方……图书馆或别的什么地方……见到的一直都是一个人?"

雨果耸耸肩:"如果我有宗教信仰的话,或许我会说那是上帝。因为上帝是普通人无法看到或者理解的存在,所以他化身为一个在现实生活中对我们友善的人。假如我不是信徒……事实上我的确不是,我认为人类的大脑无法理解开放量子系统中波函数的复杂性,因此将其转化或演绎为一种我们可以理解的形象,或是图书馆里的管理员,或是音像店里的好叔叔,诸如此类。"

诺拉也曾经读过关于平行宇宙的书,对格式塔心理学[①]也稍有了解。她知道人脑会对来自外部世界的信息进行简化。例如,当人看到一个由纷繁枝叶组成的个体,他会把那个体定义为"树"。所谓人生就是不断用可以理解的叙事来简化这个世界的过程。

---

① 格式塔心理学:又称完形心理学,西方心理学学派之一,主张研究直接经验和行为。

她知道人类看到的一切都是经过简化的。人类看到的是三维世界，这本身就是一种简化。人类本质上就是一种眼界狭隘、喜欢简而概之的生物。对他们来说，生活就像坐在自动驾驶的车上，尽管车辆正在沿着弯曲的街道行驶，他们却认为是在走直线。这也可以解释为什么人类容易迷路。

"也正因为如此，人类是看不到秒针'嘀'和'嗒'之间那一下的。"诺拉说。

"什么？"

她看到雨果戴着的是指针式手表。"不信你试试，"她说，"试试看你能不能在秒针嘀嗒嘀嗒走的时候看到'嘀'和'嗒'之间那一下。对于大脑无法处理的事实，人类是看不到的。"

雨果看着自己的手表，点点头。

"那么说来，"诺拉说，"存在于这些平行宇宙之间的并不是图书馆。我之所以会看到图书馆，是因为那是一种更易于理解的演绎形式。图书馆只是我的假想，我看到的是经过简化的真理。而那个图书管理员只是某种精神世界的隐喻，整个图书馆都是某种隐喻。"

"这不是很有意思吗？"雨果说。

诺拉叹口气："在上一种人生中，我还和已经去世的爸爸说话了。"

雨果打开一罐咖啡，往两个杯子里舀了两勺。

"而且在上一种人生中,我不喝咖啡,而是喝薄荷茶。"诺拉说。

"听起来好惨。"

"还好啦。"

"还有一点也很奇特,"雨果说,"别看我们现在好好地站在这说话,其实我们中的任何一个随时都可能消失。"

"你亲眼见过吗?"诺拉接过雨果递给她的杯子。

"见过好几次,挺诡异的。不过没有人会发觉。旅行者离开后,原来那人只会觉得最近几天的记忆有点模糊,你可能会惊讶于人的脑补能力。这么说吧,如果现在你马上回到那个图书馆,而我依然站在这个厨房里和你聊天,你可能会说'我刚才走神了,我们说到哪儿了?'或者诸如此类的话。这时我会意识到发生了什么事,然后我会说我们刚才在聊冰川,而你就会用关于冰川的知识来轰炸我。之后你的大脑会自动填补空白,编造出一个故事来解释刚才发生的事。"

"没错,可是北极熊呢?还有今晚的大餐呢?我——我是说另一个我——会不会记得今晚吃了些什么?"

"不好说,不过我见过那种情况。大脑自动填补空白的能力真的很神奇,而且遗忘也自有好处。"

"那我是什么样的人?我是说昨天的我。"

两人目光相接。雨果拥有迷人的双眸,刹那之间,诺拉觉得自己已经被吸入他的眼球中,就像地球捕捉到一颗卫星。

"漂亮，聪慧，精致，有魅力，就和现在差不多。"

诺拉笑了："拜托，不要这么法国好吗？"

两人陷入了尴尬的沉默。

"你有过多少种人生？"终于诺拉开口道，"你尝试了多少种人生？"

"很多，我尝试了将近三百种人生。"

"三百种？"

"我成为各种不同的人，在地球每一片大陆上都留下了足迹。然而我还是没有找到适合自己的人生。不管怎么说，我只能随缘了，就这样得过且过吧。没有哪一种人生是我真心愿意一直过下去的。我的好奇心过于强烈，我总是希望能尝试另一种人生。你不用做出这种表情，这可不是什么坏事。能在各种人生之间跳来跳去，我还挺开心的。"

"可是万一有一天，那家音像店消失了呢？"诺拉想起艾尔姆太太气急败坏地坐在电脑前，图书馆里的灯不停闪烁。"如果在你找到愿意安顿下来的人生之前，你永远消失了呢？"

他耸耸肩："那我就会死去，那也意味着在我的本源人生里，我已经死了。我喜欢做一个旅行者，我喜欢瑕疵，我喜欢将死亡作为一个选项，我喜欢漂泊不定。"

"我觉得我的情况不同。我觉得死亡离我更近。如果我不快点找到一种可以安顿下来的人生,我觉得我就会永远消失了。"

她向雨果解释上次她回到图书馆时遇到的问题。

"这样啊,这或许很糟糕,或许也没什么大不了。你意识到有无数种可能性了吗?我的意思是平行宇宙不仅仅是几个宇宙,也不是几十个宇宙,甚至不是几百万、几十亿或上千亿个宇宙,而是无穷多个宇宙。即使是有你存在的宇宙都有无穷多个。你可以在任意一个世界中做你自己,尽管那个世界存在的可能性小之又小。想象力的边界是唯一的边界。在消除遗憾的时候,你应该多点创意。我十几岁时曾经想过成为一名航天工程师,成为一名宇航员,我后悔自己没有实现当时的愿望。后来我弥补了自己的遗憾,在某种人生里成为一名宇航员。我从没有到过太空,不过我在那段人生中成为一个到过太空的人,就那么一会儿。你要记住,你获得的机会世间罕有。我们可以弥补我们犯下的任何过错,体验任何我们想体验的人生。你要敢于梦想,你可以成为任何你想成为的人,因为在某种人生里,你就是那样的人。"

诺拉啜饮咖啡:"我明白。"

"如果你一直在找人生的意义,你永远不会生活。"他故作睿智地说。

"这是加缪说的。"

"被你发现了。"

雨果正盯着她。诺拉不再介意雨果那咄咄逼人的态度，不过这时她倒是想起了自己的事。"我是学哲学的。"她避开他的目光，尽量用平淡的语气说道。

他凑了过来。雨果身上有一种既迷人又烦人的特质。他流露出一种有违道德的孤傲，看得人既想打他一巴掌，又想亲吻他，只看当时的情势如何。

"在某种人生中，我们俩相识多年，最后结为夫妇……"他说。

"而在大多数人生中，我根本不认识你。"诺拉反驳道。她直视雨果的眼睛。

"那太糟了。"

"我倒不觉得。"

"真的？"

"真的。"诺拉微笑道。

"我们很特别，诺拉。我们是天选之子，没人能理解我们。"

"没人能理解任何人，我们不是天选之子。"

"我留在这种人生的唯一理由，就是你……"

她凑上去，亲吻他。

如果我有所遭遇，我希望自己在场

那种感觉非常美妙。那甜美的感觉不仅源于亲吻，还源于诺拉发现自己竟可以如此主动。现在她意识到，任何可能发生的事情都在另一空间另一人生中发生，她变得更为大胆了。这不过是宇宙波函数的现实映射。她认为无论发生了什么，都可以通过量子物理来解释。

"我自己一个人住。"雨果说。

诺拉无所畏惧地看着他，仿佛与北极熊对峙一事赋予了她一种前所未有的掌控力。"好吧，雨果，看来你这个习惯得改改了。"她说。

然而，随后的性事却让人失望。做到一半的时候，加缪的另一句话突然在她脑海中浮现。

或许我不确定自己真正感兴趣的是什么，不过我对自己不感兴趣之事却非常确定。

他们在今夜相遇，今后该何去何从？在这种时候想到存在主义哲学，想到加缪的这句话，或许预示着他们的未来并不乐观。可加缪不是也说过"如果我有所遭遇,我希望自己在场"吗?

她觉得雨果是一个怪人。这个人之前谈话的时候可以那么推心置腹,此刻置身于性爱中却又变得如此淡漠疏离。或许对于一个经历了那么多种人生的人而言,唯一能和他建立起亲密关系的就是他自己。她感到自己可有可无,甚至根本不存在。

不久之后,她就真的离开了那里。

上帝和其他图书管理员

"你是谁?"

"你知道我叫什么名字,我是艾尔姆太太,露易丝·伊莎贝尔·艾尔姆。"

"你是上帝吗?"

她微微一笑:"我就是我。"

"那你是谁?"

"我是图书管理员。"

"可你并不是一个真正的人,你是……某种宇宙运转的产物。"

"我们不都是这样吗?"

"不是那么回事。你是我的心智和多重宇宙之间奇妙感应的产物,是经过简化的宇宙波函数……或者诸如此类的东西。"

对于这种说法,艾尔姆太太似乎迷惑不解。"究竟怎么了?"她问道。

诺拉低下头,看着黄褐色的地砖,可这时她想起的却是那只北极熊。"我差点死掉了。"她说。

"你要记住,如果你在某种人生中死去,你就再也回不来了。"

"这不公平。"

"这个图书馆有严格的规章制度。这些书可是很宝贵的,在阅读时必须多加小心。"

"但这些是别人的人生,是其他版本的我的人生,而不是现在这个我的人生。"

"说得没错,不过如果你在体验那种人生,由此产生的后果必须由你来承担。"

"好吧,老实说,我觉得这实在是糟透了。"

艾尔姆太太微微一笑,嘴角微微上翘如同一片落叶:"有意思。"

"什么有意思?"

"你对死亡的态度似乎完全改变了。"

"什么?"

"之前你想死,现在你不想了。"

诺拉心里一惊,虽然艾尔姆太太说得并不完全对,但也接近真相了。"好吧,我还是觉得我的现实人生不值一过。事实上,我的经历恰好证明了这一点。"

艾尔姆太太摇摇头:"我觉得你不是这么想的。"

"我就是这么想的,所以我才这么说的。"

"不,《遗憾之书》变得越来越轻,里面的空白也越来越多。感觉你这一生中总是在说些言不由衷的话,这也是你的障碍之一。"

"障碍?"

"没错,你面前有很多障碍,它们蒙蔽了你,让你无法看清真相。"

"什么真相?"

"关于你自身的真相。你应该努力看清真相,这很重要。"

"我以为这里有无穷多的人生可供选择。"

"你必须挑选一种合适的人生,在那种人生中你过得最幸福。不然你迟早没有人生可选。"

"我碰到了一个人,他尝试了很多种人生,他这么做也有很久了。他一直没找到令他满意的人生……"

"雨果有这种特殊待遇,可你却未必。"

"雨果?你怎么知道……"

这时诺拉记起艾尔姆太太知道很多东西,连她不该知道的都知道。

"你必须小心选择,"图书管理员继续说道,"总有一天这个图书馆会消失,而你也会永远消失。"

"那我到底有多少种人生?"

"这是图书馆,不是擦一擦就可以许愿的神灯,我也不是灯神。你的人生数量是不定的,可能只有一种,可能有上百种。可是只有当午夜图书馆的时间永远停留在午夜零点,你才有无数种人生可选。这是因为在午夜零点,本源人生中的你正处于生死之间。如果时间开始前进,这意味着某些……"她试图找到一个委婉的词语,"某些具有决定性的事件已经发生了,而午夜图书馆会被夷为平地,我们俩都无法幸免。因此,我总是慎之又慎,不愿涉险。我会绞尽脑汁,推断你到底想要什么。看得出来,你取得了一些进步。你似乎意识到有的人生是值得一过的,想要找到那种人生并在其中安顿下来。可是你必须在大门关上之前抓紧机会,进入那种人生中。"

两个人相对无言,沉默了好一会儿。诺拉看着周围的书本,看着所有可能存在的人生。她镇定自若,沿着书架之间的通道缓缓走去。她不知道藏在封皮下的书究竟是什么样的,她希望那绿色的书脊能给她一点提示。

"现在你想要哪本书?"艾尔姆太太的声音从她身后传来。

诺拉想起雨果在厨房里说的话:"要敢于梦想。"

图书管理员的目光仿佛能看透人心:"诺拉·希德是什么样的人?她想要什么?"

诺拉想起让她最为接近幸福的捷径——音乐。现在她有时还弹奏钢琴和电子琴,可是她不再进行音乐创作了,她也不再唱歌了。她想起以前他们的乐队在酒吧里演唱的时候,她唱起《美丽天空》时那种幸福的感觉。她想起哥哥、莱文、艾拉和她一起在台上高声放歌。

现在她很清楚自己想要哪本书。

名　　声

　　她最初的感觉是浑身大汗淋漓。肾上腺素在她的体内翻涌，衣服紧紧地贴在身上。她身边有一群人，其中几个拿着吉他。她听到阵阵喧嚣——那是广阔而有力的人声。那充满生命力的咆哮渐渐显现出节奏，慢慢成形，化为众人合唱的歌声。

　　有个女人站在她面前，用毛巾为她擦脸。

　　"谢谢。"诺拉微笑着说。

　　那女人似乎吓了一跳，仿佛神开口和她说话了。

　　她认出那个拿着鼓槌的男人——那是莱文。他的头发染成金白色，身上穿着一件简洁的深蓝色西装，里面没穿衬衫，袒露着胸膛。就在昨天，诺拉在贝德福德的一家书报亭见到他正在浏览一本音乐杂志。而在"游泳健将人生"中，莱文看上去像个职场人士，穿着蓝色的衬衣，在洲际酒店的会议厅里听诺拉进行那不知所云的演讲。

　　可眼前的莱文和那两个版本的莱文完全不同。诺拉说："嗨，莱文，你看起来真棒！"

"你说什么?"

这里太吵了,他根本听不到诺拉在说什么。可这时诺拉又想到了一个问题。

"乔呢?"她几乎是扯着嗓子大喊。

在那一刻,莱文露出迷惑不解的神情,其中还夹杂着恐惧。诺拉鼓起勇气,准备面对可怕的现实。然而并没有"可怕的现实"从天而降。

"我想大概和往常一样吧,正在应付那些外国小报记者。"

诺拉实在摸不着头脑。乔看起来好像还是乐队成员,可他却没有和他们一起登台表演。如果他已经退出了乐队,那么无论是什么原因让他退出,都不至于让他完全消失不见。从刚才莱文说的话以及语气来看,乔还是乐队的重要成员。不过诺拉没有看到艾拉。贝斯手是一个肌肉发达的大块头男人,头剃得光光的,身上刺有文身。她想知道更多,可现在显然不是打听的好时机。

莱文的手一挥。诺拉顺着他指的方向看过去,看到一个巨大的舞台。

诺拉震惊了,她无法形容自己此刻是什么心情。

"现在是安可时间。"莱文说。

诺拉试图思考。她已经很久很久没有当众表演了。说起她最近一次所谓的演出经历,也不过就是在一个酒吧的地下室,对着十二个心不在焉的观众。

莱文凑过来："你还好吗，诺拉？"

他的语气有点尖刻。他叫她名字的时候还带着点怨恨，和昨天她在另一种人生中碰到的那个莱文如出一辙。

"我没事，"她拼命大叫道，"我当然没事，只是……我不记得我们要加唱什么曲目了。"

莱文耸耸肩："和往常一样啊。"

"呃……好吧。"诺拉拼命转动脑子。她看向舞台，看到"迷宫乐队"几个字在一面巨大的电子屏上不停地闪烁和旋转，台下是正在高声大喊的观众。她心想：哇！我们真是红得发紫，甚至都能在体育馆里开演唱会了。她看到了电子琴，电子琴前面还摆着她的琴凳。那些她叫不出名字的乐队成员正准备上台。

"现在我们在哪儿？"她试图盖过人群的喧嚣，"我脑子一片空白。"

那个身为贝斯手的大个子光头男告诉她："圣保罗。"

"我们是在巴西吗？"

他们看向她，仿佛在看一个疯子。

"那你以为最近四天我们都在哪儿？"

"《美丽天空》，"诺拉想到自己还能记得这首歌的大部分歌词，"我们就唱这一首吧。"

"又唱一遍？"莱文哈哈大笑，他脸上的汗珠闪闪发亮，"我们十分钟前刚唱过。"

223

"好吧,听着!"诺拉扯着嗓子大吼,试图盖过观众高喊安可的声音,"我想这回我们搞点新花样,来点混合风。我觉得我们可以来个'旧瓶装新酒'。"

"我们应该唱《咆哮》,"另一个乐队成员说道,她身上挂着一个青绿色的主音吉他,"我们安可的时候总是唱《咆哮》的。"

在原来的人生中,诺拉从没听过《咆哮》这首歌。

"这我也知道,"诺拉只能硬着头皮糊弄下去,"不过我们这回来点混合风,让他们意想不到,让他们大吃一惊。"

"你想得太多了,诺拉。"莱文说。

"我也只能这么想了。"

莱文耸耸肩:"那我们该怎么做?"

诺拉绞尽脑汁。她想到了艾许,还有他买的那本西蒙和加芬克尔的吉他乐谱。"来一段《忧愁河上的金桥》(*Bridge Over Troubled Water*)。"

莱文露出不可置信的神色:"什么?"

"我觉得可以的,我们可以让他们大吃一惊。"

"我喜欢那首歌,"那个女性乐队成员说,"我知道怎么弹。"

"大家都知道怎么弹,艾美妮。"莱文不屑地说道。

"就是这样,"诺拉尽力让自己的言谈像个摇滚明星,"来吧。"

银　　河

诺拉走上舞台。

开始时她没有看到观众的脸。聚光灯正对着她,亮光之外仿佛是一片黑暗,只剩一条由照相机闪光灯和手机电筒亮光组成的银河,令人心醉神迷。

然而,她能听到他们的声音。

当人类个体聚到一块,当他们的举动变得整齐划一,整个人群就会发生变化。人群的喊声让她想起另一种动物。开始时那是一种威胁性的咆哮,让她感觉自己仿佛化身为大力神赫尔克里斯,正面对着想杀死他的九头蛇。然而,这咆哮声中却又透出全心全意的支持,给予她某种力量。

在这一刻,她意识到自己远比想象中强大。

狂野而自由

她走到电子琴旁,在琴凳上坐下,把麦克风拉近。

"谢谢你们,圣保罗的歌迷们,"她说,"我们爱你们!"

台下的巴西观众欢声雷动。

这大概就是力量。名声的力量。以前她在社交媒体上也见过一些网红,那些人随随便便发一个字都能得到上百万的赞和分享。当你爬上名声的巅峰,你就可以轻而易举地成为众人眼中的英雄、天才,甚至是神。然而名声又是变幻莫测的,正所谓登高必跌重,你也很容易从巅峰摔下来,成为众人眼中的魔鬼、恶徒,或者是蠢蛋。

她的心怦怦狂跳,感觉自己即将走上一条钢丝。

现在她能看清一些观众的脸了。观众席上坐着成千上万人,他们的脸在黑暗中浮现出来,看上去渺小而诡异,穿着衣物的躯体几乎隐藏不见。现在她面对的是两万个游离于躯体之外的脑袋。

她嘴巴发干,几乎说不出话来。她心想这个样子怎么能唱歌呢？她记起当她为丹恩唱歌的时候，他故意装出一副不堪忍受的样子。

观众席上的喧嚣渐渐平息。

是时候了。

"好了，"她说，"接下来的歌或许你们已经听过了。"

她意识到自己说了一句蠢话。这些人之所以掏钱买票参加演唱会，就是为了来现场听听他们早就听过的歌。

"这首歌对我和我哥哥来说意义重大。"

全场沸腾了。观众们尖叫、大喊、鼓掌、齐声高歌。他们的反应极其热烈。在那一刻，诺拉觉得自己已经化身为众星拱月的埃及艳后克利奥帕特拉——只不过是一个吓破胆的克利奥帕特拉。

她调整自己的手指，准备弹奏降 E 大调。这时手臂上的某样东西让她分了神，她注意到自己光洁得有些诡异的前臂上，斜斜地文了一行漂亮的花体字：*所有美好之物皆是狂野而自由的*。那是亨利·戴维·梭罗的名言。她闭上双眼，打算在这首歌结束之前都不睁眼。

肖邦喜欢在黑暗中演奏。现在诺拉总算明白其中原因了。这么做的确更加容易。

她在心里琢磨：*狂野*，*自由*。

当她开口唱歌时，她强烈地感觉到自己活着。她所感受到的生命力甚至胜过作为奥运金牌得主游泳时的体验。

她纳闷自己此前为什么害怕当众唱歌。这种感觉实在是太棒了。

唱完之后,乐队还没下台之前,莱文走到她身边,对着她的耳朵大喊:"靠,这实在太特别了,伙计!"

"哦,是吧。"她说。

"现在让我们用《咆哮》嗨翻全场吧!"

她摇摇头,急忙抢在所有人前面对着麦克风大喊道:"感谢大家光临!希望你们都度过了一个愉快的夜晚!回家路上小心!"

"回家路上小心?"莱文说。此时他们正坐在大巴上,即将返回酒店。莱文看起来很不高兴。眼前的莱文比诺拉记忆中的莱文还要讨厌。

"有什么不对吗?"诺拉大声问道。

"和你往常的做派不一样。"

"是吗?"

"和芝加哥那次形成鲜明对比。"

"为什么这么说?我在芝加哥怎么了?"

莱文大笑:"你的脑子是不是坏掉了?"

诺拉看看自己的手机——在这种人生里,她使用的是最新型号的手机。

她收到伊芷发来的一条信息。

那信息和她在"酒吧人生"中收到的差不多。那算不上信息,只是一张鲸鱼的照片。事实上,这张照片和她此前看到的那张稍有不同。有意思。在这种人生中,她和伊芷还是朋友。可是在她的本源人生中,她和伊芷却疏远了——为什么会这样?无论如何,至少她很肯定在眼前这种人生中,她并没有嫁给丹恩。她看看自己的手,看到无名指上没有戒指,感到如释重负。

诺拉在心里揣摩:或许伊芷是在她和迷宫乐队走红之后才决定前往澳大利亚的,如此一来她决定留下来就说得过去了。又或者是伊芷喜欢有一个明星朋友。

在那张鲸鱼照片下方,伊芷还写了一行字。

所有美好之物皆是狂野而自由的。

伊芷肯定知道她手臂上的文身。

她的手机又收到一条信息。

"希望巴西站一切顺利,我相信你肯定能让全场嗨翻!谢谢你为我弄到布里斯班站的票!谢你一千遍一万遍!用我们黄金海岸居民的话说:我简直兴奋到爆了!"

信息里还有不少表情符号——鲸鱼,红心,感谢的手势,还有麦克风和几个音符。

诺拉登录照片墙。她发现在这种人生中,有1130万用户关注了她。

她盯着手机,只觉又惊又喜:哇,老天爷!她看起来还真酷！她的黑发有几绺被挑染成白色，脸上化着吸血鬼式的妆容，嘴唇红得好像在滴血。她看上去一脸倦容，不过这或许只是长途旅行造成的。那是一种迷人的慵懒，让她看起来就像怪诞少女歌手比莉的酷阿姨。

她用手机拍了一张自拍照。虽然不太像她社交账号上那些过度风格化、滤镜满满的杂志硬照，但她看起来的确很酷，比她想象中酷多了。和"澳大利亚人生"一样，在这种人生里，诺拉也在社交媒体上发布自己写的诗，只不过现在她每首诗能得到大约五十万个赞。其中一首诗的标题也是《火》，不过和之前她看到的那首不同：

她体内藏着火焰，
她不知道那火焰是为了让她感到温暖，
还是要吞噬她。
之后她意识到，
火焰就是火焰，没有任何目的。
只要她能掌控火焰，
主控权便在她的手中。

有个女人坐在她身边。她并不是乐队的一员，不过看得出她的地位举足轻重。她大概五十岁左右。她可能是经纪人，或者唱片公司的员工。她看起来颇有几分虎妈的气势，不过她和诺拉说话时却面带微笑。

"真是奇思妙想啊,"她说,"就是西蒙和加芬克尔那首歌。你即将风靡整个南美洲。"

"酷。"

"已经通过你的社交账号发出去了。"

听那女人的口气,好像那是一件再平常不过的事。诺拉只得应道:"哦,好啊,没问题。"

"今晚回到酒店还要和媒体打打交道,然后明天我们一大早就出发……我们先飞到里约热内卢,在酒店举行一场八小时的媒体见面会。"

"里约热内卢?"

"这周的行程表你收到了,对吧?"

"呃……大概吧,你能不能再说一下?"

那女人和颜悦色地叹口气,仿佛对于诺拉不记得行程安排一事早已是见怪不怪了。"当然,"她说,"明天去里约热内卢,在那里停留两个晚上。在巴西的最后一晚将在阿雷格里港度过。下一站是智利的圣地亚哥,接着前往布宜诺斯艾利斯,再下来是利马——这也是南美之行的最后一站。下一周将进行亚洲之旅——日本,中国香港,菲律宾,中国台湾。"

"秘鲁?我们在秘鲁也很有名吗?"

"诺拉,你以前去过秘鲁,还记得吗?就是去年的事。

总共有一万五千人去到演唱会现场,他们为你疯狂。这回还是在老地方,就在跑马场。"

"跑马场……当然,我记得。那天晚上真棒,真的……很棒。"

她心想身处这种人生之中,就如同身处一个巨大的跑马场。只不过她说不准自己到底是骑手还是赛马。

莱文拍拍那个女人的肩膀:"乔安娜,明天的播客访谈是什么时候?"

"哦,老天!不是明天,改成今晚了。时间安排有变。抱歉,差点忘了说。不过他们只想采访诺拉,你们其他人如果愿意的话,可以早点休息。"

莱文沮丧地耸耸肩:"当然。"

乔安娜叹口气:"你总是这样,别把气撒在我身上啊,我就是个传话的。"

诺拉纳闷哥哥到底跑哪儿去了。不过乔安娜和莱文之间的紧张气氛让她觉得现在问一个她本该知道答案的问题的确是不合时宜。于是,她只好看向车窗外。现在大巴正沿着四车道的高速公路行驶。小轿车、货车和摩托车的车身隐入黑暗之中,车尾灯不停闪烁,如同一对对直勾勾的红眼睛。点缀着墨黑乌云的幽暗夜空如同一块潮湿的幕布,衬出远处的摩天大楼,大楼上还镶嵌着几方小小的灯光。高速公路两旁和路中间的隔离带上立着一排排树木,如同团团暗影。

如果明天晚上她还留在这种人生里,她就要在一场演唱会上从头唱到尾,唱演唱会上该唱的歌曲。可是大多数的歌她根本不会唱。她不知道自己是否能很快学会这些歌。

她的手机响了。是视频通话,来电显示"莱恩"。

乔安娜看到了来电显示。她皮笑肉不笑地说:"你最好接一下。"

诺拉照她的话做了,不过她实在不知道这个"莱恩"到底是什么人。出现在手机屏幕上的图像太过模糊,她无法辨认。

然后他出现了。那张脸诺拉见过,在电影和想象中见过很多次。

"嗨,宝贝。我打这电话只是为了和老朋友打声招呼。我们还是朋友,对吧?"

她也认出了那个声音。

美国口音,洪亮而富有魅力,一个电影明星的声音。

她听到乔安娜和大巴车上的其他人说:"她正在和莱恩·贝利通电话。"

莱恩·贝利

莱恩·贝利。

就是大明星莱恩·贝利,就是她幻想中的莱恩·贝利。在诺拉的幻想中,她和莱恩谈论柏拉图和海德格尔,一团团水蒸气从他那极具西好莱坞特色的热水浴缸中冒出来,横亘在两人之间。

"诺拉,你在吗?你看起来像是被吓坏了。"

"呃……我……还行……只是……我只是……在车上……在巡回演出……的途中……呃……我没事,嗨。"

"猜猜我在哪儿?"

诺拉不知道该怎么回答,总不能回答"在热水浴缸里"吧?这也太失礼了。"说实在的,我真不知道。"她说。

莱恩晃晃手机,让她看到一栋别墅的全景。那是一栋宏伟豪华的别墅,别墅里摆着亮闪闪的家具,地上铺着赤色的地砖,还摆着一张挂着蚊帐的四柱双人床。

"我现在在墨西哥的纳亚里特。"他故意模仿西班牙口音，说出"墨西哥"这几个字。和电影里的莱恩·贝利相比，真人的模样和声音都略有不同。他看起来更臃肿，说起话来更含混，或许还多了几分醉意。"正在拍外景。他们要我拍《最后机会酒吧》第二部。"

"《最后机会酒吧》第二部？我好想看第一部。"

他哈哈大笑，仿佛诺拉刚说了一个超级搞笑的笑话。

"你还是和以前一样，没有半点幽默感，诺诺。"

诺诺？

"我现在在蓬塔米塔酒店，"他继续说道，"还记得我们在那里度过的那个周末吗？他们把我安排在同一栋别墅里。你记得吗？因为对你难以忘怀，我还要了玛格丽特酒，现在正喝着呢。你现在在哪儿？"

"巴西，我们刚刚在圣保罗开了一场演唱会。"

"哇，我们在同一片大洲上啊！这很棒，太棒了。"

"的确不错。"她说。

"你怎么说起话来一本正经的？"

诺拉意识到车上有一半人都在竖着耳朵听她讲电话。莱文一边喝着啤酒，一边盯着她。

"我只是……你也知道……我在车上，有其他人在。"

"有人啊。"他叹口气。听他说话的语气，仿佛那几个字是骂人的粗话。"总是有人在，"他接着说道，"这就是他妈的问题。嘿，我想说，最近我想了很多，就是你的那番话，在吉米·法伦①的节目上说的……"

对方说的每一句话都如同在路上狂奔的野兽,诺拉抓也抓不住。不过她尽量不动声色地问道:"我说什么了?"

"你也知道啦,就是你说我们的关系是自然结束的,没有什么不愉快的事情发生。我还得为这事谢谢你。我知道自己是个很难相处的人,我明白得很。不过我也在努力,我现在见的这个心理咨询师真的很棒。"

"那真是……很好。"

"我想念你,诺拉。我们在一起很愉快,不过人生除了让人神魂颠倒的性爱,还有别的东西。"

"没错,"诺拉试图控制自己那信马由缰的想象力,"就是这样。"

"我们相处的那段时光实在是太美妙了,不过你结束了这段关系,你做得对。你做出了遵循宇宙秩序的正确抉择。这不是相互排斥,而是重新定位。说实话,关于宇宙我思考了很多。现在我正在与宇宙互相调和。宇宙告诉我,我应该重新振作。这就是所谓的平衡,伙计。如果我们用力过猛,我们的人生也会反过来让我们感到紧张难受。就像达尔文第三运动定律说的那样,作用力引发反作用力。你得舍弃一些东西。你看清了这一点,而我们现在不过是在宇宙中漂浮的

---

① 吉米·法伦(1974—):美国主持人,脱口秀演员,主持《吉米·法伦深夜秀》等。

微粒，或许某一天会在马尔蒙特酒店重新结合……"

诺拉不知道该说些什么。"我觉得应该是牛顿吧。"她说。

"什么？"

"牛顿第三运动定律。"

莱恩微微仰头，如同一条迷惑不解的狗："你说什么？"

"别管那个了，没什么大不了的。"

他叹口气。

"不管怎么说，我得喝完这杯玛格丽特酒，明天一大早我还有健身课。你看，只是玛格丽特酒，没加龙舌兰酒。我得保持纯粹的状态。我换了一个新的健身教练，他是专攻徒手格斗术的。那家伙可严格了。"

"好吧。"

"还有，诺诺……"

"怎么了？"

"之前你给我取了一个特别的爱称，你能不能再叫一次？"

"呃……"

"你知道我说的是什么。"

"当然，当然。"诺拉绞尽脑汁，想弄清那个"爱称"到底是什么——莱莱？黑麦面包[①]？柏拉图？

"哦，我做不到。"

[①] 莱恩的英文为 Ryan，与英语中的"黑麦"（Rye）一词相似。

"因为有人在吗？"

她故意环顾四周："说得对，这里还有其他人。你也知道，我们分手后继续各自的人生，如果再那么叫你……好像有点不大合适。"

他的脸上露出哀伤的微笑："好吧。我要去看洛杉矶最后一场演唱会，就是在斯台普斯中心举行的那一场。我要坐在前排。你可别拦着我，好吗？"

"那真是太好了。"

"我们永远是朋友？"

"我们永远是朋友。"

诺拉感觉到这通电话对话已经接近尾声，这时一个问题突然冒出来。

"你当真喜欢哲学吗？"

他打了个嗝。奇怪的是，当诺拉意识到莱恩·贝利也是一个凡人，他那具凡人的躯体也会产生气体，让他打嗝，她居然觉得很震惊。

"你说什么？"他问道。

"就是哲学呀。几年前，你在电视剧《雅典人》中扮演柏拉图。在一次访谈中，你说你读了很多哲学著作。"

"我阅读人生，而人生就是哲学。"

诺拉不知道他是什么意思，不过她打心底里为这个诺拉感到骄傲——想想看，她居然甩了一个一流电影明星！

"我记得那时你说你正在读马丁·海德格尔[①]的书。"

"谁？马丁·还打嗝？哦，那大概是糊弄媒体的胡话罢了。你也知道，在那种时候，你就得东拉西扯。"

"当然，当然。"

"再见了，朋友。"

"再见了，莱恩。"

他挂断了电话。乔安娜微笑着看她，什么也没说。

乔安娜总是一副喜欢说教的模样，但是却让人颇为安心。她认为这个诺拉喜欢乔安娜。这时她记起自己还要代表乐队接受一个播客访谈，可她连乐队里一半人的名字都叫不出，也不知道这个乐队最新出的专辑叫什么名字。事实上，她说不出这个乐队任何一张专辑的名字。

大巴在一家酒店门前停下。这家宏伟的酒店位于城郊。酒店门前停放着豪车，车窗黑乎乎的，彩色小灯包裹着一棵棵棕榈树。

整栋酒店看起来就像是外星世界的一栋建筑。

"以前这里是宫殿，"乔安娜告诉她，"是一个顶级巴西建筑设计师设计的。我一下子记不起他的名字了。"她查了一下，片刻之后继续说道："他叫作奥斯卡·尼迈耶，是现代派风格的设计师。不过这栋酒店大楼比他以往的作品更豪

[①] 马丁·海德格尔（1889—1976）：德国哲学家，存在主义哲学的创始人之一。

华。这可是全巴西最好的酒店……"

这时诺拉看到一群人伸长手臂，手里拿着手机，就如同捧着碗乞讨的乞丐。他们正要拍下诺拉到达的景象。

@诺拉-迷宫乐队

你可以拥有一切,却毫无感觉。

转发 74.8K 赞 485.3K

银盘中的蜂蜜蛋糕

这实在是太疯狂了,想想看,这种人生居然和其他人生同时存在于多重宇宙中,就像同一根琴弦上不同的音阶。

诺拉觉得实在是难以置信:在原来的人生中,她要费好大劲才勉强凑齐房租;而在这种人生中,她却能让全世界的歌迷疯狂。

之前拿着手机拍摄大巴车到达场景的歌迷,现在正等着要诺拉的签名。他们对乐队其他成员似乎毫不在意,只是一心想和诺拉说两句。

诺拉看到一个女歌迷越过碎石子路,朝他们奔来。那女孩身上刺着文身,打扮得像一个爵士时代的摩登女郎被困在末日战争后的赛博朋克世界里。她的发型和诺拉一模一样,几绺头发挑染成白色。

"诺拉!诺——拉!我们爱你!你是我们的女王!感谢你来巴西开演唱会!你帅呆了!"之后歌迷们又齐声高喊,"诺拉!诺拉!诺拉!"

她用难以辨认的字迹为歌迷们签名。一个二十出头的小伙子脱下身上的T恤,让她在自己的肩膀上签名。

"我要把那签名弄成文身。"他说。

"真的吗?"诺拉说着在他的身体上签上自己的名字。

"这就是我人生中最辉煌的时刻,"他兴奋地大叫,"我叫弗朗西斯科。"

诺拉实在想不通:自己不过是用马克笔在他身上写几个字,怎么就成了他人生中的辉煌时刻?

"你救了我的命,《美丽天空》那首歌救了我的命,实在是太厉害了。"

"哦……哇,《美丽天空》?你居然知道《美丽天空》?"

那歌迷发出一阵狂笑:"你真是幽默!不愧是我的偶像!我实在是太爱你了!你说我居然知道《美丽天空》?太搞笑了!"

诺拉不知道该说什么。《美丽天空》是她十九岁时在布里斯托大学里谱写的一首小歌,然而这首歌却能改变一个巴西人的人生,这实在是太震撼了。

显而易见,这是她注定要过的人生。她心想或许自己永远也不会回到图书馆了。被人景仰崇拜的生活她应付得了,这种人生总好过窝在贝德福德,坐在77路公交车上,对着车窗自顾自地哼唱悲伤的歌曲。

她摆好姿势,让人拍照。

一个年轻女孩看上去就要哭出来了。她手里拿着一张大大的照片,照片上的诺拉正在亲吻莱恩·贝利。

"你和他分手时我可难过了!"

"我知道……没错,这令人难过,可世事就是这样。这就是……学习曲线。"

乔安娜出现在她身边。她轻轻地拉着诺拉的手,带着她走向酒店。

诺拉走进酒店。酒店大堂优美雅致,铺着大理石地板,散发着茉莉花的馨香,天花板上挂着枝形吊灯,还装点着鲜花。她看到乐队其他成员已经坐在酒吧里了,可是她哥哥究竟跑哪儿去了?或许他还在什么地方应付媒体记者吧。

她朝酒吧走去。她意识到所有人——礼宾员、前台接待和其他客人——都在盯着她。

诺拉正要开口问她哥哥究竟在哪儿,这时候乔安娜却招手叫一个男人过来。那人身上穿着T恤,T恤上用复古风的科幻电影字体写着"迷宫乐队"几个字。他约莫四十岁,胡须开始变得花白,头发也变得稀疏。可是他在诺拉面前却畏畏缩缩,仿佛被震住了。他微微弯下腰,和诺拉握握手。

"我叫马赛罗,"他说,"谢谢你同意接受我们的采访。"

诺拉注意到马赛罗身后还站着一个人。那人手持录音设备,看上去更加年轻,他身上刺有文身,还穿了孔,脸上露出灿烂的笑容。

"原本我们在酒吧里订了一个安静的位置，"乔安娜说，"不过……还是有其他人在。我想我们最好在诺拉的套房里进行采访。"

"好，"马赛罗说，"很好，太好了。"

他们朝电梯走去。诺拉回望一眼，看看坐在酒吧里的乐队其他成员。"或许你也想和其他人聊聊？"诺拉对马赛罗说，"有些事……很多事我可能记不清了，可他们还记得。"

马赛罗微微一笑，摇摇头，委婉地说："最好还是只采访你一个，我觉得……"

"哦，好吧。"诺拉说。

当他们等电梯的时候，所有人的目光都落在他们身上。乔安娜凑近诺拉。

"你还好吧？"

"当然了，为什么这么问？"

"我不知道。只是今天晚上你好像不太一样。"

"什么地方不一样？"

"就是……不一样。"

当他们走进电梯，乔安娜让另一个女人去酒吧间拿饮料。那个女人之前诺拉在大巴车上也见过。乔安娜让她为播客记者拿两杯啤酒，为诺拉要一杯气泡矿泉水，而她自己则要了一杯凯匹林纳鸡尾酒。

"送到套房里，玛雅。"

诺拉走出电梯,沿鲑鱼粉色的长绒地毯朝自己的套房走去,她在心里嘀咕:或许在这种人生中我滴酒不沾。

走进套房的时候,她尽力装出一副波澜不惊的样子,仿佛眼前的一切是再平常不过的。那是一间巨大的客厅,连着一个巨大的卧室和一个巨大的洗浴间。客厅里放着一大束鲜花——那花是送给她的,还附有一张卡片,卡片上有酒店经理的签名。

诺拉环顾四周,尽量不让自己发出惊呼:房间里摆放着豪华的家具,窗户上挂着落地窗帘;簇新的洁白床铺看上去有一英亩那么大,电视机的屏幕大得可以充当小型影院的电影屏了;香槟酒放在冰桶里,一个银盘上放满了糕点,卡片上写着"巴西蜂蜜蛋糕"。

"想也别想,你一口都不能吃,"乔安娜说着拿起一块小糕点,"现在你要进行新的计划,海利让我盯着你。"

诺拉看着乔安娜咬一口糕点——这种巴西蜂蜜蛋糕看起来很美味。她心想一个不让人品尝这种美味的"计划"到底有什么好?她不知道海利是谁,不过她觉得那肯定是自己不喜欢的人。

"啊,对了……洛杉矶的大火还没扑灭,卡拉巴萨斯市的一半居民已经疏散了。希望那火烧不到你那栋房子……"

诺拉不知道是应该为自己在洛杉矶拥有一栋房子而感到高兴呢,还是为自己的房子可能遭受祝融之灾而感到焦虑。

那两个巴西籍的播客记者花了几分钟布置设备。诺拉一屁股坐在客厅的一张大沙发上,而乔安娜则向她解释采访她的这档音乐播客节目叫作《名人录》,是巴西最红的播客节目。

她一边兴致勃勃地说着,一边用手指抹去嘴角边的蛋糕屑,她的手保养得很好。"这档节目拥有大量听众,听众人群结构也很均衡,"乔安娜兴奋地说,"所以接受他们的采访还是很值得的。"

之后播客采访开始了。乔安娜一直待在套房里,如同一个虎视眈眈的母亲。

揭露真相的播客采访

"所以,今年对你来说真是疯狂的一年啊。"马赛罗开口了——他的英语很不错。

"是啊,真的巨疯狂。"诺拉尽力让自己的言谈像个摇滚明星。

"现在我想就那张专辑……《波多斯维尔》问几个问题。那些歌的歌词都是你写的,对吧?"

"大部分吧。"诺拉只能瞎猜。她盯着自己左手那颗熟悉的小黑痣。

"都是她写的。"乔安娜插了一句。

马赛罗点点头,那个小伙子正通过笔记本电脑调音,他脸上还挂着露齿的笑。

这时候酒水饮料送来了。马赛罗说:"我个人最喜欢《羽毛》这首歌。"

"我很高兴你喜欢那首歌。"

诺拉在心里盘算:怎样才能从这采访中脱身呢?借口自

己头痛？肚子痛？

"不过我想先聊聊你发布的第一首歌曲《远离我的人生》，这首歌听起来像是个人宣言。"

诺拉拼命挤出一丝微笑："那歌词已经把我要说的都说了。"

"显然有很多人在猜测这首歌是不是关于……就是……那个英语怎么说来着？"

"禁制令？"乔安娜帮了他一把。

"没错，就是禁制令。"

"呃……"诺拉颇为惊讶，"好吧，我宁愿通过歌曲进行表达，我觉得难以启齿。"

"是的，我可以理解。只是最近你接受《滚石》杂志采访时曾经提了一下你的前男友丹恩·洛德，你说你申请针对他的……禁……禁制令时费了好大工夫，在那之前他曾经跟踪你……他是不是还闯入过你的房子？他是不是对记者说《美丽天空》的歌词是他写的？"

"哦，老天！"

现在诺拉既想哭又想笑，不过她还是尽力克制自己。

"那首歌的歌词是我还和他在一起时写的，可是他并不喜欢那首歌。他不喜欢我留在乐队里。他讨厌乐队，他讨厌我哥哥，他讨厌莱文，还讨厌艾拉……对了，艾拉以前也是乐队的成员。不管怎么说，丹恩很爱吃醋。"

249

这实在是太离奇了。在某种人生里——在丹恩原本想要的人生里,他与诺拉结婚后又对婚姻生活心生厌倦,最后还出轨搞婚外情;而在现在这种人生里,丹恩想要闯入她的房子,只因为他无法忍受她取得成功。

"他就是个混蛋,"诺拉说,"我不知道葡萄牙语用什么词来形容一个非常可恶的人。"

"Cabrao,也就是'混蛋'的意思。"

"也可以理解为'王八羔子'。"那年轻小伙板着一张脸,加了一句。

"没错,他就是Cabrao。他简直是完全变了个人,真是奇怪。当你的人生发生变化,其他人的态度也会改变。我想这就是成为名人的代价吧。"

"你还写过一首名为《亨利·戴维·梭罗》的歌。在你所有的歌里,用哲学家命名的歌并不是很多……"

"是的,我在大学的时候学过哲学,而梭罗是我最喜欢的哲学家。我的文身也是他的一句话。用他的名字做歌名总好过用伊曼努尔·康德[①]来做歌名。"

她已经渐渐跟上采访的节拍了。既然这就是她注定要度过的人生,那么在这种人生中装模作样对她而言并非难事。

"当然了,我们还要谈到《咆哮》。这首歌的影响力很

---

① 伊曼努尔·康德(1724—1804):德国哲学家,德国古典哲学创始人。

大，在二十二个国家的金曲榜上高居榜首。这首歌的 MV 由好莱坞顶级明星出演，还获得了格莱美奖。我想你或许打算谈一下这首歌？"

"或许吧。"

乔安娜又拿起一块糕点。

马赛罗露出温柔的微笑，继续说道："就我来说，我觉得这首歌里包含着原始的野性。感觉你通过这首歌把所有的情绪都发泄出来了。之后，我发现你写这首歌的那天晚上，你解雇了自己的经纪人——乔安娜之前的那位。你发现他骗了你的钱……"

"没错，这的确很过分，"诺拉只得即兴发挥，"这相当于背叛。"

"在《咆哮》出来之前，我就已经是迷宫乐队的热心歌迷了。不过我的确很喜欢《咆哮》这首歌，还有《灯塔女孩》。当我听到《咆哮》，我心想：诺拉·希德真是个天才！歌词有点抽象，感觉你在通过那首歌发泄愤怒，但同时又在歌中融入了柔情、深情和激情，就像是早期的治疗乐队[1]和弗兰克·奥申[2]的风格相融合，再用卡朋特乐队[3]和温驯高角

---

[1] The Cure，英国传奇摇滚乐队，被称为哥特摇滚的先驱，灵魂人物为罗伯特·史密斯。
[2] Frank Ocean，美国歌手，R&B 代表人物。
[3] The Carpenters，美国流行乐二人演唱组合。

羚乐团①的方式进行演绎。"

诺拉试图想象那首歌听起来究竟是什么样的,可她还是想象不出。

出乎众人的意料,马赛罗居然开始哼唱那首歌:"停止奏乐,调调音色/停止假笑,向月亮咆哮。"

诺拉微微一笑,点点头,仿佛她对这歌词早已了然于心:"对,对,我只是……在咆哮。"

马赛罗变得一本正经。看他那模样,仿佛他真的关心诺拉:"在过去的几年里,你碰到了许多糟心事:跟踪狂,道德败坏的经纪人,虚假的仇恨,上庭受审,版权纠纷,和莱恩·贝利分手时弄得一团糟,最新专辑的评价,被送去戒断中心,还有多伦多那件事……你在巴黎因过度疲劳而倒下,各种奇葩事一件接着一件。对了,还有媒体对你纠缠不休。你认为媒体对你恨之入骨——这又是为什么?"

诺拉感觉有点晕头转向。难道这就是名声的滋味?崇拜钦慕和辱骂攻击相互交织,就如同一杯鸡尾酒,永远都是甘苦参半的滋味。无怪乎那么多名人会"偏离正轨",因为所谓的"正轨"不停变幻。感觉就像同时被人亲吻和扇耳光。

"我……不知道……那是不实之词……"

"我的意思是,你有没有想过如果你选择了一条不同的

---

① Tame Impala,澳大利亚迷幻摇滚乐团。

人生道路，你的人生会变成什么样？"

诺拉一边听着，一边盯着矿泉水中的小气泡。

"我觉得人们总是倾向于想象一种更加轻松的人生，"诺拉第一次有所领悟，"可是或许并没有什么轻松的人生，那只是不同的人生路而已。在某种人生里，或许我已经结婚。在另一种人生里，我在一家店里打工，当一个帅气的男生邀我喝咖啡的时候，我或许会应承下来。在某种人生中，我在北极圈内研究冰川；在某种人生中，我是一个奥运游泳金牌得主。谁说得准呢？每一天每一秒，我们都会步入一个新的宇宙。而我们希望自己拥有不同的人生，将自己的人生与他人的人生进行比较，将现实的人生和可能拥有的人生进行比较。为此，我们浪费了大量的时间。然而真实的情况是每种人生都是有好有坏。"

马赛罗、乔安娜还有那个巴西小伙子都睁大眼睛盯着她，可是诺拉没法就此打住，她只能继续侃侃而谈。

"人生具有某种模式……某种节奏。当你陷入某种人生，你会认为人生中的哀伤、遭遇、失败和恐惧只是这种人生特有的产物。实际上，那不过是所有人生的副产品，而不是某种特定人生才有的。我的意思是如果我们明白所有人生都不可能与悲伤绝缘，那么我们会过得更加轻松自在。悲伤和欢乐相互交织，不可分割，你不能只要一样而舍弃另一样。当然了，悲欢的程度和数量各有不同。然而没有哪一种人生能保证你永远享有纯粹的欢乐。幻想那样的人生只会让你对现实人生更为不满。"

马赛罗确定她说完之后才开口："说得好。可是我要说的是今晚在演唱会上你看上去很开心。最后你弹奏《忧愁河上的金桥》而不是《咆哮》，感觉这像是强有力的宣言。你好像在说：'我很强大。'我觉得你是通过这种方式告诉我们这些歌迷你一切安好。还有，这次巡回演出你感觉如何？"

"嗯，感觉很棒，真的。我觉得我是在传达一种信息，让人知道我现在的人生是最棒的。不过我偶尔还是有点想家。"

"哪个家？"马赛罗问道，一抹微笑悄悄地爬上他的脸庞，"我想问的是你觉得哪里最有家的感觉，伦敦、洛杉矶还是阿玛菲海岸？"

看来在这个版本的人生中，诺拉去过很多地方。这或许是她的足迹遍布最广的人生了。

"我也不清楚，我想大概是伦敦吧。"

马赛罗深吸一口气，仿佛接下来的这个问题是一个泳池，他要一口气游过去。他挠挠胡子："好吧，可是我想你肯定觉得很难受吧？据我所知，之前你和你哥哥同住一套公寓，是吗？"

"这有什么好难受的？"

乔安娜端着一杯鸡尾酒，她那惊愕的目光掠过酒杯上方，看向诺拉。

马赛罗看着她，他的目光饱含同情和关爱，他的眼睛仿佛闪烁着泪光。他拿起啤酒，微微啜饮一口，接着说道："我知道你哥哥在你人生中的地位举足轻重，他曾经是这支乐队的重要成员……"

曾经是。

这几个字激起强烈的恐惧，就如同一块石头落入水中。

她回想起在谢幕加唱之前，她站在舞台上，问莱文她哥哥在哪儿。她回想起当时乐队成员的反应。

"他还在啊，今晚他也在场。"

"她的意思是她能感觉到他的灵魂，"乔安娜说，"他们都能感觉到他的存在。他拥有强大的灵魂，他是忧虑不安的，但还是很强大……只是酒精、毒品和人生过早地耗尽了他的生命，这的确是一场悲剧……"

"你说什么？"诺拉问道。在那一刻，她不再装模作样，而是真的想知道真相。马赛罗一脸哀容："你也知道，你哥哥因为吸毒过量，两年前就去世了……"

诺拉倒吸一口冷气。

她还没有完全反应过来，因此也没有马上回到图书馆。她站起来，晕头转向，跌跌撞撞，走出套房。

"诺拉？"乔安娜发出一声紧张的笑声，"诺拉？"

她跳进电梯，下到一楼，来到酒吧里，找到莱文。

"你之前说乔正在应付媒体记者。"

"什么?"

"就是你说的。当时我问你乔到哪儿去了,你说他在'应付那些外国小报记者'。"

他把啤酒杯放下,迷惑不解地看着她:"没错啊,她就是在应付媒体记者嘛。"

"她?"

莱文伸手一指。此时乔安娜一脸惊恐地从电梯里冲出来,冲进酒店大堂。

"就是乔安娜嘛,当时她是在应付记者啊。"

悲伤如同拳头,狠狠地砸在诺拉身上。

"哦,不,不,"她说,"哦,乔……乔……哦……"

富丽堂皇的酒店酒吧间消失了,桌子和酒水饮料消失了,乔安娜、马赛罗和那个调音师消失了,莱文、乐队其他成员和酒店客人消失了,酒保和侍应生消失了,大理石地板、枝形吊灯和鲜花消失了。一切都消失了。

咆　　哮

　　女孩想要
　　逃离已知的世界。
　　面对冬日森林，
　　　她无处可去。

　　压力不停加大，
不停加大，永不消减。

他们想占据你的肉体，
他们想占据你的灵魂，
　他们想要你的假笑，
　　　这就是摇滚。
群狼环绕在你的周围，
　　高烧中的梦境。
群狼环绕在你的周围，

开始尖叫。

咆哮吧,对着夜空咆哮。
咆哮吧,直到黎明降临。
咆哮吧,你必须奋起反抗,
咆哮吧,让这一切重回正轨。

咆哮,咆哮,咆哮,咆哮。
(去你妈的)

你不能永远抗争,
你必须妥协。
如果你的人生有什么不对劲,
你应该找找原因。

(说唱)
还记得
我们年轻的时候,
从不会害怕明天,
也不会哀悼昨天。
当时的我们
只是单纯的我们。

当时间来到现在，
　我们困在人生里。
　无法冲破人生，
就像是套在袖子里的手臂。
　因为我们有时间，
　　还有时间呼吸。

糟糕的时刻已经来临，
糟糕的时刻即将来临。
然而人生并没有结束，
　正如人生没有开始。
湖面闪亮，湖水冰凉，
　闪闪波光化为黄金。
停止奏乐，调调音色，
停止假笑，向月亮咆哮。

咆哮吧，对着夜空咆哮。
咆哮吧，直到黎明降临。
咆哮吧，你必须奋起反抗，
咆哮吧，让这一切重回正轨。

咆哮，咆哮，咆哮，咆哮。
　　（重复，渐弱）

爱 与 痛

"我讨厌这个……过程。"诺拉对艾尔姆太太说。她加重语气:"我想要停下来!"

"请保持安静。"艾尔姆太太说。她手里拿着一个白色的马,正聚精会神地思考下一步该怎么走:"这里可是图书馆。"

"这里只有我们两个!"

"这不是理由。不管怎样,这里还是图书馆。如果你走进一间教堂,你会自然而然地保持安静。这是因为你身处教堂之中,而不是因为那里还有其他人。而图书馆也是一样。"

"好吧,"诺拉压低嗓音,"我不喜欢这样,我想停下来。我不想做这个图书馆的读者了,我要交还借书证。"

"你本身就是借书证。"

诺拉重提自己的要求:"我想要停下来。"

"不,你不想。"

"我就想。"

"那你为什么还在这儿呢?"

"因为我别无选择。"

"老实告诉你吧,诺拉,如果你真心不想留在这里,你就不会出现在这里。我从一开始就告诉你了。"

"我不喜欢这样。"

"为什么呢?"

"因为太痛苦了。"

"为什么痛苦?"

"因为感觉太真实了。在某种人生中,我的哥哥死了。"

图书管理员又板起一张脸:"那么如果在属于你哥哥的某种人生中,你死了。你觉得他会难过吗?"

"我不能确定。最近一段时间他不想和我有什么联系。他过着自己的生活,还为自己的人生不够圆满而责怪我。"

"所以这一切都跟你哥哥有关?"

"不只是我哥哥,一切都是这样的。感觉只要我活下去,就会让其他人伤心难过。"

"这是因为人生就是如此。"

"那为什么还要活下去?"

"平心而论,那是因为死亡也会让人伤心难过。好了,接下来你想选择哪种人生?"

"我不想选了。"

"什么?"

"我不想挑选书本了,我不想挑选人生了。"

艾尔姆太太的脸色变得煞白。很多年前，当她从电话中得知诺拉父亲的死讯，她就是这个样子的。

诺拉感觉脚下一阵晃动。地震了！只不过这次地震比较弱。她和艾尔姆太太扶着书架，书本纷纷掉落在地上。头顶的灯不停闪烁，最后完全熄灭了。棋盘和桌子翻倒在地。

"哦，不，"艾尔姆太太说，"又来了。"

"怎么回事？"

"你知道这是怎么回事。整个图书馆因你而存在，你就是图书馆的能量之源。一旦能量之源受到严重干扰，整个图书馆都岌岌可危。你就是关键，诺拉。你在最糟糕的时机选择放弃。你不能放弃，诺拉。你还能奉献更多，还有更多的机会。这里还有这么多个不同版本的你存在。想想你面对北极熊时是什么样的感觉，想想你当时多么想活下来。"

北极熊。

北极熊。

"即使是糟糕的体验也自有其意义，你明白吗？"

她明白了。她一生中的大多数遗憾都无足轻重。

"明白了。"

地震停止了。

书本散落一地。

头顶的灯亮了，不过还是闪个不停。

"对不起。"诺拉伸出手，想要收拾地上的书，把它们放回书架上。

"不要碰！"艾尔姆太太厉声呵斥，"不要碰那些书，放下！"

"对不起。"

"别老说对不起。你可以过来帮帮我，那样更安全。"

她帮艾尔姆太太收拾散落的棋子，在棋盘上摆好，摆成黑白双方一步未走的样子，把桌子也搬回原处。

"那地上的书呢？不管它们吗？"

"你干吗关心这个？我以为你想让这一切完全消失。"

或许艾尔姆太太只是错综复杂的量子宇宙中某种经过简化的运作机制，可是当她坐在半空的书架之间，坐在收拾好的棋盘旁边，她看上去满脸哀伤，与真人无异。

"我不是有意凶你的。"艾尔姆太太终于挤出了一句。

"没什么。"

"我想起当我们在学校图书馆下棋的时候，你总是早早就丢掉了最有用的棋子，"她说，"你走了几步之后就失去了'后'或'车'。当你只剩下'兵'和一两个'马'的时候，你表现得好像自己已经满盘皆输。"

"你为什么提起这件事？"

艾尔姆太太看到自己的套头衫上有一根线头，她把线头塞进袖子里，想想之后又把线头揪出来。

"如果你想赢得一盘棋，"瞧艾尔姆太太的模样，好像诺拉现在除了下棋就没什么更重要的事要操心,"你必须意识到这一点:只要还没被将死,棋局就没有结束。哪怕你只剩下一个'兵'和'王',而对方的棋子一个不少,棋局依然没有结束。如果你是一个'兵'——或许我们所有人都是棋盘上的'兵',你必须记住'兵'是最具魔力的棋子。它看起来微不足道,平平无奇,然而事实并非如此。'兵'不仅仅是一个'兵',它还可以变成'后'。你要做的就是找到前进的道路,一格一格地往前挪移。等你到达棋盘的另一边,你就能解锁一切力量。"

诺拉看看周围的书:"你的意思是我手里的棋子就只剩下'兵'了?"

"我的意思是某些看似平凡的东西最终会让你赢得胜利。你必须不停向前,就像那天在河里发生的事,你还记得吗?"

她当然记得。

她那时候是多少岁来着?应该是十七岁吧,那时她已经不再参加游泳比赛了。那是一段阴沉压抑的时光:爸爸总是对她发脾气,而妈妈正处于抑郁症发作期间,几乎不说话。有一次,正在读艺术学院的哥哥回来过周末,还把莱文也带来了。他带着自己的朋友在美丽的贝德福德走马观花,然后还一时兴起,搞了个"河畔派对"。派对上有音乐和啤酒。参加派对的女孩子因乔对她们不感兴趣而颇为失落。诺拉也参加了派对。在派对上她喝多了,和莱文聊起游泳的事。

"你能游过这条河吗?"他问她。

"当然。"

"不,你游不过去。"有人插了一句。

她一时间头脑发昏,试图证明他们说得不对。此时她哥哥已经喝得酩酊大醉,当他意识到诺拉要做什么时,已经太晚了。她已经开始游泳渡河了。

当她回想起往事,书架通道尽头的走廊开始发生变化。石砌地面化为一条滚滚流淌的河。周围的书架依然纹丝不动,可是她脚下的地板砖却化为青草地,而头顶的天花板变成了天空。然而和以往不同,她并没有消失,也没有进入某一版本的人生中。艾尔姆太太和书本都还在。现在诺拉正处于图书馆和回忆的交界处。

她看向那条化为河流的走廊,看到河里的某个人,那是以前的自己正身处河中,而夏日傍晚的最后一缕余晖正渐渐消散。

等　距　点

河水很冷，水流很急。

她看着河中的自己，记起了当时肩膀和手臂所感受到的疼痛。她感觉僵硬而沉重，仿佛身上穿了一件铠甲。她想起当时自己用尽全力，可是对岸那棵悬铃木的剪影依然固执地保持原样，并没有变大，而对岸和她之间的距离根本没有变化。她记起当时她吞下了几口肮脏的河水。她回头看向刚才出发的河岸。现在的诺拉正站在那里，跟当年的哥哥和他的朋友一起看着当年的自己。她哥哥和其他人对现在的诺拉以及两旁的书架视若无睹。

她记起在她意识开始模糊的那一刻，一个词浮现在她的脑海里：等距点。这个词原本属于安全无虞的课堂。等距点，一个中性的数学术语。当时她无法摆脱这个词，这个词不停地在她脑海中闪现，就如同精神病人那错乱的思绪。她拼尽全力也只能勉强留在原处。等距点。等距点。等距点。距离此岸和彼岸都一样远。

在这一生大多数时间里,她的感受都是如此。

陷于半途,不停挣扎,挥动双手,只想努力活下去却不知道路在何方,不知道选择哪条道路才不会让自己后悔。

她看看彼岸,现在那里多了些书架,然而那棵悬铃木的巨大剪影依然微微弯向水面,如同忧心忡忡的父母。风儿掠过树叶,沙沙作响。

"然而你做出了选择,"艾尔姆太太显然读懂了诺拉的心思,"而你也活下来了。"

别人的梦想

"生活永远是一种行动。"艾尔姆太太说。此时她们正看着诺拉哥哥冲到河边,被他的朋友们拉回来。他看向一个女孩,那女孩正在打电话求助。至于那女孩的名字,诺拉早就忘了。"而你在关键时刻做出了行动。你拼尽全力,游到了对岸。你呛了水,不停咳嗽,几乎把内脏都咳出来了。你还出现了体温过低的症状。可不管怎样,你克服了几乎无法逾越的困难,游到了河对岸。你在自己身上还发现了别的东西。"

"没错,那是细菌。我病了好几个星期,我吞下了好多脏水。"

"可你活下来了,你还有希望。"

"说得对,然而从那天起,我就渐渐失去希望了。"

诺拉低下头,看着脚下的青草慢慢退却,再次变回地板砖。她抬起头,在粼粼波光消失之前最后看一眼那条河。她看到那棵悬铃木的剪影、她的哥哥、哥哥的朋友和她自己缓缓消失。

图书馆又恢复了原样。书本已经回到了书架上，头顶的灯也不再闪烁。

"我太蠢了，居然为了让别人对我刮目相看，就跳进河里。我一直认为乔比我更优秀，我想让他喜欢我。"

"你为什么认为他比你更优秀呢？是因为你的父母就是这么想的吗？"

艾尔姆太太的直白坦率让诺拉颇为恼怒，可或许她说的有道理。"我总是照父母说的做，只想讨他们的欢心。当然了，乔也有他自己的问题。在我知道他是同性恋之前，我也不能理解他的问题。不过我听说兄弟姐妹之间的竞争源于父母，而非孩子本身。我总是觉得爸妈更鼓励哥哥追求自己的梦想。"

"例如他的音乐梦想？"

"没错。"

"当乔和莱文决定成为摇滚明星，爸爸妈妈给他买了吉他和电子琴。"诺拉说。

"然后呢？"

"那吉他还是很容易上手的。乔拿到吉他后，一周之内他就能弹奏《水上烟雾》（*Smoke On The Water*）了。可是他不喜欢电子琴，后来他说他不想要那没用的玩意儿在他的房间里碍手碍脚。"

"所以那电子琴就成你的了。"艾尔姆太太语气肯定,她知道这事,她当然知道。

"没错。"

"后来,那架电子琴就被挪到你的房间里,你把它当成你的朋友。你开始学习弹奏电子琴,而且你很有决心和毅力。你用自己的零用钱购买钢琴教学指南,还有《莫扎特乐曲初级教程》《披头士乐队钢琴曲》之类的书籍。你之所以这么做,不仅是因为你喜欢弹琴,还因为你想让你哥哥对你刮目相看。"

"我从来没有和你说过这些事。"

艾尔姆太太嘴角泛起一抹苦笑:"这没什么,反正那些书我也看过了。"

"没错,当然了,好吧,我懂了。"

"你总是想要赢得他人的赞许,或许你得改改了,诺拉。"艾尔姆太太轻声说道。她之所以降低音量,不仅是为了加重语气,也是为了拉近她和诺拉的距离。"你不需要寻求任何人的许可,就可以……"

"是的,我明白。"

她当真明白了。

自从进到这个图书馆以来,她所尝试的每一种人生事实上都是别人的梦想。酒吧人生是丹恩的梦想。澳大利亚人生是伊芷的梦想——诺拉之所以为没能和伊芷前往澳大利亚而后悔，与其说是为她自己感到悲伤，不如说是对自己的好友心怀愧疚。成为游泳冠军是她爸爸的梦想。当然了，她的确对北冰洋感兴趣，小时候她想成为一名冰川学家。可是她和艾尔姆太太在图书馆里的闲谈也产生了很大的影响，让这个梦想得以成形。至于迷宫乐队……那向来都是她哥哥的梦想。

或许对于她来说，并不存在绝对完美的人生。可是在这里一定有一种人生值得一过。而她所要做的就是把这种人生找出来。为此，她必须看得更远。

艾尔姆太太说得没错，棋局还没有结束。只要棋盘上还有棋子，棋手就不应该放弃。

她挺直身子，站了起来。

"你应该从书架顶端和底端挑选更多的人生。你一直想要弥补人生中最明显的缺憾，而顶端和底端的书距离你的本源人生更远。有些人生你从未想象过，也不会为没能拥有而感到悲伤。然而在某个宇宙中，那就是你的人生。那是超乎想象的人生，但依然是属于你的人生。"

"那些是不幸的人生吗？"

"有些是，有些不是。它们并不是可以轻易想象出来的人生，你需要发挥更多的想象力才能进入其中。不过我敢肯定，你能进入那些人生里……"

"你不能带我去吗？"

艾尔姆太太微笑着说:"我可以给你朗诵一首诗,图书管理员喜欢诗歌。"接着,她开始朗诵罗伯特·弗罗斯特[①]的几句诗:"林里有两条路,我选择了行人稀疏的一条。我的人生从此变得截然不同……"

"如果林里不止两条路呢?如果树林里的路比树木更多呢?如果摆在你面前的选择无穷无尽呢?那么罗伯特·弗罗斯特又会怎么做?"

诺拉想起在大学里学习哲学的时候,大一时她曾经研究过亚里士多德。当她得知亚里士多德认为"成功绝非偶然",她不禁有点灰心。如果想出类拔萃,就要在"面对多种选项时做出睿智的选择"。而现在,她拥有了很多种人生选择。这是通往智慧的捷径,或许也是通往幸福的捷径。这对她来说不再是负担,而是一件值得珍爱的礼物。

"看看我们摆好的棋盘,"艾尔姆太太柔声说道,"看看在棋局开始之前,整个棋盘显得井井有条、安稳妥帖,让人感到安心。看上去很美,也很无趣。整个棋盘死气沉沉。一旦你动了第一步,一切都变了。整个棋盘变得越来越混乱,而你下的每一步棋又会衍生更多的混乱。"

诺拉拿张凳子,在棋桌旁坐下,正对着艾尔姆太太。她低头看着棋盘,把一个"兵"向前推了两格。

---

① 罗伯特·弗罗斯特(1874—1963):美国诗人。

艾尔姆太太也像她那样，把一个"兵"向前推两格。

"要学会下棋很容易，"她对诺拉说，"然而想要成为象棋大师可就难了。你每走一步就相当于打开一个充满多种可能性的新世界。"

诺拉挪动一个"马"。两个人就这样下了几个回合。

艾尔姆太太有感而发："棋局开始之前并不存在变数，只能按照一种固定的方法来摆放棋子。然而在下了六个回合之后，棋局可能产生的变化就多达九百万种，八个回合之后，变化增加到两千八百八十亿种，而且还会越来越多。在一盘国际象棋中，可能存在的棋局变化数量甚至多于一个可观测宇宙中原子的数量。因此棋局会变得非常混乱。下棋没有所谓的'正确方法'，只有无数种方法。棋局和人生一样，可能性是一切的基础，是所有希望、所有梦想、所有遗憾和所有人生瞬间的基础。"

下到最后诺拉赢了。她怀疑艾尔姆太太是有意让她的，不过她感觉好多了。

"好了，"艾尔姆太太说，"我想现在到了选书的时候了，你觉得呢？"

诺拉的目光沿着书架游移。如果这些书的书名更具体些就好了，如果能找到一本名为《完美人生》的书就好了。

开始时，她不想理会艾尔姆太太的问题。可是当书本环绕在你周围，你总是忍不住想翻阅一下。现在她意识到面对人生时也是如此。

艾尔姆太太重复了一句此前她说过的话：

"不要低估小事的重要性。"

这道理的确有用。

"我想尝试一种平和的人生，"诺拉说，"在那种人生中，我所做的工作和动物有关，我选择了动物救助中心的工作。我毕业前就是在那里实习的，就在去弦理论乐器店打工之前。没错，就是这样。请帮我找到那种人生吧。"

平和的人生

诺拉发现自己轻而易举地潜入了这种人生中。

在这种人生中,她睡得很香。她一直睡到闹钟在七点四十五分响起。她开着一辆破旧的现代牌汽车去上班。车上散发着狗和饼干的气味,车里还有饼干屑。她开车经过医院和体育中心,开进一个小型停车场。动物救助中心就在停车场旁边,那是一栋现代化的青砖平房。

她整个早上都在遛狗和给动物喂食。她之所以能轻而易举地融入这种人生,跟她打招呼的那个女人功不可没。那个名叫宝琳的女人和蔼可亲,很接地气,顶着一头褐色的卷发,说起话来带着约克郡口音。她说诺拉应该先打理狗舍,而不是猫舍。这就给了诺拉一个合情合理的借口,让她可以一脸迷惘地询问究竟要做些什么。这里的工作人员都挂着名牌,因此要了解他们的名字也并非难事。

诺拉在救助中心后面的场院里遛狗,遛的是一条牛头獒。这条狗刚来不久。宝琳告诉她,这条狗曾被主人虐待。

她指着狗身上几处圆形的小伤疤，对诺拉说："这是用烟头烫的。"

诺拉想要生活在一个没有残酷暴行的世界，然而她所能选择的世界都是有人类存在的世界。那条牛头獒名叫莎莉，任何东西都能让它心惊胆战。它害怕自己的影子，害怕灌木丛，害怕其他狗，害怕诺拉的腿，害怕草地，甚至害怕空气。不过，它显然对诺拉产生了好感，甚至还容忍诺拉飞快地抚摸一下它的肚皮。

在那之后，诺拉帮忙清理几间狗舍。她认为称之为"狗笼"更合适，大家之所以称之为"狗舍"，可能是因为这个词听起来更顺耳。狗舍里有一条只有三条腿的德国狼狗。它的名字是迪赛尔，看起来已经在救助站里待了一段时间了。她和迪赛尔玩接球游戏。她发现那条狗的反应能力很好，几乎每一回都能用嘴接住球。诺拉喜欢这样的人生——确切地说，她喜欢身处这种人生中的自己。她可以从别人对她说话的语气推断出这个诺拉是个什么样的人。身为一个好人的感觉真美妙，她感觉身心舒畅，气定神闲。

在这种人生中，她的思维也有所不同。她想了很多，不过她的想法都是平和的。

哲学家亚瑟·叔本华[①]曾在他心肠变软的时刻写道："同

[①] 亚瑟·叔本华（1788—1860）：德国哲学家。

情是道德的基础。"或许同情也是人生的基础。

一个叫作迪伦的男人也在这里工作,他天生对狗很有一套。迪伦的年龄和她相仿,或许比她年轻一点。他和蔼善良,浑身上下透出哀伤的气息。他那长长的金发梳成冲浪者发式,那发色和寻回犬的毛色相仿。吃午餐的时候,诺拉在一张俯瞰场院的长椅上坐下,而迪伦也在她身边坐下。

"今天你吃什么?"他亲切地问道,朝诺拉的午餐饭盒点点头。

诺拉实在答不上来。今天早上,她看到自己的公寓里有一个冰箱,冰箱门上贴满了日历和磁贴。她打开冰箱就看到了这个已经备好的午餐饭盒。现在她打开饭盒的盖子,看到饭盒里装着一份马麦酱奶酪三明治,还有一包盐和酸薯条。这时天暗下来了,风儿一阵紧似一阵。

"哦,糟糕,"诺拉说,"要下雨了。"

"大概吧,不过狗狗们都安安静静地待在笼子里。"

"抱歉,什么意思?"

"狗可以通过嗅觉感知降雨的到来。如果它们认为即将下雨,它们就会跑到室内。很有意思,对不对?狗狗居然可以用鼻子预知未来。"

"有意思,"诺拉说,"真了不起。"

诺拉咬一口三明治。这时迪伦伸出手臂,搂着她。

诺拉跳了起来。

"……怎么回事?"她叫道。

迪伦流露出深深的歉意,看样子他也被吓了一跳。"对不起,我是不是弄痛你的肩膀了?"他问道。

"不是……我只是……呃……不,没事。"

她发现迪伦是她的男朋友,还是她中学时的校友。他们在同一所中学——海泽尔登综合中学读书,不过迪伦比她低两级。

诺拉想起她父亲去世的那一天,她坐在学校图书馆里,看着窗外。透过布满点点雨水的窗玻璃,她看到一个金发男孩匆匆跑过。*他或许在追逐别人,或许被人追逐*。那个金发男孩就是迪伦。当时诺拉只是远远看着他,对他隐约生出几分好感。不过她从来没有真正认识过他,也根本不会想起这个人。

"你还好吗,诺斯特?"迪伦问道。

诺斯特?

"呃……还行……我还好。"

诺拉再次坐下,与迪伦稍稍拉开一点距离。迪伦没什么不好。他很可爱,而且诺拉觉得处于这一人生中的自己真心喜欢他,甚至可以说是爱他。可是潜入某种人生并不等同于全盘接受这一人生中的情感。

"对了,你订了吉诺餐厅的位子吗?"

吉诺餐厅——那家意大利餐厅。诺拉十几岁时曾经去过那儿。得知这家餐厅还在经营,她不禁感到惊讶。

"什么?"

"就是吉诺餐厅呀,那个卖比萨的地方。我们今晚不是要去那儿吗?你说你认识那里的经理。"

"以前我爸爸认识那经理。"

"那你打电话订位子没有?"

"打了,"她只得撒谎,"可是他们已经满座了。"

"在工作日的晚上也会满座?太奇怪了。真可惜!我喜欢吃比萨,喜欢吃意大利面,还喜欢意大利千层面……"

"好吧,"诺拉说,"我明白了,我完全明白。我也知道这很奇怪,不过他们刚接了几单大生意。"

迪伦已经掏出手机,急切地说:"那就试试康蒂诺餐厅。就是那家墨西哥餐厅,有好多素食可选。我喜欢墨西哥菜,你呢?"

诺拉想不出理由拒绝。尽管和迪伦聊天让人打不起精神,可是和她现在正吃着的三明治相比,和她冰箱里的食物相比,墨西哥菜听起来很不错。

于是,迪伦为他们俩订了位子。接着他们继续聊天,狗吠声从他们身后的平房传出。从谈话中,诺拉发现她和迪伦正考虑搬到一起住。

"到时候我们可以一起看《最后机会酒吧》。"他说。

诺拉并没有专心听他说话。"你说什么?"她问道。

她发现迪伦很腼腆，羞于与人目光接触。他也很可爱。"就是你想看的那部电影啊，莱恩·贝利主演的。我们之前已经看过预告片了。你说那部电影肯定很好看，我上烂番茄网①查了一下，这部影片的新鲜度是百分之八十六，在网飞上……"

诺拉在心里暗自琢磨：假如她说自己在某一种人生中是一支世界知名摇滚乐队的主唱，是风靡全球的偶像，曾经和莱恩·贝利恋爱最后又甩了他，那迪伦会不会相信她的话？

"听起来还不错。"诺拉说。她看着一个空的薯条包装袋在稀疏的杂草上翻滚。

迪伦站起来，捡起那个包装袋，扔到长椅旁的垃圾箱里。

他坐回诺拉身边，脸上带着微笑。诺拉现在明白另一个自己为什么会喜欢他了。他身上洋溢着某种纯洁的东西，与狗不乏相似之处。

---

① 烂番茄（ROTTEN TOMATOES）是美国一个网站，提供关于电影的资讯和评论。电影的新鲜度越高，评价越高。

既然这个宇宙已经有狗存在，为什么还想要别的宇宙？

那家餐厅位于卡斯尔大道上，就位于街角，与弦理论乐器店相距不远。他们前往餐厅时要经过乐器店。乐器店让诺拉感觉既熟悉又陌生。当诺拉走近乐器店时，她发现有什么地方不对劲。橱窗里空空荡荡，并没有摆放吉他，只有一张陈旧的A4纸贴在橱窗内侧。

她认出纸上那几行字出自尼尔之手：

呜呼哀哉！弦理论乐器店无法在原址继续经营。因为租金上涨，我们无以为继。感谢所有忠诚的顾客。无须牵挂我们，继续你们的生活吧。唯有上帝知道我们失去你们之后会变成什么样。

迪伦颇为惊讶："我知道这是一家乐器店。"过了一会儿他说："我和你说过吗？我的名字是为了向鲍勃·迪伦致意。"

"不记得了。"

"就是那个音乐家啊。"

"我知道鲍勃·迪伦,迪伦。"

"我姐姐叫作苏珊妮,这个名字出自莱昂纳德·科恩①的歌。"

诺拉微笑着说:"我爸妈喜欢莱昂纳德·科恩。"

"你进过那家店吗?"迪伦问她,"看起来还不错。"

"进过一两次吧。"

"我觉得你肯定会进去看看,你挺喜欢音乐的。你以前还弹钢琴,对吧?"

以前。

"是啊,其实那是电子琴。我偶尔弹弹。"

诺拉发现那张招贴看起来很旧了。她想起尼尔曾经对她说的话:"我可不想继续付钱给你,只为了让你摆张臭脸把顾客吓跑。"

好吧,尼尔,看来生意不好和我的脸没什么关系。

他们继续向前走。

"迪伦,你相信平行宇宙吗?"

他耸耸肩:"大概吧。"

"那你有没有想过你在其他人生中会做些什么?你觉得

---

① 莱昂纳德·诺曼·科恩(1934—2016):出生于加拿大的北美音乐家、歌手。

会存在一个'好宇宙'吗？或许在某个宇宙中，你离开了贝德福德，你想待在那个宇宙里吗？"

"不怎么想，我在这里过得挺开心的。既然这个宇宙里已经有狗存在，为什么还想要别的宇宙？这里的狗和伦敦的狗没什么不同。在这里我找到了自己的位置。我曾经去过格拉斯哥大学攻读兽医专业。我刚去一个星期就受不了了，我实在太想念我的狗了。之后我爸爸失业了，没法继续供我读书，所以我永远也不可能成为一名兽医了。虽然我真的很想成为兽医，但是我并不觉得遗憾。我在这里过得不错，有好友，还有狗。"

诺拉微微一笑。她喜欢迪伦，另一个诺拉或许被他迷倒了。不过她怀疑自己不可能像另一个诺拉那样喜欢他。不管怎么说，他是一个好人，而好人很少见。

去到餐厅门口的时候，他们看到一个男子朝他们跑来。那个人身材高大，顶着一头黑发，一身运动装束。诺拉意识到那个人正是艾许，刹那间她不禁有点恍惚，不知身在何处。那是艾许——那个外科医生，弦理论乐器店的顾客，还曾经邀请她喝咖啡。在另一个世界里，艾许曾经在医院里碰到她，还在昨天晚上敲响她的家门，告诉她伏尔泰的死讯。这些记忆感觉如此之近，然而那只是属于她一个人的记忆。显而易见，艾许正在为周日的半程马拉松做准备。看来这个艾许和她本源人生中的艾许没什么两样，唯一的不同在于他或许没有在昨晚发现死去的伏尔泰，又或是他当真发现了一只死去的猫，只是那只猫的名字不是伏尔泰。

一时之间，诺拉忘记了自己正身处不同的人生中，她开口向艾许打招呼。

艾许对她报以微笑，可是那微笑中却带着几分迷惑。虽然他一脸茫然，可还是挺友好的，这让诺拉更觉尴尬。当然了，在这种人生中，艾许没有敲响她的家门，没有邀请她喝咖啡，甚至没有购买西蒙和加芬克尔的吉他乐谱。

"那是谁呀？"迪伦问道。

"哦，那是我在另一人生中认识的人。"

迪伦摸不着头脑。可他还是把这困惑甩开，就如同甩落身上的雨滴。

然后他们俩走进餐厅。

与迪伦共进晚餐

这些年来康蒂诺餐厅几乎没怎么变。

诺拉回想起几年前的那个晚上。那是丹恩第一次来贝德福德,她带他去那儿去吃饭。他们坐在角落里的一张桌旁,喝了许多玛格丽特酒,畅谈他们共同的未来。丹恩头一次提到他想在乡下开酒吧的梦想。当时他们正打算搬到一起住,就像眼前这种人生中的诺拉和迪伦一样。现在她想起当时丹恩对餐厅里的服务员颇为粗鲁。诺拉拼命挤出笑容,想弥补丹恩的失礼之处。有这样一条人生准则:如果你发现一个人对低收入的服务人员肆无忌惮、粗暴无礼,千万不要相信他。而丹恩自然没能经受住这条准则的检验,在其他许多人生准则面前他也是不合格的。尽管现在诺拉同意来康蒂诺餐厅吃饭,可是这家餐厅绝不是她光顾的首选。

"我喜欢这个地方。"迪伦环顾四周,看着那红黄两色的店内装潢。那装潢鄙俗艳丽,花里胡哨。诺拉心想无论把迪伦扔在哪里,他都会说他喜欢那个地方。即使是让他坐在切尔诺贝利附近的一片野地里，他也会悠然自得地欣赏周围的美丽景色。

他们俩吃着配上黑豆的墨西哥薄饼，谈论狗和以前的学校。迪伦比她低两级。在他的印象中，诺拉是"那个游泳很厉害的女生"。他甚至记得在全校大会上，诺拉被叫上台领奖，当时她可是"海泽尔登中学的优秀学生代表"。诺拉一直不愿想起这事，现在回想起来，大概就是在那个时候，她开始对游泳萌生退意。就是在那个时候，她发现更难和朋友们相处，进而慢慢变成学校生活的边缘人。

"以前在学校午休的时候，我经常看见你坐在学校图书馆里。"当迪伦想起这事，他的脸上露出微笑，"我记得曾见过你和以前那个图书管理员下象棋……她叫什么名字来着？"

"艾尔姆太太。"诺拉说。

"对，就是她！艾尔姆太太！"迪伦接下来的话让诺拉更加吃惊，"前几天我见到她了。"

"当真？"

"没错，当时她正走在莎士比亚大街上，陪着她的人穿着制服，看起来像是一个护士。我想她当时是刚刚散完步，正要回到养老院去。她看起来很虚弱，很苍老。"

不知怎的，诺拉一直认为真正的艾尔姆太太已经在几年前去世了。而午夜图书馆里的那位艾尔姆太太进一步巩固了她的这种想法。午夜图书馆里的艾尔姆太太和诺拉读书时见到的艾尔姆太太一模一样,仿佛她的模样已经被封存在诺拉的记忆里,就如同封在琥珀里的小虫子。

"哦,不,可怜的艾尔姆太太。我挺喜欢她的。"

《最后机会酒吧》

吃完饭后,诺拉和迪伦一起回到他家,观看莱恩·贝利的电影。刚才他们在餐厅里点了红酒,最后还剩半瓶。餐厅的人允许他们把那半瓶酒带回家。诺拉对自己解释说她之所以跟着迪伦回家,是因为他乖巧可爱、为人坦诚,她无须问太多问题就能从他那儿了解到关于他们生活的大量信息。

他住在赫胥黎大道上一栋连排房屋里,那是他从母亲那儿继承来的遗产。房子不大,里面还养着很多条狗,让整间房子显得更加狭小。光诺拉见到的狗就有五条之多,或许还有更多的狗躲在楼上。她一直以为自己喜欢狗的气味,可现在突然发现这种喜欢也是有限度的。

她在沙发上坐下来,感觉自己坐在一个硬邦邦的物体上。她掏出来一看,原来是一个为狗准备的塑胶磨牙圈。她把磨牙圈放在地板上,和其他的磨牙玩具放在一起。这些玩具包括一根玩具骨头,一个被咬破的黄色海绵球,一个支离破碎的软布玩偶。

一只患有白内障的吉娃娃犬把诺拉的右腿当成同类,摆出交配的姿势。

"好啦,快停下,佩德罗。"迪伦哈哈大笑,把那条小狗从她身边拉开。

另一条狗坐在诺拉身边的沙发上。那是一条褐色的纽芬兰犬,它体型庞大,浑身肉乎乎的,吐出拖鞋般大小的舌头,舔舐诺拉的耳朵。那条狗和诺拉几乎把沙发占完了,迪伦只能坐在地板上。

"你想坐沙发吗?"

"不用,我坐在地板上也挺好。"

诺拉并没有勉强他。相反,她松了一口气。如此一来,她可以更安心地观看《最后机会酒吧》这部电影,而无须担心迪伦有什么亲密举动,让两人陷入更加尴尬的境地。这时纽芬兰犬不再舔她的耳朵,而是把脑袋搁在她的大腿上。诺拉不觉得开心,但也不算沮丧。

她一边看着电影里的莱恩·贝利对他的爱慕对象说,"要活出精彩的人生,宝贝",一边心不在焉地听迪伦说他打算再让一条狗睡在自己的床上,"它整晚都在哭,它想爸爸了"。此时,诺拉意识到自己并不是很喜欢这样的人生。

再说了,迪伦应该得到另一个诺拉,那个爱上他的诺拉。现在,诺拉体验到一种陌生的感觉,就像是窃取了别人的位置。

她发现在这种人生中她酒量很好。她又给自己倒了一些酒。那是一瓶低品级红酒，是产自加利福尼亚的仙粉黛红葡萄酒。她盯着酒瓶上的标签。那标签上印着一段文字，简短叙述了一对夫妇的人生经历。那对夫妇正是出产这瓶红酒的酒庄主人，名叫简妮和特伦斯·索伦托。她看到最后两句：*在我们刚结婚的时候，我们一直梦想在未来拥有属于自己的葡萄酒庄。现在我们的梦想已经成真，我们在干溪谷中的生活就如同仙粉黛红葡萄酒一般美妙。*

诺拉拍拍那条舔她耳朵的大狗，对着纽芬兰犬那宽阔温暖的前额说声"再见"。之后她就离开了那里，离开了迪伦和那些狗。

布埃纳维斯塔酒庄

当她回到午夜图书馆，她希望找到另一种人生。之前她和迪伦从餐厅带回一瓶红酒，她在酒瓶的标签上读到了一段文字，简短地描绘了酒庄主人夫妇的人生经历。她想尝试那样的人生。艾尔姆太太帮她找到了与之最相近的人生，把诺拉送到了美国。

在这种人生中，诺拉在名字后头换了夫姓，变成了诺拉·玛蒂涅兹。她的丈夫是一个墨西哥裔美国人，叫作埃瓦多。他四十出头，一双眼睛闪闪发亮。诺拉是在学业结束后的间隔年遇见他的。在她的本源人生中，她曾经为没有在大学毕业后度过间隔年而感到后悔。埃瓦多的父母死于一起沉船事故。诺拉在一本《葡萄酒爱好者》杂志上读到了关于这一事件的报道，得知他们当时被困在船上那镶着橡木壁板的品酒室里。埃瓦多继承了一笔价值不菲的遗产，他们俩买下了位于加州的一个小型葡萄酒庄。不出三年，他们的生意蒸蒸日上，尤其是西拉葡萄酒卖得特别好。于是在隔壁的酒庄挂牌出售时，他们买了下来。他们的酒庄名为布埃纳维斯塔酒庄，位于圣克鲁斯山脉的丘陵地带。他们还有一个叫作亚历山卓的儿子，目前正在蒙特利湾附近的一所寄宿学校读书。

他们的收入主要来自寻酒之旅的游客。每隔一个小时，大巴车就会把一车游客送到他们的酒庄。这些游客很容易轻信于人，因此诺拉大可以信口开河。在大巴车到来之前，埃瓦多选好即将展示的红酒，之后把那瓶酒递给诺拉。如果诺拉倒酒倒得太多，他就会用西班牙式英语和颜悦色地对她说："哇，诺拉，别倒太多，一点点就好。"等游客们到达之后，他们把盛着葡萄酒的玻璃杯递给他们。游客们先是小口啜饮，接着便大口畅饮。而诺拉从头到尾都在开怀豪饮。她一边灌酒，一边和埃瓦多一唱一和，说些应景的话，诸如：

"这酒香里包含着木头的芬芳。""您或许发现这酒香里包含着植物的芳香——那是明艳浓烈的黑莓香味和香木桃味混合在一起的味道，而木炭的余味很好地平衡了这两种香味。"

在每种人生中她都能获得不同的感受，就像是同一曲交响乐中不同的乐章。眼前这种人生强劲有力，催人振奋。埃瓦多的脾气好得令人难以置信，他们的婚姻看起来很美满。诺拉想起在之前的人生中，她和迪伦曾经喝过一瓶红酒。当时她一边被一条大狗舔着耳朵，一边看着酒瓶上的标签。她还记得在标签上看到一段描绘酒庄主人夫妇美好生活的文字。而现在诺拉的生活足以和那文字中描绘的美好生活相媲美。她甚至还记得那对夫妇的名字——简妮和特伦斯·索伦托。现在她感觉自己就活在一瓶美酒的标签之中，她本人看起来也像是出现在酒瓶标签上的形象。她的皮肤晒得黝黑，她的头发梳成完美的加州发式，她的牙齿经过昂贵的保养。尽管她喝了很多西拉葡萄酒，她的身体还是很健康。得益于每周的普拉提运动，她的小腹平坦结实。

在这种人生中，假扮成葡萄酒行家并不难。事实上，在这种人生中无论做什么事她都能轻而易举地蒙混过关。这也意味着她与埃瓦多的婚姻之所以那么美满，主要是因为他并不是真的在意诺拉。

某天晚上，当最后一批游客离开之后，埃瓦多和诺拉各自拿着一杯酒，坐在星空下。

"洛杉矶的大火终于扑灭了。"埃瓦多告诉她。

诺拉在心里琢磨：不知道在摇滚明星人生中属于她的那栋洛杉矶宅邸现在归谁所有？"那敢情好。"她说。

"没错。"

诺拉抬头看着澄澈夜空中的点点繁星："很美，对吧？"

"什么？"

"银河呀。"

"哦，是吧。"

他接了个电话，不再和诺拉说话。之后他放下手机，可还是不怎么说话。

诺拉知道男女关系中存在着三种不同的沉默：首先，最容易觉察的是冷战式的沉默；其次是"我们已经无话可说"的沉默；第三种就是在她和埃瓦多之间已经习以为常的这种沉默。无须话语，只需要两个人在一起，一起存在于此刻，就像跟自己相处一样欣然自得。

然而诺拉还是想说说话。

"我们很幸福，对吧？"

"干吗问这个？"

"哦，我知道我们很幸福，只是我偶尔想听你说出口。"

"好吧。我们很幸福，诺拉。"

诺拉啜饮杯中红酒，看看自己的丈夫。尽管现在天气很暖和，他还是穿着一件毛衣。他们在户外坐了一会儿，然后埃瓦多先去睡觉了。

"我想在外面多待一会儿。"

埃瓦多并没有反对。他在诺拉额头上轻吻一下后便走进屋里。

诺拉拿起酒杯，在月光下的葡萄园中漫步。

她抬头看看澄澈夜空中的漫天繁星。

这种人生没什么不好。可是她心里还是涌现出一股渴望，她还想要更多，想要尝试其他人生，想要领略其他可能存在的人生体验。她感觉自己还飘在空中，还没有着陆。看来她和雨果·莱福利的相似之处远超出她的想象。或许她可以不停尝试不同的人生，就如同不停翻弄一本书的书页。

她喝完杯中剩下的酒，心里明白自己很快就要离开了。"是泥土和木头的味道。"她自言自语。她闭上了眼睛。

不用等很久。

就这么一会儿。

她站在那里，等着自己离开那个世界。

诺拉·希德经历过的多种人生

诺拉明白了一个道理。她和雨果在斯瓦尔巴特科研中心的厨房里聊天时，雨果并没有点明这个道理——当你进入一种人生时，不需要享尽这种人生的所有面向，也可以继续选择。你要记住，外面总有另一种值得享受的人生等着你去体验。同样，享受某种人生并不意味着要留在那种人生之中。只有当你无法想象出更好的人生时，你才会永远留在某种人生里。然而矛盾的是，体验的人生越多，要想象出更美好的人生就越容易。每当诺拉体验一种新的人生，她的想象力就会变得更广阔一点。

在艾尔姆太太的帮助下，诺拉从书架上取下很多本书。她本想寻找合适的人生，然而在此过程中却体验了许许多多不同的人生。她发现弥补缺憾真的是一种实现愿望的方式。不管怎么说，某一宇宙中她可能拥有的任意人生在这里都找得到。

在某种人生中，她孤零零地在巴黎待了一段时间。她在蒙帕纳斯的一所大学教英语，沿着塞纳河骑自行车，在公园的长椅上读了很多书。在另一种人生中，她是一名瑜伽教练。她可以灵活地转动自己的脑袋，其灵活度堪比猫头鹰。

在某种人生中，她坚持游泳，可是并没有参加比赛，只是自娱自乐。在这种人生中，她成为一名救生员，在巴塞罗那附近的度假胜地锡切斯海滩工作。她可以流利地用加泰罗尼亚语和西班牙语进行交谈。她最好的朋友名叫加布里亚。加布里亚乐天开朗，教她冲浪，还和她合租一间公寓。那公寓距离海滩只有五分钟的脚程。

在某种人生中，诺拉坚持写作小说。在她的本源人生中，她在大学时也偶尔写写小说，不过也就是写来玩玩。而在这种人生中，她坚持了下来，最后还出版了自己的作品。她的小说名为《遗憾之形》。这本书的反响热烈，还获得了某项文学大奖的提名。在这种人生中，她来到苏豪区某个会员制会所吃午餐。这个会所平平无奇，让人颇觉失望。与她一起用餐的还有两个来自魔灯制片公司的制片人。这两人和蔼亲切，正计划把她的小说改编成电影。最后她被一块面包噎住了，打翻了酒杯，酒杯里的红酒泼洒在一个制片人的裤子上，最终把这次会面弄得一团糟。

在某种人生中，她有一个十几岁的儿子。她几乎没能好好看看自己的儿子，因为他总是当着诺拉的面用力把房门关上。

在某种人生中，她是一名在音乐会上演奏的钢琴家，当时正在斯堪的纳维亚半岛一带进行巡回演出。每天晚上，她都对着一群如痴如醉的听众进行演奏。最后，她在赫尔辛基的芬兰大厦里弹奏肖邦第二钢琴协奏曲时搞砸了，于是又回到午夜图书馆中。

在某种人生里，她只吃烤面包片。

在某种人生里，她去了牛津大学，成了圣凯瑟琳学院的一名哲学教师。她自己一个人住。那里有一排雅致的乔治王时期风格的连排房屋，而她的住所正是其中的一间。她沉浸在高雅宁静的氛围之中。

在某种人生中，诺拉的情绪如同波澜起伏的大海。每样事物都能给予她直接而深刻的感受。她能感受到每一种欢乐和每一种哀伤。对她而言，某一时刻可以同时包含强烈的欢乐和强烈的悲伤。这两种情绪仿佛相生相伴，如同一个钟摆不停摆动。她只是外出散散步就能感受到沉重的忧伤，其原因只是太阳躲到一片乌云后头。然而，当她遇到一条狗，而那条狗因她的关注而流露出显而易见的感激之情，她又会变得欢欣鼓舞，心中翻涌的狂喜几乎让她整个人都融化了。在那种人生中，她的床头放着艾米莉·狄金森的诗集；她建了两个歌单，其一命名为"亢奋状态"，其二命名为"心碎时弥合心灵的胶水"。

在某种人生中，她是一名旅游博主，在YouTube上的视频订阅数高达一千七百五十万,在照片墙上也有数目相当的粉丝。播放最多的短视频是她在威尼斯时从一艘贡多拉小船上落入水中。她还拍摄了关于罗马的视频,命名为"罗马治愈"。

在某种人生中,她是一个单身母亲,她的孩子总是不愿意乖乖睡觉。

在某种人生中,她是某家小报娱乐版的狗仔队记者,挖掘莱恩·贝利的风流韵事。

在某种人生中,她是《国家地理》的图片编辑。

在某种人生中,她是一个成功的生态建筑设计师。她住在自己设计的环保平房里,过着碳中和式的环保生活。这栋房屋的动力来源于太阳能,还可以搜集雨水。

在某种人生中,她是博茨瓦纳的一名救援人员。

在某种人生中,她是专职帮人照顾猫咪的"猫保姆"。

在某种人生中,她是无家可归者救助站的一名志愿者。

在某种人生中,她只有一个朋友,而且她在这个朋友家的沙发上过夜。

在某种人生中,她在蒙特利尔教音乐。

在某种人生中,她一天到晚都在推特上和不认识的人吵架。她的大多数推文都以同一句话结尾:要做得更好。她隐约意识到这话是说给自己听的。

在某种人生中,她根本没注册任何社交账号。

在某种人生中，她滴酒不沾。

在某种人生中，她是一名象棋冠军，正前往乌克兰进行巡回比赛。

在某种人生中，她嫁给了一个王室远亲，这种生活的每分每秒都让她咬牙切齿。

在某种人生中，她的脸书和照片墙账号上只有波斯诗人鲁米和老子的箴言。

在某种人生中，她已经结了三次婚，并开始对第三任丈夫心生厌倦。

在某种人生中，她是一个只吃素食的举重运动员。

在某种人生中，她在南美洲旅游，正好碰上秘鲁地震。

在某种人生中，她有一个名为贝姬的朋友。只要有好事发生，贝姬就会大叫："棒极了！"

在某种人生中，她再次见到雨果。当时，雨果正在科西嘉海岸边潜水。他们俩在海边一家酒吧谈论量子力学，然后喝得醉醺醺的。他们聊天聊到一半的时候，雨果突然退出了那种人生，只剩下另一个一脸茫然的雨果听诺拉侃侃而谈，绞尽脑汁都想不起她的名字。

在一些人生中诺拉引人注目，在另一些人生中旁人看都不看她一眼。在一些人生中她很富有，在另一些人生中她很贫穷。在一些人生中她很健康，在另一些人生中她爬楼梯都会气喘吁吁。在一些人生中她拥有伴侣，在另一些人生中她保持独身，而在大多数人生中她都处于这两者之间。在一些人生中她身为人母，然而在大多数人生中她没有孩子。

她做过摇滚巨星，奥运会金牌得主，音乐教师，小学教师，大学教授，首席执行官，公关助理，厨师，冰川学家，气候学家，杂技演员，植树者，审计经理，美发师，专职遛狗人，办公室文员，软件开发者，前台接待员，酒店清洁工，政治家，律师，商店窃贼，某个海洋保护慈善组织的领导者，店员（两次），侍应生，一线监督员，玻璃工人……还有许许多多不同的身份。她上下班时或是驾驶小轿车，或是乘坐公交车、火车和渡轮，或是骑自行车，或是步行，其次数和里程数大得惊人。她接收了大量的电子邮件。她曾经遇见一个五十三岁的上司。那家伙有口臭，还颇为猥琐地在桌子底下摸她的腿，还给她发了一张照片，照片上是自己的阴茎。在她遇到的同事中，有的造她的谣，有的喜欢她，但大多数对她漠不关心。在许多人生中她选择不去工作，在有些人生中她想要工作却还是失业。在有些人生中她冲破了作为职场女性的无形障碍，在有些人生中却只能止步于此。她或是能力超群，或是能力不足。她的睡眠质量有好有坏。在某些人生中她依赖抗抑郁药物，在另一些人生中她连最普通的头疼药都用不着。在一些人生中她是一个健康的疑病症患者，在另一些人生中她是一个病恹恹的疑病症患者，在大多数人生中她根本不是疑病症患者。在某种人生中她患有长期疲劳症，在某种人生中她罹患癌症，在某种人生中她有腰椎间盘突出的毛病，还在某次车祸中折断了肋骨。

总而言之，她经历了许多种人生。

在这些人生中，她或是欢笑，或是痛哭，或是心平气和，或是心惊胆战，或是感受处于这些情绪之间的各种情绪。

在人生转换的间隙，她总是回到午夜图书馆，在那儿见到艾尔姆太太。

开始时，她感觉尝试的人生越多，在传送期间出现的问题就越少。午夜图书馆再也没有出现即将崩溃或分解的迹象，也不会完全消失不见。在大多数人生转换过程中，头顶的灯泡也没有闪个不停。她好像到达了某种接受人生的新境界，即使遇到了糟糕的事情，也不会觉得人生中只有糟糕的事情。她意识到她自杀并不是因为感觉到痛苦，而是因为她相信这种痛苦是无法摆脱的。

她认为自己这种想法正是抑郁的根源，也是恐惧和绝望的不同之处。恐惧是当你走进一间地下室，你担心那扇门会在你身后关上；而绝望是那扇门真的关上了，还上了锁。

然而，在所有她经历过的人生中，只要她能更好地发挥自己的想象力，她就会发现那扇门还微微留出一条缝。有时候她在某种人生中只停留不到一分钟，有时候她在某种人生中停留几天甚至几个星期。她感觉自己经历的人生越多，就越难找到归属感。

到了最后,诺拉甚至开始不知道自己是谁。她的名字就像是在人们耳边传递的絮语,甚至听起来如同杂音,没有任何意义。

在她最后一次和雨果谈话的时候,她对他说:"没有用,现在感觉也没什么意思了。"当时他们正在科西嘉海边的一家酒吧里。"我不像你,我要找到可以停留的地方。可是我总是找不到坚固的落脚点。"诺拉继续说道。

"在人生之间跳来跳去才是乐趣所在啊,我的朋友。"

"那如果着陆才是意义所在呢?"

就在那一刻,雨果溜回了他那家老式的音像店。

"抱歉,"另一个雨果啜饮着杯中的酒,夕阳落在他的身后,"我不记得你是谁了。"

"没关系,"她说,"我也不记得了。"

夕阳逐渐被地平线吞没。诺拉也像那夕阳一样,缓缓退出那个世界。

迷失在图书馆中

"艾尔姆太太?"

"怎么了,诺拉?"

"这里很黑。"

"我也注意到了。"

"这不是个好兆头,对吧?"

"当然不是,"艾尔姆太太的声音微微震颤,"你很清楚这不是个好兆头。"

"我没法进行下去了。"

"你总是那么说。"

"我没有人生可选了。我已经尝试了各种各样的人生,可我最终还是回到这里。我总会遇到某些事,让我无法享受人生。而且我觉得自己不知好歹。"

"你不应该那样想,你还有人生可选。"艾尔姆太太顿了一下,叹口气,继续说道,"你知道吗?你挑选过一本书之后,它就再也不会回到书架上了。"

"我知道。"

"这也意味着你无法再次经历一模一样的人生。即使两种人生大体相同,其中还是会……有所变化。在这午夜图书馆里,你无法两次从书架上取下同一本书。"

"我不明白。"

"好吧。虽然现在我们身处黑暗之中,你也能感受到周围的书架上摆满了书,就像你上回见到的那样。如果你愿意,你可以用手感觉一下。"

诺拉并没有伸出手。"是的,我知道。"她说。

"这些书架还和你上次回来时一样,被书本塞得满满当当,对吧?"

"我不……"

"这就意味着还有许多你可能拥有的人生,就像以前一样多。实际上,这些人生是无穷无尽的。你永远也不会穷尽所有可能性。"

"可是对这些人生的渴望是会耗尽的。"

"哦,诺拉。"

"怎么了?"

黑暗中没有传来声音。诺拉按一下手上的电子表,看看时间。

00:00:00

"我想……"艾尔姆太太最终开口了,"……恕我冒昧说一句，我觉得你迷失了。"

"这不正是我来到午夜图书馆的原因吗？不就是因为我迷失了才来到这里吗？"

"说得没错，不过你现在是在迷失的状态中再度迷失。也就是说现在你已经完全找不到出路了。如果你继续这样下去，你就不可能找到出路。"

"如果根本没有出路呢？如果我被……被困住了呢？"

"只要这书架上还有书，你就不会被困住。每一本书都是一条潜在的逃生通道。"

"我只是无法理解人生。"诺拉沮丧地说。

"你无须理解人生，你只需活在当下。"

诺拉摇摇头。即使是对一个有哲学学位的人而言，这句话也太难懂了。

"可我不想这样，"诺拉对她说，"我不想像雨果那样，我不想永远在人生之间游移转换。"

"说得不错。那你现在就好好听我说。你想听听我的建议吗？"

"好吧，当然，虽然我觉得现在有点晚了。不过我还是很想听听你的建议，艾尔姆太太。"

"好吧。我觉得你现在是正处于'只见树木不见森林'的状态。"

"我不太明白你说什么。"

"你认为那些人生就像钢琴,而你用它们弹出的曲调并不真正属于你自己。你这样想也没错,只是你已经忘记你是谁了。你扮演各种角色,可最后却一无所成。你忘记了自己的本源人生,你忘记了什么东西对你有用,而什么东西对你没用。你已经忘记了你的遗憾。"

"我已经弥补了所有缺憾。"

"不,还不是所有。"

"那些微不足道的缺憾当然没有一一弥补了。"

"我觉得你应该再看看那本《遗憾之书》。"

"这里黑乎乎的,我怎么看呢?"

"你对整本书已经熟记于心,那本书就存在于你的心中,就像我……也存在于你心中。"

诺拉记起迪伦说他曾在养老院附近见到艾尔姆太太。她想把这事告诉艾尔姆太太,可最后还是没有说出口。"好吧。"她说。

"我们只能理解自己所感知的东西,我们的所有经历最终只是我们的感知而已。'重要的不是你看什么,而是你看到了什么。'"

"你也知道梭罗?"

"凡是你知道的事,我都知道。"

"问题在于我不知道自己还有什么好遗憾的。"

"好吧,让我们好好想想。你说我只是你感知的产物,那么我为什么在你的感知中占有一席之地？为什么你会看到我——看到艾尔姆太太？"

"我不知道，或许是因为你是我信赖的人，你对我表现出善意。"

"善意是一股强大的力量。"

"而且善意也很少见。"

"那或许是因为你没找对地方。"

"大概吧。"

整个图书馆的灯泡缓缓亮起，发出微弱的光芒，黑暗被冲淡了。

"那么在你的本源人生中，除了艾尔姆太太之外，你还从什么人身上感受过善意？"

诺拉想起艾许敲响她家门的那个晚上。他冒雨将死去的伏尔泰搬离路面，搬到她公寓的小花园里进行埋葬。与此同时，诺拉只是哭得稀里哗啦，完全沉浸在悲伤之中，什么也做不了。这样的事绝不会成为极具浪漫色彩的故事情节，可是却可以称之为善意之举。想想看，你在跑步过程中不得不停下来，花费四十分钟帮助一个有需要的人，而获得的回报只是一杯水。

当时她的悲伤和绝望太过强烈，让她无法领会蕴含其中的善意。可现在当她回想起这件事，她发现这的确是非凡的善意之举。

"我想明白了,"她说,"这个问题的答案一直摆在我面前,就在我自杀的前一天晚上。"

"你是说在昨天晚上?"

"我想是吧。我说的是艾许,那个外科医生。就是他发现福子死在路边的。他曾经请我喝咖啡,那是几年前的事了。当时我还和丹恩在一起,因此我拒绝了。可如果我没有拒绝呢?如果那个时候我已经和丹恩分手,接受了艾许的邀请呢?如果在那个周六,我当着乐器店里所有人的面,大胆地接受他的邀请呢?肯定有这样一种人生,在那种人生里,当时的我还处于单身状态,我可以随心所欲,大胆地应承下来。在那种人生里,在他邀请我之后,我说:'好的,我愿意找个时间和你一起喝杯咖啡,艾许,那肯定很棒。'在那种人生中,我选了艾许作为我的伴侣。我想试试那种人生,看看那种人生会让我走向何方。"

熟悉的声音从昏暗中传来——那是书架移动的声音,开始时动得很慢,其中还夹杂着嘎吱声,接着越来越快,越来越顺畅。最后艾尔姆太太找到那本书,找到诺拉想要的那种人生。

"就在那儿。"

贝壳里的珍珠

诺拉从浅眠中醒过来,她的第一感觉是自己已经累坏了。在昏暗中,她隐约看到墙上挂着一幅画。她模模糊糊地看出那是用抽象的笔法画出的一棵树,那可不是颀长纤细的树木,而是矮小粗壮的树,树上还点缀着花朵。

有个男人在她身边呼呼大睡。他背对着她,身体大部分都藏在羽绒被下,因而她也无法在黑暗中确定这个人到底是不是艾许。

她觉得眼下的情形比以往更为诡异。在本源人生中,她和艾许并没有深交。艾许只是帮她埋葬了一只猫,在乐器店里隔着柜台和她进行了几次愉快的交谈,可现在她却和这个人睡在同一张床上。这的确是不合常理。可是自从进入午夜图书馆之后,诺拉就渐渐适应了各种离奇诡异的场景。

而且身边这个人可能是艾许,也可能不是。如果你改变一个决定,你不可能预知这一改变所带来的各种后果。比如说,和艾许一起去喝咖啡有可能让诺拉爱上端咖啡的侍者。

量子物理的本质是不可预测的。

她摸摸自己的无名指。

无名指上戴着两个戒指。

身边的人翻了个身。

黑暗中,一条手臂落在她胸前。她轻轻地抬起那条手臂,塞回羽绒被里。之后她爬下床。她打算去到楼下,或许在沙发上躺一下,然后像往常一样从手机里寻找关于自己的信息。

奇怪的是,无论她经历过多少种人生,无论这些人生有何不同,她总能在床头找到自己的手机。眼下这种人生也不例外。她抓起手机,轻悄悄地溜出房间。床上那身份未明的男人睡得很沉,根本没有被她惊醒。

她盯着他。

"诺拉?"他在半梦半醒之间嘟哝一句。

是他,是艾许,现在她已经有九成把握了。

"我去上个厕所。"她说。

他又嘟哝一句,听起来好像是"好吧",然后又沉沉睡去。

她的脚轻轻地落在木地板上,一步一步地挪到门边。在打开房门走出去的时候,她吓得几乎跳起来。

在她面前,就在灯光昏暗的楼梯平台上,出现了一个小小的人影,看起来是个孩子。

"妈妈,我做噩梦了。"

过道里亮着一盏昏暗的灯。借着那柔和的光线，诺拉看到那女孩子的脸，她那柔软的头发在睡觉时弄得乱蓬蓬的，几绺碎发粘在湿漉漉的前额上。

诺拉一言不发。眼前这个孩子是她的女儿。

她能说什么呢？

一个熟悉的问题由此浮现：这种人生对她而言有好几年的空白，她如何才能融入其中？诺拉闭上双眼。在其他人生中她也曾有过孩子，不过她在那些人生中只待了几分钟。眼前这个孩子已经让她产生了莫名的恐惧。

她拼命压抑自己的情绪，可她的身体还是因此微微震颤。她不想看到那个孩子——这不仅仅是为了她自己，也是为这个女孩好。她感觉这像是一种背叛。诺拉是这孩子的母亲，但从另一个更为重要的角度来看，诺拉又不是她的母亲。她只是一个陌生的女人，身处一栋陌生的房子里，看着一个陌生的孩子。

"妈妈，你听到了吗？我做噩梦了。"

诺拉听到身后的卧室里传来响动，床上那男人翻了个身。如果他也醒过来，那眼下的情形会更加尴尬。想到这里，诺拉打算和那孩子聊聊。

"哦，这可太糟了，"她轻声说道，"不过那并不是真的，只是做梦而已。"

"我梦到了熊。"

诺拉掩上身后的卧室门:"熊?"

"那个熊的故事。"

"好吧,那都是因为那个故事造成的。现在回到你的床上去睡觉……"诺拉意识到自己的话过于生硬严厉了,于是加了一句:"宝贝儿……"她实在不知道在这个宇宙中,她的女儿到底叫什么名字:"……我们这里可没有熊。"

"只有泰迪熊。"

"没错,只有……"

那孩子更加清醒了,她的眼睛闪闪发亮。她看着自己的母亲。在那一刻,诺拉感觉自己真的就是她的母亲。她体验到在这世上与某个人血脉相连的奇异感觉。

"妈妈,你在干什么?"那孩子大声问道。她顶多只有四岁,可却流露出一种四岁孩童特有的老成。

诺拉"嘘"了一声,示意她小声点。她必须弄清楚这孩子叫什么名字。名字具有某种魔力,如果你不知道自己女儿的名字,那你就会失去所有掌控力。"听着,"诺拉低声说道,"我正要下楼做点事,你上床睡觉吧。"

"可是有熊。"

"这里没有熊。"

"我的梦里有。"

诺拉回想起那头北极熊从浓雾里冲出来,朝她奔去。她回想起当时自己心中的恐惧,回想起在那一刻激发出来的求生欲望。"这回不会有了,我保证。"她说。

"妈妈,你为什么这样说话?"

"怎样?"

"就这样。"

"小声说话吗?"

"不是。"

诺拉实在不知道这孩子说的"这样"究竟是哪样。她和这孩子的母亲——处于这一人生中的诺拉——究竟有何不同?难道身为人母也会改变一个人说话的方式?

"你好像很害怕。"那孩子挑明了。

"我不害怕。"

"我想要人拉拉我的手。"

"什么?"

"我想要人拉拉我的手。"

"好吧。"

"妈妈好笨哦。"

"是,是,笨妈妈。"

"我是真的害怕。"那孩子平静地说,好像只是在陈述事实。这时诺拉才得以好好看看她,仔细端详她。那孩子看起来既陌生又熟悉。诺拉感觉到有什么东西在心中涌动,那种东西强劲有力,令她感到不安。

那孩子盯着她,诺拉从没被人这么盯着看过。那种情绪让人恐惧。这孩子的嘴长得很像诺拉。时常有人说诺拉一脸迷惘,不知所措,而此刻她也从那孩子的脸上看到那种迷离的神情。这是一个漂亮的孩子,是她的孩子,或者说,某种意义上是她的孩子。此时她感到一股毫无理性的爱突然涌上心头。她明白如果午夜图书馆没有立刻召她回去(事实也的确如此),她就必须克制这种情绪。

"妈妈,你能拉拉我的手吗?"

"我……"

那孩子不由分说地把自己的手塞进诺拉的手中。那只手很小,很温暖,让诺拉不禁感到哀伤。那只小手轻轻地落入她的掌中,就如同贝壳里的一颗珍珠,显得那么自然。孩子拉着诺拉,朝隔壁房间走去。那间房正是孩子的卧室。进去之后,诺拉掩上房门,只留一条缝。她抬起手腕,想看看手表上的时间。可是在这一生中,她戴的是不会发光的老式指针手表。过了好一会儿,她的眼睛才适应这黑暗的环境,看清表上的时间。她又掏出手机对了一下时间:凌晨两点三十二分。无论这一人生中的诺拉究竟是几点钟上床睡觉,她的这具躯体还没能享受充足的睡眠。而且她的感觉也印证了这一猜想。

"人死的时候会发生什么,妈妈?"

整间房并非漆黑一片。过道里的那盏灯送来一线灯光,附近街灯的灯光也透过窗帘渗进来,那窗帘上还印着狗的图案。她还能看到一块长方形——那应该是孩子的床，看到地上摆着绒毛玩具，其中一只仿佛是大象。除此之外还有别的玩具，整间房显得温馨舒适。

孩子看向诺拉，她的眼眸闪闪发亮。

"我也不知道，"诺拉说，"我觉得没有人确切地知道人死后会发生什么。"

孩子皱皱眉。她对诺拉的回答不满意，一点都不满意。

"这么说吧，"诺拉说，"有时候人在即将死去之时可以得到一次机会，可以再活一次。你可以做你之前没做过的事，你可以选择自己的人生。"

"听起来很棒。"

"可现在你不用担心这个，还要过很久你才用得着担心这个。你会拥有精彩的人生，还有各种各样开心的事。"

"就像露营！"

诺拉感受到融融暖意从她体内散发出来。她对着那可爱的小女孩露出微笑："没错，就像露营一样开心的事。"

"去露营的时候我可开心了！"

诺拉的脸上还挂着微笑，可同时她感到热泪盈眶。看来这是幸福的人生，她拥有自己的家庭，还有一个女儿，假日里还可以带她去露营。

诺拉意识到自己不可能马上离开这间卧室。她说："好吧，当你为一些你不知道的东西——例如未来——感到担忧的时候,最好想想你已经知道的东西。"

"我不懂。"孩子说着钻进羽绒被里,诺拉在床边的地毯上坐下。

"这就像是个游戏。"

"我喜欢玩游戏!"

"那我们要不要玩一下这个游戏?"

"好哇,"她的女儿笑逐颜开,"我们玩游戏吧。"

游　　戏

"我问你一些我们都知道答案的问题,然后你说出答案。比如说,如果我问'妈妈叫什么名字',你就回答'诺拉',明白了吗?"

"明白了。"

"你叫什么名字?"

"茉莉。"

"好,那爸爸叫什么?"

"就叫爸爸啊。"

"不是,他真正的名字叫什么?"

"艾许!"

看来那次咖啡约会的确很成功。

"我们住在哪儿?"

"剑桥!"

剑桥——这也说得通。诺拉向来喜欢剑桥,剑桥距离贝德福德只有三十英里。或许艾许也喜欢这里。如果他还在伦敦工作，家住剑桥上下班也还方便。简而言之，她在布里斯托大学获得学位之后，曾经申请攻读哲学专业的硕士学位，获得过在剑桥大学凯斯学院深造的机会。

"那是剑桥的哪里呢？你记得吗？你记得我们家这条街叫什么街吗？"

"我们住在波……博尔顿街。"

"真棒！你有兄弟姐妹吗？"

"没有！"

"妈妈爱爸爸吗？爸爸爱妈妈吗？"

茉莉笑了两声："爱！"

"我们会大声骂人吗？"

茉莉脸上的笑容绽得更大了："有时候会，特别是妈妈！"

"对不起。"

"你只有在很累很累很累的时候才骂人，你也说过对不起啦，也没事啦。只要说'对不起'就没事，这可是你说的。"

"妈妈要工作吗？"

"要，有时候要。"

"那我还在之前遇见爸爸的那家店里上班吗？"

"不在。"

"那妈妈工作时做什么呢？"

"教学生！"

"她……我怎么教学生的？我教学生什么？"

"则……哲……"

"哲学？"

"就是这个！"

"我在哪里教哲学？在大学里吗？"

"对！"

"哪一所大学？"这时她想起自己住的地方，"剑桥大学？"

"没错！"

她试图填补空白。或许在这种人生中，她再次申请攻读哲学硕士学位，圆满完成学业之后就留在这里任教。

无论如何，如果她想在这种人生中蒙混过关，她必须研读更多的哲学著作。然而茉莉接下来却说："不过你现在不教了。"

"不教了？我为什么不教了？"

"因为要写书。"

"是为你写的书吗？"

"不是，妈妈好笨哦。是给大人看的书。"

"我正在写书？"

"就是！"

"我早就知道了，我只是想让你再说一遍。因为说两遍就有两倍的效果，这样你就不会觉得熊那么可怕了，你说是不是？"

"是。"

"爸爸要工作吗?"

"要。"

"那你知不知道爸爸是干什么的?"

"知道,是在人身上动刀子的!"

诺拉一时没想起艾许是个外科医生,还以为自己正和一个连环杀人犯同住一屋:"在人身上动刀子?"

"没错,他在人身上动刀子,让他们变得更好。"

"哦,对哦,当然了。"

"他救人!"

"没错。"

"只是有时候那些人没活过来,他会难过。"

"对啊,的确让人难过。"

"爸爸还在贝德福德工作吗?还是他现在在剑桥工作?"诺拉继续问道。

茉莉耸耸肩:"在剑桥吧?"

"他还玩音乐吗?"

"玩,他还玩音乐,可是他唱歌好难听好难听!"茉莉咯咯直笑。

茉莉的笑声很有感染力,把诺拉也逗笑了:"这真是……那你有叔叔姑姑舅舅阿姨吗?"

"有,有加娅姑姑。"

"谁是加娅姑姑?"

"爸爸的姐姐!"

"还有呢?"

"还有乔舅舅和埃文叔叔。"

当得知在这种人生中她哥哥依然活着,她如释重负。而且他的对象和奥运冠军人生中的还是同一个。显而易见,乔经常出现在他们的生活中,不然茉莉也叫不出他的名字。

"我们上回见到乔舅舅是什么时候?"

"圣诞节!"

"你喜欢乔舅舅吗?"

"喜欢!他很好玩,还给我熊猫!"

"熊猫?"

"我最喜欢的毛绒玩具!"

"熊猫也是熊。"

"是好熊。"

茉莉打个哈欠,她想睡觉了。

"妈妈和乔舅舅相处得好吗?"

"好!你们经常打电话!"

有意思。之前诺拉以为只有在从未加入迷宫乐队的人生中,她和哥哥才能友好相处。眼下这种人生不同于她决定继续游泳的人生,显而易见,接受艾许的邀请一起喝咖啡是在她加入迷宫乐队之后的事。她之前的想法已经被推翻了。诺拉在心里琢磨：或许这个可爱的茉莉就是"失落的一环"？或许眼前这个小女孩弥合了她和哥哥之间的裂痕。

"你有爷爷奶奶或外公外婆吗？"

"只有莎尔奶奶。"

诺拉想知道自己的父母是否还活着，但现在恐怕不是打听的好时机。

"你幸福吗？我是说，你不想熊的时候开心吗？"

"开心。"

"那爸爸妈妈开心吗？"

"开心吧，"她缓缓说道，"有时候吧，你不累的时候。"

"我们是不是经常玩得很开心？"

她揉揉眼睛："是。"

"我们养有宠物吗？"

"有，柏拉图。"

"柏拉图是什么？"

"我们的狗。"

"什么样的狗？"

可诺拉没有听到回答，茉莉已经睡着了。诺拉在地毯上躺下，闭上双眼。

她醒来的时候发现一条舌头正在舔她的脸。

那是一条拉布拉多犬，眼里带着笑，摇着尾巴。仿佛见到诺拉让它既兴奋又惊讶。

"柏拉图？"诺拉睡意蒙眬地叫了一声。

柏拉图摇摇尾巴，仿佛在回答"就是我"。

现在已经是早上了，亮光透过窗帘倾泻而下。毛绒玩具东一个西一个地落在地板上，其中包括一只熊猫，还有昨晚诺拉看到的那只大象。她看看儿童床，发现床上空无一人。茉莉不在房间里。接着楼梯上响起脚步声，那脚步声更为沉重，来者不是茉莉。

她坐起来。她发现自己身上穿着一件宽松的T恤，T恤上还印着"治疗乐队"字样。她认出这是她的衣服，可是裤子——一条方格花纹的睡裤——她却从没见过。她就这身打扮，在地毯上睡了一晚。现在她整个人看起来肯定是一团糟。她摸摸自己的脸，紧贴地毯的一侧还留有压痕。在这一生中，她的头发更长，现在摸起来脏兮兮乱糟糟的。再过一两秒，昨晚和她同睡一张床的那个男人就要进来了。在那之前，她必须尽力把自己捯饬得像样点。她每天晚上都与那个男人同床共枕，但同时又从来没有跟他同床共枕过——真是一个"薛定谔式的丈夫"。

接着，他突然出现在诺拉面前。

完 美 人 生

  艾许依然是身材修长、相貌英俊,身为人父只是略微冲淡了他身上的孩子气。他看起来比敲响诺拉家门的艾许更为健康。而且他和那个时候一样,也是一身运动装束,只是他身上穿的运动服更加花哨,更加昂贵。除此之外,他的手臂上还绑着一样东西,或许是运动数据追踪仪吧。

  他脸上带着微笑,手里拿着两杯咖啡。他把其中一杯递给诺拉。诺拉不由得纳闷,在相约一起喝咖啡之后,他们还一起喝了多少杯咖啡。

  "哦,谢谢。"

  "哦,天啊,诺,你在这里睡了整个晚上?"

  诺。

  "差不多吧,我本来打算回床上睡觉的,可是茉莉不停闹腾,我得安抚她。后来我太累了,不想动了。"

  "哦,抱歉。我没听到她闹。"他看起来是真心感到愧疚,"或许这都怪我。我昨天上班前给她看了一些Youtube

上的视频,关于熊的。"

"没事啦。"

"还有,我已经带柏拉图去遛过弯了。今天我要等到中午才用去医院上班,不过今晚会回来得很晚。你今天打算去图书馆吗?"

"老实说,我今天打算歇一天。"

"好吧,那我打发茉莉吃早餐,然后送她去幼儿园。"

"你忙的话我送她去就行了。"诺拉说。

"今天还好,只是一台胆囊手术和一台胰腺手术,小菜一碟。行了,我得跑步去了。"

"对哦,当然了,是为了周日的半程马拉松比赛吧。"

"什么?"

"没什么,没事,"诺拉说,"我只是在地毯上睡迷糊了。"

"没事就好。还有,我姐姐打电话来了。他们让她为邱园[①]主题日历画插图,也就是说有好多植物花卉要画,她可高兴坏了。"

他面带微笑。诺拉从没听说过他这个姐姐的事,但看起来他和姐姐处得很好。之前他那么好心,帮她埋葬了死去的伏尔泰。诺拉想向他道谢,可她实在说不出口,最后只是说了一声"谢谢"。

---

① 英国皇家植物园。——编者注

"谢什么？"

"呃……就是……为这所有的一切。"

"嗯，好吧。"

"总之……谢谢你。"

他点点头："好了，我得跑步去了。"

他喝完咖啡，然后就离开了。诺拉审视房间里的一切，挖掘新的信息。她仔细查看每一只毛绒玩具，翻看每一本书，检视每一个电源插座，仿佛这些都是她人生拼图的碎片。

一个小时之后，茉莉已经被送去幼儿园了。而诺拉也像往常一样，在自己的电子邮件和社交账号中寻找信息。在这种人生中，她的社交账号并不活跃，这向来都是一个好兆头。不过，她的电子邮件却多得惊人。从这些电子邮件中，她发现自己并不是"暂停授课"，而是"正式停止授课"。为了写一本书，她现在正在休长假。而这本书的主题是亨利·戴维·梭罗以及他对现代环保运动的意义。今年晚些时候她还要前往马萨诸塞州的康考德，到瓦尔登湖一游。而此次旅行的费用由某项研究基金支付。

看起来很好。

好得都有点让人心烦。

这是美好的人生。她住在一个环境优美的小镇里，住在一栋漂亮的房子里，还有一个好丈夫和一个乖巧的女儿。这实在是太棒了。在这种人生中,她可以终日闲坐,阅读她最喜欢的哲学家的著作,对其进行研究,并为之著书立说。

"真棒,"她对那条狗说,"是不是很棒?"

柏拉图漠不关心地打个哈欠。

之后,她在整栋房子里探寻,而柏拉图则坐在一张舒适的沙发上看着她。客厅很大,她的脚埋入厚实的地毯中。

地上铺着白色的木地板,客厅里摆着电视机、暖炉和电子琴,两台崭新的笔记本电脑正在充电;一个桃心木柜子上摆放着一个黑白相间的棋盘,书架上的书摆放得整整齐齐;一把漂亮的吉他放在角落里。诺拉一眼就认出这是一把芬达牌马里布电音吉他,颜色是午夜黑。她在弦理论乐器店工作的最后一周曾经卖出一把这样的吉他。

客厅里还摆放着一些镶在相框里的照片。其中一张照片是一个女人和几个孩子。这些人诺拉都不认得,不过那个女人的样貌和艾许颇为相似,或许那就是他的姐姐吧。一张老照片——那是诺拉已故父母的结婚照。一张她和艾许的结婚照,她看到哥哥出现在他们身后。一张柏拉图的照片。一张婴儿的照片——那婴儿或许就是茉莉吧。

她看看那些书。几本瑜伽锻炼手册——和本源人生不同,这几本手册可不是二手的;一些医学书籍。她还发现了属于自己的书:伯特兰·罗素所著的《西方哲学史》和亨利·戴维·梭罗的《瓦尔登湖》,这两本书从大学时候起就为她所有。一本熟悉的《地质学原理》，几本关于梭罗的书。还有一本柏拉图的《理想国》，一本汉娜·阿伦特[①]的《极权主义的起源》，这两本书她在本源人生中也有，不过版本却不相同。还有一些知识分子喜欢看的书，例如茱莉娅·克里斯蒂娃[②]、朱迪斯·巴特勒[③]和奇玛曼达·恩戈齐·阿迪奇埃[④]的书。还有许多关于东方哲学的著作，这些书她以前都没看过。她心想如果要留在这种人生中（实际上她也觉得自己会留下来），她在重新走上剑桥大学的讲台之前能否读完这些书呢？

除此之外还有一些小说：狄更斯的小说，西尔维娅·普拉斯的《钟形罩》。几本很有科技宅味道的科普读物，几本音乐方面的书，几本父母必读手册，拉尔夫·沃尔多·爱默生[⑤]的《论自然》，蕾切尔·卡森[⑥]的《寂静的春天》，几本关于气候变化的书。还有一本大大的精装书，硬壳封皮上写着《北极梦：身处极地风光中的梦想与愿望》。

看来这个诺拉富有学识，底蕴深厚，来自本源人生的

---

① 汉娜·阿伦特（1906—1975）：德国犹太人，二十世纪思想家、政治理论家。
② 茱莉娅·克里斯蒂娃（1941—　）：教师、作家、新精神分析学家。
③ 朱迪斯·巴特勒（1956—　）：美国耶鲁大学哲学博士。
④ 奇玛曼达·恩戈齐·阿迪奇埃（1977—　）：尼日利亚女作家。
⑤ 拉尔夫·沃尔多·爱默生（1803—1882）：美国思想家、文学家。
⑥ 蕾切尔·卡森（1907—1964）：美国海洋生物学家、环保作家。

诺拉可没这么渊博，即使她真有深沉的时候那也是极其少见的。假如你在剑桥大学获得了硕士学位，为自己最喜欢的哲学家著书立说，还为此专门休长假，你就会变成这个样子。

"你觉得我很棒吧，"诺拉对那条狗说，"你可以大胆地承认。"

还有一摞乐谱。当她看到第一本正是那本西蒙和加芬克尔组合的吉他乐谱，她不禁露出微笑。这本乐谱正是她卖给艾许的，就在他邀请她喝咖啡的那一天。咖啡桌上摆着一本漂亮的相册，硬皮封面光彩夺目，相册里的照片都是西班牙风景照。沙发上还摆着一本《植物花卉百科大全》。

书报架上放着一本最新的《国家地理》，杂志的封面正是那张黑洞的图片。

墙上挂着一幅画，是胡安·米罗[1]的版画复制品，来自巴塞罗那一家博物馆。

"我和艾许是不是去过巴塞罗那，柏拉图？"她想象着他们两人手牵着手，在巴塞罗那哥特区闲逛，偶尔走进一家酒吧去品尝西班牙小吃和里奥哈葡萄酒。

书架对面的墙上挂着一面镜子。那面镜子很大，还镶上了华丽的白边框。她在不同人生中的样貌都有所变化，对此她不再感到惊讶。在各种人生中，她拥有各式各样的身材

---

[1] 胡安·米罗（1893—1983）：西班牙画家，超现实主义代表人物。

体型，顶着各式各样的发型。而在这种人生中，她看上去很讨人喜欢。她很乐意和镜子里的这个人做朋友。她看到的不是奥运会金牌得主，不是摇滚巨星，不是马戏团里的杂技演员，而是一个拥有美好人生的女人。明眼人一眼就看得出这个女人过得很幸福。那是一个有所觉知的成年人，知道自己是谁，知道在这一生中要做些什么。她梳着一头短发[1]，可也没有短到令人侧目的地步。和本源人生相比，她的皮肤看起来更健康。这或是得益于健康饮食和少喝红酒，得益于锻炼，又或是得益于她在浴室里看到的那些洁肤霜和润肤膏。在她的本源人生中，她可从没买过那么贵的护肤品。

"好吧，"她对柏拉图说，"这是美好的人生，对吧？"

柏拉图似乎表示赞同。

---

[1] 原文如此，而上文中曾提到"在这一生中她的头发更长"。

与宇宙更深层次联系的精神追求

她走进厨房,发现了存放家用药品的抽屉。她在抽屉中翻找:创可贴、布洛芬、退烧药、各种维生素、专为跑步者准备的膝盖绷带……可是她并没有找到抗抑郁药。

或许就是这样。或许她已经找到了一种她愿意留下来的人生。这就是她想选择的人生,她不愿归还这本"人生之书"。

我在这种人生中会幸福的。

过了一会儿,她走进浴室,检查自己的身体,看看是否有新的伤痕。她身上没有文身,不过却有一条伤疤。那不是自残留下的疤痕,看起来更像是外科手术留下的刀疤,只是一条长长的细线横穿肚脐下方的小腹。她以前也曾见过剖宫产留下的疤痕。现在她用拇指摩挲着这条疤痕,心想即便她留在这种人生中,她对这种人生的过往也总是后知后觉。

艾许送茉莉去幼儿园后回来了。

诺拉赶紧穿上衣服。她不想让艾许看到她一丝不挂。

他们一起吃早餐。两人坐在厨房的餐桌旁,一边翻阅当天的新闻,一边吃着酸面包吐司。这一场景简直就是美满婚姻的明证。

之后艾许去医院上班,而诺拉留在家里。整整一天她都在研究梭罗。她查看自己的工作进度,看看自己写的那本书。她看到字数统计一栏显示 42,729 单词——真了不起。之后她坐下来吃点吐司,然后去接茉莉回家。

茉莉想要"像平时一样",到公园去喂鸭子。诺拉不知道公园怎么走,只能偷偷用谷歌地图导航带她过去。

诺拉推着茉莉荡秋千,推得胳膊都酸了才停下来。她还陪着茉莉滑滑梯,跟在茉莉后头,钻过一条巨大的金属隧道。最后她们从一个纸盒里舀出燕麦,撒给池塘里的鸭子。

回到家之后,她和茉莉在电视机前坐下。诺拉喂她吃过晚餐,还给她讲了一个睡前故事。等她做完这些事,艾许还没有回到家。

艾许回家之后,一个男人走到他们家门前,想要走进门。诺拉当着他的面把门狠狠关上。

"诺拉?"

"怎么了?"

"你对亚当的态度怎么那么恶劣?"

"什么?"

"我看他有点不高兴了。"

"什么意思?"

"你简直把他当成一个陌生人了。"

"哦,"诺拉微笑着说,"抱歉。"

"这三年来,他一直是我们的邻居。我们和他还有汉娜一起去湖区露营。"

"当然,我当然知道。"

"你看起来不想让他进我们家门,就好像他是个非法入侵者似的。"

"我有吗?"

"你刚才简直就是把门摔在他脸上。"

"我只是关上门,没有把门摔在他的脸上。我的意思是……当然了,我确实把他的脸关在了门外,但我只是不想让他以为我们家是想来就来的地方。"

"他是来归还花园水管的。"

"哦,对哦。好吧,那条水管我们不要了。用水管浇水对植物不好。"

"你还好吗?"

"我有什么不好?"

"我只是在担心你……"

不过总体而言,一切进展顺利。每一次睡觉的时候,她都担心自己醒来时已经回到图书馆中,可是这样的事并没有发生。有一天,在上了瑜伽课之后,诺拉坐在剑河旁的一张长椅上,重读梭罗的著作。第二天,她在观看日间电视节目的时候看到了莱恩·贝利的访谈节目,访谈的内容是那部电影——《最后机会酒吧》第二部。在访谈中,莱恩说现在他注重的是"旨在建立与宇宙更深层次联系的精神求索",而不是"在男欢女爱中寻找一个落脚点"。

诺拉也收到了伊芷发来的鲸鱼照片,还通过 WhatsApp 给她发信息。她在信息中说,她听说澳大利亚最近发生了一起严重车祸,还要伊芷向她保证一定要小心驾驶。

诺拉并不想知道丹恩近况如何,当她意识到这一点,她颇感心安。相反,能和艾许在一起让她心满意足。更确切地说,她以为自己对此心满意足,因为艾许人很好,他们在一起度过了许多充满欢乐、笑声和爱意的时光。

艾许的上班时间很长,不过他在家的时候也很好相处。即使是他和鲜血、压力还有胆囊打了一整天的交道之后,他回到家里也是和颜悦色的。他还有点书呆子气。当他出去遛狗时,他会和路上碰到的老年人打招呼,而有时候对方根本不理他。他会跟着车载收音机一起唱歌。一般情况下他好像不用睡觉。即便是第二天有手术要做,前一天晚上他还可以照顾茉莉。

他喜欢拿一些实实在在的知识对茉莉狂轰滥炸:胃每隔四天就会长出一层新的内膜!耳屎其实是一种汗液!你的眼睫毛里住着名叫螨虫的小东西!有时候他还喜欢说些不合时

宜的话。比方说，在诺拉潜入这种人生后的第一个周六，他们到鸭子池塘去玩。艾许对一个陌生人滔滔不绝，大谈特谈"公鸭子的阴茎形状和开瓶器差不多"。那时候茉莉就在旁边，完全听得到他的话。

如果艾许在傍晚时分早早回家，他会亲自下厨煮晚饭。他煮的是印度风味小扁豆，再加上意大利式香辣茄酱笔管面。他的厨艺很不错，不过他喜欢在每一道菜里都加上一头蒜。而之前茉莉的确没说错：艾许的艺术天赋并没有延伸到音乐领域。事实上，当他弹起吉他，唱起《寂静之声》，诺拉不无愧疚地暗自希望他能照着歌名，用真正的"寂静之声"来唱歌。

换言之，艾许就是呆头呆脑的。他就是一个每天都在治病救人的呆瓜，可呆瓜就是呆瓜。这样也好。诺拉喜欢呆瓜，因为她觉得自己也是呆瓜。现在她才开始了解自己的丈夫，而呆瓜气质可以冲淡这种情形引发的诡异感觉。

*"这是美好的人生。"*诺拉对自己说，说了一遍又一遍。

说实话，身为人母的确很累人。可是茉莉很讨人喜欢，至少在白天的时候就是这样。事实上，诺拉更喜欢茉莉放学后回到家中的那段时光。现在这种人生波澜不惊，没有人际关系的压力，没有工作压力，也没有财务压力。而茉莉在家时可以为这样的生活增添一点挑战性。

还有许多东西让她心满意足。

不过犹豫动摇也在所难免。有时候她会产生一种熟悉的感觉，仿佛自己正在演戏，却不知道台词。

"有什么不对劲吗？"某天晚上她问艾许。

"只是……"他看看诺拉，脸上带着和蔼的微笑，他的眼睛犀利有神，"我也不知道。之前你忘记我们的结婚纪念日就要到了；有些你已经看过的电影你又说没看过，有些你没看过的电影你又说你看过；你不记得自己有一辆自行车；你不记得盘子放在哪儿；你穿了我的拖鞋，还霸占了我睡觉的位置。"

"哦，老天，我说艾许，"她略感不安，"感觉我就像是被三只熊审问的小女孩。"

"我只是担心……"

"我没事，只是……我做研究做得昏了头。我迷失在树林里，迷失在梭罗的树林里。"

在那种时候，她感觉自己又要回到午夜图书馆了。她想起自己头一次进入图书馆时艾尔姆太太对她说的话："如果你真心想要拥有那种人生，不要担心……一旦你认定自己真的想拥有那种人生，那么你头脑中所有的记忆，包括这个午夜图书馆，都会渐渐淡去，最终成为一个梦境，再也无法触及。这些记忆会最终消失，几乎留不下一丝印记。"

而这又引出了另一个问题：如果这就是完美人生，那她为什么还记得午夜图书馆？

要等多久才能遗忘？

她偶尔感觉到淡淡的忧伤在她身边飘浮，却说不清为什么。不过和她在本源人生以及其他许多人生中感受到的抑郁相比，这样的忧伤实在是不值一提。如果把前者比作肺炎，那后者顶多是流鼻涕。她回想起她被弦理论乐器店辞退的那一天，想起她当时感受到的绝望、孤独以及求死的欲望，而眼下这种淡淡的忧伤与之相比实在是相去甚远。

从各个方面来看，眼下这种人生都是她所经历过的最好的人生。因此，她每天上床睡觉时都希望自己醒来时还留在这种人生中。开始她并不是太过在意，认为自己必定会留下来。可后来她渐渐害怕睡觉了，怕醒来时发现自己已经离开这种人生。

然而，每天晚上她都会睡着，每天早上醒来她会发现自己还睡在同一张床上。偶尔她也发现自己正睡在茉莉房间的地毯上。不过她和艾许分担夜间照顾茉莉的任务。而茉莉晚上闹腾的次数也越来越少，因此诺拉在床上醒来的次数也越来越多。

当然了，尴尬的时刻也在所难免。诺拉不认识路，不知道家里的东西放在哪里。这让艾许很困惑，有时候他甚至问她是不是应该去看病。开始时，诺拉避免与艾许做爱，可是在某天晚上他们还是做了。过后诺拉感觉自己生活在谎言之中，并为此感到愧疚。

他们在黑暗中躺了好一会儿,沉浸在高潮过后的沉默之中。诺拉知道自己应该提起这个话题,她不得不打破坚冰试试水。

"艾许。"她说。

"怎么了?"

"你相信平行宇宙理论吗?"

在黑暗中,她看到他的脸舒展开来,现出一抹微笑。这样的话题很对他的脾胃。"我相信。"他说。

"我也相信。我的意思是这可是科学,对吧?这可不是某个宅男物理学家一拍脑袋,觉得平行宇宙很酷,所以弄出来一套理论,对吧?"

"没错,"他表示赞同,"科学不会认同太过酷炫的东西,那些东西太像是科幻了。科学家向来都是怀疑论者。"

"说得对,而物理学家却相信平行宇宙真的存在。"

"这也是从科学中推导出来的,不是吗?量子力学和弦理论的所有发现都证明了多重宇宙的确存在。那可是许许多多个宇宙。"

"好吧,如果我现在告诉你我曾经历了自己的其他人生,而我选择了眼下这种人生,你怎么说?"

"我会说你脑子坏掉了,不过我依然爱你。"

"我说的可是实话,我真的经历了很多种人生。"

他微微一笑:"好吧。那有没有一种人生……在那种人生中你会再吻我一下?"

"在某一种人生中,你帮我埋葬一只死去的猫咪。"

他哈哈大笑:"真有意思,诺。你知道吗?我之所以喜欢你,其中一个原因就是你总是能让我感觉自己是个正常人。"

这次谈话最后还是不了了之。

诺拉意识到你可以在人生中把一切老老实实说出来,可是旁人只能看到与他们的现实相近的真相。梭罗曾经说过:"重要的不是你看什么,而是你看到了什么。"而艾许见到的只是他爱上的诺拉,那个成为他妻子的诺拉。从某种意义上说,现在她正要变成那个诺拉。

哈默史密斯

期中假期到了,茉莉不用再去幼儿园了。某个周二,艾许也不用去医院上班,于是他们一家人乘火车前往伦敦,去往哈默史密斯的一间公寓探望诺拉的哥哥和埃文。

乔看上去很不错。之前在奥运健将人生中,诺拉曾在哥哥的手机里见过埃文的照片。现在这个埃文和照片里的埃文没什么两样。乔和埃文是在当地健身房上交叉训练健身课的时候相遇的。在这种人生里,乔是一名音效技师,而埃文——确切地说是埃文·朗格福德大夫——是皇家马斯登医院放射科的一名医生。因此,他和艾许有许多与医院有关的话题可聊。

乔和埃文对茉莉很好,不厌其烦地问她一些诸如"熊猫宝宝近况如何"之类的问题。之后乔还亲自下厨,让大家吃上了配西兰花的蒜香意大利面。

"这可是普利亚①风味的美食,"他对诺拉说,"我们毕竟

---

① 意大利南部的一个大区。

继承了一点意大利血统。"

诺拉想起她那位意大利裔外公。不知道他得知伦敦制砖公司位于贝德福德而非伦敦时有何感想。是觉得失望,还是只是随遇而安?或许在某个版本的人生中,他们的外公的确去了伦敦,然而,在抵达伦敦的当天他就在皮卡迪利广场被一辆双层大巴撞死了。

厨房里摆着一个红酒架,架上摆满了红酒。诺拉发现其中一瓶是西拉葡萄酒,产自加利福尼亚的布埃纳维斯塔酒庄。当诺拉看到瓶底的签名,她感觉汗毛直竖——艾莉西亚和埃瓦多·玛蒂涅兹。微笑爬上了诺拉的脸庞,她知道在这种人生中,埃瓦多也同样找到了幸福。在那一刻她不禁感到好奇:这个艾莉西亚是谁?她究竟是什么样的人?不管怎么说,他们至少可以在那里欣赏美妙的落日。

艾许看到诺拉心不在焉地盯着酒瓶的标签,问了一句:"你还好吧?"

"哦,我没事,只是……这酒看上去不错。"

"这酒绝对是我的最爱,"埃文说,"真是好酒啊。要不我们把它开了?"

"好啊,如果你们本来就打算喝一顿的话。"诺拉说。

"别把我算进去,"乔说,"我最近喝酒喝得有点过火,正在戒酒呢。"

"你也知道你哥哥啦,他就是这样的人,"埃文说着在乔的脸颊上亲了一下,"要不然就狂喝滥饮,要不然就滴酒不沾。"

"哦,是这样没错。"

埃文已经拿出开瓶器了:"今天我可累坏了,如果没有其他人要喝,我就直接对瓶吹了。"

"给我来一杯。"艾许说。

"我就算了。"诺拉说。她想起上一回见到哥哥还是在酒店的贵宾商务厅里,当时哥哥还向她吐露自己曾经有酒精成瘾的问题。

他们给茉莉一本图画书。诺拉坐在沙发上读给她听。

晚上的时光缓缓流淌。他们聊起新闻、音乐和电影。乔和埃文觉得《最后机会酒吧》挺不错。

不久之后,出乎众人的意料,诺拉突然抛开与流行文化有关的安全话题,单刀直入地问自己的哥哥:"我退出迷宫乐队之后,你有没有生我的气?"

"那已经是很多年前的事了,小妹,过去的事就让它过去吧。"

"你以前想成为一名摇滚歌星。"

"他现在还是摇滚歌星,"埃文笑着说,"只不过他是只属于我一个人的摇滚歌星。"

"我总是觉得自己让你失望了,乔。"

"别这样……实际上,我也觉得自己让你失望了。我太蠢了……那段时间我对你很不好。"

这两句话如同甘霖，让她心上干裂的伤口得以愈合。多年以来，她一直希望能听到哥哥说出这样的话。最后她终于挤出一句："不要紧的。"

"在我和埃文走到一起之前，我对心理健康一无所知。当时我觉得惊恐发作没什么大不了的……当时我还以为意志一定能战胜现实，也只会说'打起精神来，小妹'。后来埃文也出现了惊恐发作的情况，我才知道那是真实存在的问题。"

"那不仅仅是惊恐发作，那是感觉什么都不对劲。我不知道……不过这也是值得的，我觉得你在这种人生中更加幸福，比……"她差点说出"你死去的那种人生"，马上改口道："……比你留在乐队的那种人生还要幸福。"

她哥哥脸上露出微笑，看向埃文。诺拉不知道哥哥是否相信自己说的话，可是她必须接受有些真相是无法领会的，对此她现在是再清楚不过了。

三　轮　车

几周过去了，诺拉感觉到非同一般的变化正在发生。

尽管之前她并未经历过这种人生，现在她却记起了与这种人生有关的某些信息。

比方说，某天一个她在本源人生中从不认识的人给她打电话，约她一起吃午饭。那个人应该是这一人生中的诺拉在剑桥大学读书和教书时认识的。当诺拉看到来电显示是"拉兰"，一个名字马上浮现在她的脑海里——拉兰·布莱恩。她马上想起这个人长什么模样，还知道她的另一半叫"莫"，他们俩还有个小娃娃，名叫奥尔多斯。之后她和拉兰碰了面，而浮现在她脑海中的信息也一一得到了印证。

这种似曾相识的感觉越来越多。不过她偶尔还是有"犯迷糊"的时候，例如她不记得艾许有哮喘症（他之所以要跑步就是为了抑制哮喘症）。

"你是什么时候患上哮喘的？"她问道。

"七岁的时候。"

"哦,对哦,当然了。我以为你说的是湿疹①。"

"诺拉,你还好吗?"

"当然了,我没事。我只是在吃午饭时和拉兰喝了点酒,有点迷糊了。"

不过这种"犯迷糊"的情况越来越少。在这种人生中,她每度过一天就像拼上一块拼图,而每拼上一块,也就更容易推断出那些缺失碎片的样貌。

在其他人生中,她总是不停寻找线索,感觉自己就像是在演戏。可是在这种人生中,她感觉自己越是放松,想起的信息就越多。而且这种感觉还在与日俱增。

诺拉喜欢和茉莉在一起。

陪她在乱糟糟的房间里玩耍;给她讲那本《来喝茶的老虎》里面简单、魔幻而精彩的故事,跟她建立起微妙的亲情纽带;有时候她们还一起在花园里玩耍。

在一个星期六的上午,茉莉骑着三轮车:"妈妈看我!妈妈看我!妈妈,你有没有看到?"

"很好,很棒,茉莉。你骑得很好。"

"妈妈快看!我骑得可快了!"

"好哇,茉莉!"

这时候三轮车的前轮从草坪上滑落,落入花圃中。茉莉

---

① 英语中"哮喘"一词为 asthma,"湿疹"一词为 eczema,两者读音相似。

摔了下来,她的头重重地磕在一块小石头上。诺拉赶紧跑过去,把她抱起来,仔细观察她。显而易见,茉莉受伤了,她的前额多了一块擦伤,皮肤被擦破了,还渗出血。她的下巴不停颤抖,可她还在克制自己。

"我没事,"她缓缓说道,她的嗓音就像瓷器一样脆弱易碎,"我没事,我没事,我没事,我没事……"她每说一遍"我没事",就如同往号啕大哭的边缘迈进一步。可是到后来她却拼命忍住眼泪,再度恢复平静。尽管茉莉晚上怕熊,可是她流露出的坚韧却让诺拉为之折服,让诺拉有所感悟。这个小人儿是诺拉身上掉下的一块肉,是她的一部分。如果她身上蕴含着某种力量,那么这种力量或许也蕴藏于诺拉体内。

诺拉抱着她:"没事的,宝贝……你真勇敢,没事的。你现在觉得怎样,宝贝?"

"还好,就像放假那一次。"

"放假?"

"就是那一次啊,妈妈……"看到诺拉记不起是哪一次,她不禁有点着急,"滑滑梯那次。"

"哦,对,就是滑滑梯那次。妈妈真笨,笨妈妈。"

诺拉感觉到一股情绪突然涌上心头。随之而来的是某种恐惧,和她在北极圈的一块岩礁上与北极熊对峙时感受到的那种恐惧一样真实。

心头涌动的情绪让她感到害怕。

那种情绪就是爱。

你可以在最高级的饭店用餐，你可以享受各种感官上的愉悦；你可以站在圣保罗某间体育馆的舞台上，对着两万人唱歌，沉浸在雷鸣般的掌声之中；你可以去到世界尽头；你可以在网上吸纳几百万名粉丝；你可以赢得奥运金牌……然而这一切在爱的面前都毫无意义。

她回想起自己的本源人生：最根本的问题究竟是什么？又是什么让她易受伤害、不堪一击？这两个问题的答案是一样的，那就是爱的缺失。在那种人生中，即便是她哥哥都讨厌她。一旦福子死去之后，就没有人需要她了。她不爱任何人，也没有人爱她。她感觉到空虚，她的生活也变得空虚。她如同一个有知觉的人偶，由绝望凝聚而成，勉强假扮成一个人类，在这世上游荡，最后只剩下一具白骨。

然而，就在剑桥一栋房子的花园里，在灰暗的天空下，她感受到了爱的力量。她真切地爱着别人，别人也真切地爱着她，这种感受让她心惊胆战。虽然在这种人生中，她的父母均已去世，然而她还有茉莉，有艾许，有乔。由爱交织而成的网保护着她，让她不致坠落。

可是，她在内心深处隐约感觉到这一切很快就会结束。尽管这一切完美无比，可她还是感觉到有什么不对劲。这种"不对劲"无法消除，因为它本身就是组成完美的一部分。

一切都很完美，然而这并不是她通过努力得来的。她潜入这种人生，就如同进入一部放到一半的电影。她只是从图书馆的书架上取下一本书，可那本书并不是属于她的。她只是隔着一扇玻璃窗观看自己的人生。她开始感觉到自己是个冒牌货。她真心希望这就是她的人生，真正的人生，然而事实并非如此。她希望自己能忘记这一点，她真心希望自己能忘记这一点。

"妈妈，你在哭吗？"

"不，茉莉，我没事，妈妈没事。"

"你看起来像是在哭。"

"我们先把你身上弄干净吧……"

当天晚些时候，她们回到室内。茉莉玩拼图游戏，拼一幅丛林动物的图画。而诺拉坐在沙发上，抚摸着柏拉图，而柏拉图把自己那温暖沉重的脑袋搁在她的大腿上。她盯着放在桃心木柜子上的黑白格棋盘。

一个想法缓缓地浮上来，诺拉想把它压下去，可它还是不停地浮上来。

等到艾许回家之后，她对他说自己要离开几个小时，去贝德福德探望一位老朋友。

她已经不在了

诺拉刚走进橡树叶养老院,还没走到接待前台,就看到一个老相识。一个弱不禁风的老人戴着眼镜,正在和一个护士说话。那老人的情绪有点激动,而那个护士有点抓狂。他看起来就如同化为人形的一声叹息。

"我很想到花园里去。"老人说。

"抱歉,可是今天花园被人征用了。"

"我只是想坐在长椅上看看报纸。"

"或许你可以先登记一下,预订使用花园的时间……"

"我不要什么'使用花园的时间',我要给达瓦克打电话,肯定是弄错了。"

诺拉以前在帮那位上了年纪的邻居取药的时候,也曾听他提到过自己的儿子达瓦克。他的儿子想让他住进养老院,可班纳吉先生却坚持要住在自己的房子里。"请问……"诺拉开口说道。

这时候班纳吉先生才注意到这个盯着他看的女人。

"班纳吉先生？"

他盯着诺拉，一脸迷惘："是啊，你是谁？"

"我是诺拉，诺拉·希德。"此时她太过慌张，根本没法好好思考。"我是你的邻居，就住在班克罗夫特大道。"她补充一句。

他摇摇头："我想你弄错了，亲爱的女士。我三年前就离开那里了，而且我敢肯定你不是我的邻居。"

那护士朝班纳吉先生扬扬脑袋，仿佛他是一只迷惑不解的小狗："或许是你忘记了吧。"

"啊，"诺拉马上反应过来，意识到自己的错误，"他说得没错，我有点糊涂了。我的记忆经常出问题。我没有在那里住过，那是另一个地方。我认错人了，抱歉。"

老人和护士继续刚才的争论，而诺拉想起班纳吉先生的前院，院子里种满了鸢尾花和毛地黄。

"请问有什么事吗？"

她转过身，看向问话的前台接待。那是一个红头发男子，戴着眼镜，长着雀斑，态度温和，说起话来带点苏格兰口音。

她说明自己的身份，还提到之前她曾经打过电话。

开始时接待员有点摸不着头脑。

"你是说你留了一条信息？"

他轻声哼着小调，在电子邮件中查找。

"是的，不过那是电话留言。我曾经拨打这里的电话，可是一直占线，最后我只好留言了。我也发过电子邮件的。"

"啊，我明白了。抱歉。你是来探望一位亲戚，对吧？"

"不是，"诺拉解释说，"我不是她的亲戚，只是她认识的一个人。她也认识我。她的名字是艾尔姆太太。"诺拉拼命在脑子里搜寻，想找到艾尔姆太太的全名。"抱歉，她的名字是露易丝·艾尔姆。请你告诉她我是诺拉，诺拉·希德。她以前是……是海泽尔登中学的图书管理员。我想她或许喜欢有人陪伴。"

接待员不再盯着电脑屏幕，而是抬头看着诺拉，目光中流露出难以掩饰的震惊。开始时诺拉以为自己搞错了。或许是迪伦搞错了，那天晚上他在康蒂诺餐厅告诉她的事并不是真的。或许这种人生中的艾尔姆太太有不一样的人生遭遇。在此前的人生中，诺拉决定去动物救助中心工作。这样一个决定会对眼前这种人生中的艾尔姆太太产生影响吗？会让她的人生际遇有所改变吗？她实在是想不通，感觉也说不通。在这两种人生中，她离开学校之后和那位图书管理员就再也没有任何联系了。

"怎么了？"诺拉问接待员。

"实在抱歉，非常抱歉，可是露易丝·艾尔姆已经不在了。"

"那现在她在哪儿？"

"她……实际上，她在三周前去世了。"

开始时诺拉还以为养老院的管理系统出错了："你确定吗？"

"是的，我很肯定，实在抱歉。"

"啊。"诺拉说。她实在不知道该说什么，也不知道应该有何种感觉。她低下头，看着自己的大手提包。刚才她开车来的时候，这个手提包一直放在她身边。包里放着棋盘和棋子，诺拉正打算和艾尔姆太太下一盘棋，陪陪她。"抱歉，我不知道，我不……老实说，我已经好几年没见过她了，已经有很多年没见了。可是我听别人说她住在这里……"

"请节哀。"接待员说。

"不，我没事。我只是想谢谢她，谢谢她曾经对我那么好。"

"她走得很安详，"他说，"她是在睡觉中离世的。"

诺拉拼命挤出微笑，礼貌地后退几步："那很好，谢谢了，谢谢你们照顾她。我要走了，再见……"

遭遇警察的小插曲

诺拉走出养老院,来到莎士比亚大街上。她手里拎着包,包里放着棋盘棋子,不知该如何是好。她感觉到阵阵刺痛。那不是针扎的疼痛,更像是蕴藏在衣物中的静电在皮肤表面游走。每当她即将离开某一种人生的时候,就会有类似的诡异感觉。

她尽量无视自己身体的感受,朝停车场方向走去。她经过自己在本源人生中所住的那间公寓——班克罗夫特大道33A号。一个她从未见过的男人抱着一箱可回收废旧物品,从房子里走出来。公寓颇为寒酸,门前的路上还散落着垃圾。她想起剑桥的那栋漂亮房子,忍不住与眼前这间公寓作比较。她所感受到的刺痛稍稍减弱。她经过班纳吉先生的房子,或者说,曾经为班纳吉先生所有的那栋房子。她发现在整条街上,唯一没有被分割为多间公寓的独立房屋就剩这一栋了。不过这栋房屋看起来也大变样了。去年夏天,在班纳吉先生做完胯骨手术后的康复期,诺拉替他给花园浇水。那时候花园里的花盆中还种着铁线莲，还有蜥蜴在忙忙碌碌。现在这些都看不到了，门前的小草坪已经变为一片荒草。

诺拉看到人行道上有几个压扁的空啤酒罐。

她看到一个女人正沿着人行道朝她走来。那个女人的一头金发剪成一个蘑菇头，皮肤呈棕褐色。她推着一辆双胞胎婴儿车，车里坐着两个孩子。她看上去精疲力竭。在诺拉决定去死的那一天，她曾经在书报亭里和这个人说过话。当时这个女人看上去开心自在。对了，她的名字是凯莉安妮。其中一个孩子开始哭闹。那女人正忙着安抚那个满脸通红的小孩，拿着一个塑料恐龙玩具在他面前摇晃。她并没有看到诺拉。

"我和杰克就像兔子一样能生，不过还好啦，现在我们只生了两个。真是两个小魔头！不过这都是值得的，你说是吧？我觉得人生圆满了。我可以给你看看照片……"

这时候凯莉安妮抬起头，看到诺拉。

"我认识你，对吧？你是诺拉？"

"是的。"

"你好啊，诺拉。"

"你好啊，凯莉安妮。"

"哇，你居然记得我的名字？读书的时候我可崇拜你呢！你什么都得到了。你有没有去参加奥运会呀？"

"去了……事实上……算是去了吧，某一个我去了。不

355

过那不是我想要的。可是……就是这么回事,你说是吧?"

凯莉安妮一时摸不着头脑。她的儿子把恐龙玩具扔在地上,就落在压扁的啤酒罐旁边。"是啊。"她含糊应道。

诺拉捡起那个恐龙玩具,仔细一看,原来是一只剑龙。她把玩具递给凯莉安妮。凯莉安妮微笑着向她道谢,朝原本属于班纳吉先生的那栋房子走去。这时候那个孩子开始大发脾气。

"再见了。"诺拉说。

"再见了。"

诺拉不由得纳闷究竟是哪一个因素发生了变动,造成不同的结局?班纳吉先生原本不愿去养老院,究竟是什么原因让他不得不住进养老院?对处于不同人生中的两个班纳吉先生而言,唯一的变数就是诺拉自己。可是她怎么会引发不同的结局?她做了什么?为他建了一个网上生鲜小店?帮他到药店取了几次药?

"不要低估小事的重要性,"艾尔姆太太说,"你必须始终记住这一点。"

她朝自己公寓的窗户望去。她想起在本源人生中,自己正躺在卧室里,游离于生死之间,处于生与死之间的等距点。诺拉头一次为自己担忧,仿佛她已经把自我当成了他者。那并不是另一个自己,而是一个真实的人,一个不同的人。仿佛在经历了各种人生之后,她最终变成了另一个人,一个对以前的自己心怀怜悯的人。这并非自怜自伤，因为她现在已经拥有一个不同的自我。

一个人影出现在她公寓的窗内。那是一个抱着猫的女人。那个女人不是诺拉，那只猫也不是伏尔泰。

看来她还有希望留下来。尽管如此，她还是再次感觉到眩晕和恍惚。

她朝小镇中心走去，沿着小镇主街前行。

没错，现在她已经变了个人，变得更强大了。她已经发掘了自己的潜能。如果她从未在体育馆中对着一大群观众唱歌，如果她从未和北极熊对峙，如果她从未感受到如此之多的爱意、恐惧和勇气，她永远也不会知道自己体内蕴含着这样的潜能。

博姿专卖店门前掀起一阵骚动。两个少年被警察抓住，一个专抓窃贼的商店侦探正站在一旁，对着对讲机说话。

她认出其中一个少年，朝他走过去。

"里奥？"

一个警察做个手势，示意她退到一边。

"你谁呀？"里奥问道。

"我是……"诺拉意识到她不能回答"我是教你弹电子琴的老师"。而且她发觉在这种混乱的情况下，自己即将问出口的问题实在是太荒诞可笑了。可无论如何，她还是问了："你有没有上音乐课？"

里奥低下头，看着自己手腕上的手铐："我没有上音乐课……"

他的声音低了下去，仿佛一下子就泄了气。

那个警察颇为恼火："行了，女士，这事就交由我们来处理吧。"

"他是个好孩子，"诺拉对他说，"别对他太凶。"

"好吧，这个'好孩子'从这家店偷了价值两百英镑的货物，而且他身上还藏有武器。"

"武器？"

"一把刀。"

"不，不会的，肯定是弄错了。他可不是那种坏孩子。"

"你听听，"那个警察对自己的同事说，"这位女士认为我们的'老朋友'里奥·汤普森不是惹是生非的坏孩子。"

另一个警察笑了起来："他可是麻烦不断。"

"好了，"第一个警察说，"请不要妨碍我们执行公务……"

"好吧，"诺拉说，"好吧。照他们说的做，里奥。"

里奥看着诺拉，仿佛诺拉是专门来捉弄他的。

几年前，里奥的母亲多琳走进弦理论乐器店，打算给自己的儿子买一架便宜的电子琴。里奥在学校里的表现让她颇为忧心。而他曾经提到自己对音乐感兴趣，因此她想找人给自己的儿子上课。诺拉说她自己也有一架电子琴，也会弹，但是她并没有经过正式的教师培训。多琳说她拿不出太多的钱，不过后来两人总算说定了。诺拉在周二晚上教里奥小大七和弦，对此她乐在其中。她认为里奥是个了不起的孩子，学习音乐的时候非常积极。

多琳认为之前里奥是"误入歧途"，不过自从他开始学习音乐，他在其他方面的表现也有所改善。突然之间，他不再和老师闹矛盾了。从肖邦到斯科特·乔普林，从弗兰克·奥申到约翰·传奇再到雷克斯·奥兰治·考蒂，无论他弹奏的是何人所写的曲子，他都专心致志，颇为投入。

诺拉想起在自己刚抵达午夜图书馆的时候，艾尔姆太太对她说过的一番话：

"所有人生都包含了数以百万计的决定，有的决定举足轻重，有的决定无足轻重。不过每当你做出决定，有所取舍，那么结局也会改变。一个不可逆转的变数由此产生，接着会衍生更多的变数……"

在这种人生中，她决定去剑桥攻读硕士学位，和艾许结婚，还生了个孩子。因此在四年前的那一天，当多琳和里奥走进弦理论乐器店的时候，她并不在店里。在这种人生中，多琳没有找到要价低廉的音乐教师，而里奥也未能坚持学习音乐。他浸淫在音乐中的时间太过短暂，还来不及发掘自己在这方面的天赋。他从来没有在周二的晚上和诺拉并肩坐在电子琴前，极力发掘自己对音乐的兴趣，弹奏属于自己的乐曲。

诺拉感觉到一阵虚弱袭来。那不仅仅是刺痛和恍惚，而是更强烈的感觉——感觉自己突然落入虚无之中，眼前突然黑了一下。她感觉到另一个诺拉正在空中盘旋，准备接手这一切。那个诺拉的大脑正准备填补这些天的空白，为自己当天前往贝德福德找一个合情合理的理由。她会把所有空白都填补上，就如同她从未离开过。

她知道这意味着什么，并为此感到忧心。她转过身，离开里奥和他的朋友。这时候警察在众目睽睽之下，把他们俩押上警车。而诺拉快步朝停车场走去。

这是美好的人生……这是美好的人生……这是美好的人生……

看待事物的新角度

诺拉走近车站，经过用红黄两色装点门面的康蒂诺餐厅。这家餐厅洋溢着墨西哥风情，那花里胡哨的装饰实在令人眼晕。在餐厅里，一个侍者正把放在桌子上的椅子搬下来。之后她经过弦理论乐器店。乐器店也关门了，门上贴着一张手写的告示：

呜呼哀哉！弦理论乐器店无法在原址继续经营。因为租金上涨，我们无以为继。感谢所有忠诚的顾客。无须挂念我们，继续你们的生活吧。唯有上帝知道我们失去你们之后会变成什么样。

在另一种人生中，她和迪伦也看到了弦理论乐器店的橱窗上贴着一张告示，和眼前的一模一样。这是一张三个月前的告示，那一行行细小的字是尼尔用签字笔写下的。

她觉得难过。弦理论乐器店对许多人来说意义重大。然而，当这家店陷入困境时，诺拉已经不在这里工作了。

好吧，我想我的确卖出了很多电子琴，还卖出一些上好的吉他。

在成长过程中，她和哥哥也曾经以十几岁少年特有的方式，故意拿自己的家乡小镇打趣。他们以前总是说贝德福德监狱只是监狱的内核，而外面的整个镇子则像一座大监狱。只要有逃离这座监狱的机会，你可得紧紧抓住。

太阳出来了，诺拉已经走到车站附近。她发现这些年来，她一直用错误的眼光来审视自己的家乡小镇。她走到圣保罗广场，经过立在那里的监狱改革家约翰·霍华德的雕像。广场周围绿树环绕，树木后头是闪烁着粼粼波光的河流。她感觉自己是头一次见到这样的景色，并为此赞叹不已。*重要的并不是你看什么，而是你看到了什么。*

她钻进昂贵的奥迪车里，开车返回剑桥。车子里弥漫着聚乙烯、塑料和其他复合材料的味道，简直令她恶心作呕。她开着车，驶入拥挤的车流之中。一辆辆车从她眼前掠过，如同一段段被遗忘的人生。诺拉真心希望能再次见到艾尔姆太太——真正的艾尔姆太太，希望能在她去世之前见她一面。如果能在她去世之前和她下最后一盘棋，那该多好啊。之后诺拉想起可怜的里奥。里奥正坐在狭小且没有窗户的警局囚室中,等着多琳把他领回去。

"这是最好的人生,"她告诉自己,一丝绝望涌上心头。"这是最好的人生,我要留在这里。这就是为我而设的人生,这是最好的人生,最好的人生。"

可是,她也知道自己留在这里的时间已经所剩无多。

花朵自有雨水的润泽

她在房前停好车,冲进家门。只有柏拉图吧嗒吧嗒地跑过来,欢天喜地地迎接她。

"有人吗?"她绝望地叫道,"艾许?茉莉?"

她必须见到他们,她知道自己的时间已经所剩无几。她感觉到午夜图书馆正等着她回去。

"在外头呢!"艾许那欢快的声音从后院传来。

诺拉冲出去,看到茉莉又在骑三轮车了,看来之前的事对她没有丝毫影响。而艾许正在修整花圃。

"这趟贝德福德之旅怎么样啊?"

茉莉从三轮车上跳下来,朝她跑去。"妈妈!我好想你!现在我骑三轮骑得可厉害啦!"

"是吗,宝贝?"

她紧紧拥抱自己的女儿。她闭上眼睛,深深地吸一口气。茉莉的发香、狗的气味、衣物柔软剂的气味和童年的馨香充斥着她的鼻孔。她希望这些美妙的气味能让她留下来。

"我爱你，茉莉，我希望你能知道这一点。我永远永远爱你，你知道吗？"

"知道，妈妈，我当然知道。"

"我也爱你爸爸。没事的，不会有事的。无论发生什么事，你总还有爸爸，还有妈妈。只是我可能不会再像以前那样留在这儿了。我还在你身边，只是……"她意识到茉莉不需要知道这些，她只需要知道一件事。"我爱你。"诺拉说。

茉莉一脸关切："你忘了柏拉图！"

"对哦，我当然爱柏拉图了……我怎么会忘记柏拉图呢？柏拉图也知道我爱它，是不是，柏拉图？我爱你。"

诺拉尽力保持镇静。

无论发生什么事，总会有人照看他们的，总会有人爱他们的。他们还拥有彼此，他们会幸福的。

艾许走过来，他手上戴着园艺手套："你还好吗，诺？你的脸色有点苍白。发生什么事了？"

"哦，我晚点再和你说，等茉莉睡觉后再说吧。"

"好吧。有店家要送货过来，注意听送货卡车的声音。"

"好的，当然。"

接着茉莉问要不要拿洒水壶出来浇花，艾许解释说最近的雨水够多了，用不着浇花。他还说老天爷正在照看这些花。"他们不会有事的，他们会得到别人的关爱，就如同花朵自有雨水的润泽。"这几句话不停在诺拉脑海中回响。*他*

*们不会有事的，他们会得到别人的关爱……*之后艾许谈起晚上去看电影的事，还说已经请了临时保姆来照看茉莉。诺拉完全忘了这事。她脸上挂着微笑，拼尽全力，只想留在这种人生中。可是她终究还是要离开了。对此她心知肚明，也无能为力。

无 处 落 脚

"不要!"

她担心的事果然发生了。

她已经回到了午夜图书馆。

艾尔姆太太坐在电脑前。头顶的灯泡不停摇晃,毫无规律地飞快闪烁。"诺拉,停下来,冷静点,乖乖的。我得理出一个头绪。"

一缕缕尘土从天花板上落下,形如蛛网的裂缝出现在天花板上,以异乎寻常的速度飞快向外蔓延。之后突然传来一声巨响,仿佛有人正在拆毁这栋建筑。这时候诺拉既难过又气愤,她对这声响听而不闻。

"你不是艾尔姆太太,艾尔姆太太已经死了……我是不是死了?"

"这事我们已经说过了。不过既然你现在这么说,或许你就要……"

"我为什么不能留在那里?为什么?我知道这一切即将

发生，可我并不愿意。你说过如果我找到一种我想要的人生，如果我真心想留在那里，我就会留下来。你说我会忘记这个该死的地方，你说我能找到我想要的人生。那就是我想要的人生，就是那一种人生！"

片刻之前，她正身处花园之中，和艾许、茉莉还有柏拉图在一起。花园里洋溢着爱与生机。可现在她却回到了这里。

"送我回去。"

"你也明白这是行不通的。"

"那好吧。那就把我送去跟它最接近的另一种人生。帮我找找和之前那种人生最相像的人生吧，求你了，艾尔姆太太。肯定能找到的。肯定有这样一种人生：我和艾许去喝咖啡，然后我们有了茉莉和柏拉图，不过我……我做了一些不一样的事，所以准确地说那是另一种人生。比如说，我给柏拉图买了一个不同的狗项圈，或者说，或者说……我……我不知道……或许我的日常运动是普拉提而不是瑜伽？或者我去了剑桥大学的另一个学院？或者再往前一段，我和艾许约会时喝的不是咖啡而是茶？我想要这样一种人生，把我送进去吧。求你了，行行好！帮帮我！我想要试试那样的人生，求你了……"

电脑开始冒烟，屏幕变成黑屏，然后整个屏幕都碎裂了。

艾尔姆太太一下子泄了气。她瘫坐在椅子里："你还是不明白。"

"可是事情就是这样，不是吗？我选择一条遗憾，我希望能有所改变……然后你给我找到那本书，我翻开书本，之后就钻进那本书，体验书中的人生。这个图书馆就是这样运作的，不是吗？"

"没那么简单。"

"为什么？又是传送系统出了问题？就像上回那样？"

艾尔姆太太看着她，脸上流露出哀伤："不仅仅是这样。你的本源人生极有可能终结，这种可能性一直存在。我之前告诉你了，对吧？你想去死，你也很可能死去。"

"是的，可是当时你说我要找个去处。'找个落脚点，找到另一种人生。'当时你就是这么说的。而我要做的就是拼命转动脑筋，选择合适的人生，然后……"

"我知道，我知道，可是图书馆不是这么运作的。"

天花板的碎片开始落下来，一块块石膏板如同婚礼蛋糕上的糖霜一样脆弱，一触即碎。

诺拉发现更糟糕的事情发生了。一星火花从灯泡中迸出，落在一本书上，最终让整本书化为一团火焰。眨眼之间，火焰蔓延到整个书架，书本飞快地燃烧，就如同浸泡过汽油似的。摆在书架上的书本化为一条炽热的火龙，在愤怒的咆哮中化为灰烬。在燃烧的过程中，又一星火花迸出来，落在另一个书架上，把那个书架也点燃了。与此同时，一大块天花板带着灰尘砸下来,正落在诺拉脚边。

"钻到桌子底下!"艾尔姆太太命令道,"快!"

诺拉趴下来,跟着艾尔姆太太爬到桌子底下。她跪坐在桌底,像艾尔姆太太一样低着头。

"你就不能让它停下来吗?"

"现在已经起了连锁反应。那些火花不是随意四溅,那些书原本就是注定要被销毁的,而整个图书馆即将坍塌,这都是不可避免的。"

"什么?我不明白。我还在这儿,我找到了属于自己的人生。那是唯一一种适合我的人生,是最好的人生……"

"可是问题在于……"艾尔姆太太躲在木质桌腿后头,紧张不安地朝外张望。更多书架着火了,天花板碎片不停落在她们周围。"……还是不够。快看呀!"她说。

"看什么?"

"看你的表,就快了。"

诺拉低头看表。开始时没什么异样,突然之间,电子表开始跳动,恢复了正常。时间开始流逝。

00:00:00

00:00:01

00:00:02

"怎么回事?"诺拉明白不管发生了什么事,那肯定不会是好事。

"时间开始前进,就是那么回事。"

"那我们怎么离开这里?"

00:00:09

00:00:10

"我们不会离开这里,"艾尔姆太太说,"而且也不是'我们'。我不能离开图书馆。当图书馆消失时,我也会跟着一起消失。不过你还有机会出去,但留给你的时间不多了,只有不到一分钟……"

诺拉已经失去了一个艾尔姆太太,她不想再失去另一个。艾尔姆太太看得出她很难过。

"你听我说,我是图书馆的一部分,而整个图书馆是你的一部分,明白吗?你不是为了图书馆而存在,而是图书馆为你而存在。还记得雨果说的话吗?他说宇宙的真相离奇诡异、纷繁复杂,而这一切不过是你的大脑对宇宙真相的极度简化,这只是你大脑的阐释,这很重要,也很脆弱。"

"我记得。"

"然而有一件事很明确,你不想要那种人生。"

"那是完美的人生。"

"你真有那种感觉吗?时时刻刻都有那种感觉吗?"

"是的,我是说……我希望这样。我的意思是,我爱茉莉,我爱艾许……或许我会爱上他。可是我觉得……或许……那不是我的人生,我没有为之努力。我只是潜入另一种人生中，占据另一个我的躯体。我只是一个落在完美人生中的投影，可那并不是我。"

00：00：15

"我不想死。"诺拉的嗓音突然变得高亢而脆弱。她浑身发抖，一颗心都震颤不已。"*我不想死。*"

艾尔姆太太睁大双眼看着诺拉，她的眼眸中亮起两团小小的火焰，仿佛她已经想到了一个办法。"你必须离开这里。"她说。

"我做不到！整个图书馆无边无际，我一走进门，入口就消失了。"

"那你必须找到出口。"

"怎么找？这里又没有门。"

"既然有书，为什么还要找门？"

"书都烧起来了！"

"还有一本没烧起来，你必须找到那本书。"

"《遗憾之书》？"

艾尔姆太太几乎笑了起来："不是，现在你最不需要的就是《遗憾之书》了。那应该是第一本被点着的书，已经化为灰烬了。你得跑去那边。"她指指左边，那里已经是一片狼藉，充斥着火焰和落下的石膏板。"那边第十一排书架，从底下数上来第三层。"

"整个图书馆都要塌了！"

00：00：21

00：00：22

00：00：23

"你还不明白吗，诺拉？"

"明白什么？"

"这一切自有其道理。你这次回到这里不是因为你想去死，而是因为你想活下去。这个图书馆之所以坍塌不是为了送你去死，而是为了让你得到一个回到本源人生的机会。至关重要的事终于发生了。你已经决定你想要活下去。现在就去吧，抓住机会活下去吧。"

"可是……那你呢？你会怎么样？"

"不用担心我，"她说，"我向你保证，我不会有任何感觉的。"接着她又说："会好起来的，诺拉，一切都会好起来的。"在诺拉父亲去世当天，在学校的图书馆里，真正的艾尔姆太太抱着诺拉的时候也说过同样的话。

艾尔姆太太伸出手，慌里慌张地在桌面上摸索。片刻之后她递给诺拉一样东西——一支塑料圆珠笔，笔身是橘黄色的，正是诺拉上学时用过的。很久以前诺拉就注意到那支笔了。

"你需要这个。"

"要来干什么？"

"那本书上一个字都没有，你必须用这个开始书写。"

诺拉接过笔。

"再见了,艾尔姆太太。"

片刻之后,一大块天花板碎片砸在桌子上,掀起一团浓厚的粉尘,让她们难以呼吸。

00:00:34

00:00:35

"去吧,"艾尔姆太太咳嗽着说,"活下去。"

不许放弃，诺拉·希德！

诺拉冲过浓烟和尘土形成的迷雾，朝艾尔姆太太所指的方向跑去。天花板的碎块不停落下。

她无法呼吸，目不能视，但还是在尽力数着过道。灯泡迸出的火星落在她的头顶。

钻进喉咙的烟尘让她反胃，几乎要吐出来。即使在浓雾之中，她依然能看到大多数书本都烧起来了。事实上，没有哪个书架上的书能逃过一劫，燃烧产生的热量如同一股力量扑面而来，最早烧起来的书本和书架现在只剩下灰烬。

当她跑到第十一排书架，一大块天花板落下来，狠狠砸在她身上。

诺拉被压在天花板碎块之下，圆珠笔从她手中滑落，滚到一边。

她想爬出来。她试了一次，但没有成功。

完了，不管我愿不愿意，我都要死了。我要死了。

整个图书馆正在化为一片废墟。

00：00：41

00：00：42

一切都结束了。

一个念头再次浮现：结束了，这次肯定完了。她就要死在这里了，所有她可能拥有的人生都在她身边化为乌有。

然而，在烟雾稍稍退却的一刹那，她看到了第十一排书架，看到了从底下数上来的第三层。

书架上的其他书都烧起来了，唯独那一本没有着火，就如同火墙上的一道裂隙。

我不想死。

她还要加把劲。之前她以为自己已经厌弃人生，可现在她却想要活下去。图书馆是她的一部分，所有其他人生也是她的一部分。或许她没能体会到其他人生中的种种感受，可是她拥有体会这些感受的能力。或许她错失了某次机会，没能成为奥运会游泳健将，没能成为旅行家，没能成为葡萄酒庄的主人，没能成为摇滚明星，没能成为拯救地球的冰川学家，没能成为剑桥大学的研究生，没能成为母亲，没能成为成千上万种不同的人物。可是从某种意义上说，这些身份各异的诺拉们都是她，都是她本人。她可以成为这些奇妙的人物。此前她以为化身为这些人物的过程很无趣，让人打不起精神，现在她发现事实并非如此。不，根本不是那么回事。相反，这一过程催人振奋。她看到经过努力她可以成为什么样的人。而且她的本源人生也并非一无是处。她哥哥还活着,伊芷还活着,她还帮助了一个小男孩,让他免于误入歧途。有时她以为自己陷入困境、难以逃脱,然而那不过是大脑玩的小花招。她不需要拥有加利福尼亚夕阳下的一座葡萄酒庄也可以获得幸福,她不需要拥有一栋大房子和完美的家庭也可以获得幸福。她所需要的只是潜力。如果失去了这种潜力,她将一无是处。她奇怪自己以前为什么没能看清这一点。

她听到艾尔姆太太的声音从远处传来。那声音来自她身后,来自那张桌子底下,冲破一切杂音,传入她的耳中。

"别放弃!不许放弃,诺拉·希德!"

她不想死,她只想回到属于自己的本源人生中。那种人生如同剪不断理还乱的一团乱麻,可那毕竟是属于她的一团乱麻,也自有其美妙之处。

00:00:52

00:00:53

她扭动身体,奋力推开压在身上的天花板碎块。时间一秒一秒地流逝,她感觉自己的肺都要烧着了,几乎无法呼吸,但还是拼尽全力站了起来。

她在地上摸索,找到那支圆珠笔,笔身上已经沾满了厚厚的尘土。她冲过浓烟,来到第十一排书架旁。

就在那儿。

唯一一本没有着火的书，书的封皮还是最纯粹的绿色。

她避开热浪，小心翼翼地用食指勾起书脊，取下那本书。接着她像之前一样，翻开书本，想找到第一页。然而唯一的困难在于那本书根本没有第一页，整本书上没有一个字，完全是空白的。和其他书一样，这本书也是她的未来。然而和其他书不同，这是尚未书写的未来。

就是这样。这就是她的人生，她的本源人生。

现在还只是空白。

诺拉呆站了一会儿，手里拿着以前读书时用过的圆珠笔。午夜已过，秒针即将走完一圈。

书架上的其他书已经化为焦炭。透过重重烟雾，诺拉看到悬于头顶的一个灯泡明明灭灭，隐约照亮了支离破碎的屋顶。这盏灯周围的天花板已经开始剥落，形成一块形似法国地图的碎块，摇摇欲坠，随时都会砸下来，落在诺拉身上。

诺拉拔开笔帽，将摊开的书靠在书架上的书本遗骸上，准备书写。

天花板发出阵阵呻吟。

时间不多了。

诺拉开始书写：*诺拉渴望活下去。*

写完之后她等了一下，可是什么也没有发生，让她颇为恼火。这时她想起艾尔姆太太曾经说过："'渴望'这个词很有意思，它意味着或有所缺。"于是她把那行字划掉，重新书写。

诺拉决定活下去。

没有用,她继续尝试。

诺拉正准备活下去。

这回她在"活下去"这几个字下面加了下划线,可还是没用。现在,图书馆中到处都是残骸和废墟。屋顶摇摇欲坠,很快就会将一切夷为平地,而所有这些书架将化为尘土。这一切让诺拉瞠目结舌。她看到了艾尔姆太太的身影,她已经从刚才她和诺拉藏身的桌子底下爬出来了。她站在那里,无所畏惧。她头顶的屋顶落下来,几乎将整个图书馆吞没了,残余的火焰、书架和所有一切都化为乌有。

诺拉无法呼吸,目不能视。

然而她所在的这一区域尚未毁灭,她还站在那里。

她知道片刻之后一切将烟消云散。

她不再努力思考应该写些什么,而是气急败坏地抓住浮现在脑海中的第一个念头,把它写下来。这个念头如同发自她内心的无声咆哮,充满反抗和挑衅的意味,足以对抗任何外来的毁灭。这一念头也是事实,她为之感到自豪与喜悦。她不仅接受了这一事实,而且全心全意地拥抱这一事实,她身上每一个火热的原子都欣然接纳它。她匆匆忙忙、稳稳当当地写下这一事实,力透纸背。她用的是大写字母,第一人称,现在时。

这一事实是起点,也是所有可能性的源泉。之前这一事实如同诅咒,现在却变为福泽。

这三个大字包含着力量,包含着多重宇宙的种种可能:

我活着

就在那一刻,大地剧烈晃动,所剩无几的午夜图书馆完全化为尘土。

苏　　醒

凌晨零点零一分二十七秒，诺拉开始呕吐，全都吐在身上盖着的羽绒被上，这也标志着她回到本源人生之中。

她还活着，但只剩下半口气了。

她难以呼吸，精疲力竭，浑身脱水。她挣扎着爬起来，颤抖的身躯沉甸甸的。她神志不清，胸口痛，头更痛。这是最糟糕的人生体验，然而她还活着，这正是她所希望的。

她拼尽全力想爬起来，这简直是无法完成的任务，然而她清楚自己应该起来。

她摸索自己的手机。她摸到了，然而那手机感觉那么沉重，滑溜溜的，根本握不住。手机落在地板上，不见了。

"救命啊。"她发出嘶哑的求救声，跌跌撞撞地朝门口走去。

玄关歪歪斜斜，仿佛暴风雨中的一艘船。她勉力走到门边，还好没有晕过去。她拔下门链，咬紧牙关把门打开。

"救救我！"

她走出门,身上穿着沾满呕吐物的睡衣。她没有意识到外面还在下雨。她东倒西歪地走下门前阶梯,二十七个小时之前,艾许正站在这里,告诉她她养的猫死了。

门外没有人。

她看不到一个人影。于是,她只得跟跟跄跄地朝班纳吉先生的房子走去。她头晕目眩,跌跌撞撞,最后终于按响了门铃。

房屋的前窗突然亮起了一方灯光。

门开了。

班纳吉先生没有戴眼镜。这个时候响起门铃声原本就让他迷惑不解,看到诺拉这个样子他更摸不着头脑了。

"对不起,班纳吉先生,我做了一件蠢事,你能不能叫救护车……"

"哦,老天,到底怎么啦?"

"求你了。"

"好的,好的,我马上叫救护车……"

00:03:48

这时诺拉不再勉力支撑,而是一头栽倒在班纳吉先生的门垫上。

天空渐暗

由蓝转黑

星辰依然

为你闪亮

绝 望 之 侧

萨特曾经说过:"生活始于绝望之侧。"

雨停了。

她身处室内,坐在病床上。她被送到一个病房里,吃了点东西,感觉好多了。在对她进行了体检之后,医护人员颇感欣慰。显而易见,感觉到腹部疼痛是意料之中的事。艾许曾告诉她胃每隔几天就会长出一层新内膜,她把这一事实告诉医生,希望能和医生套套近乎。

之后来了一个护士。那护士拿着一块记事板,坐在她的床上,问了一连串与她精神状态相关的问题。诺拉觉得在这种类似精神疾病鉴定的问询过程中不宜提起午夜图书馆的经历,于是她对此守口如瓶。多重宇宙的现实状况几乎不为人知,可想而知,国民医疗服务体系也不会将其纳入医保计划之中。

感觉一个小时就在这一问一答中过去了。这些问题包括用药、她母亲的离世、福子、失业、确诊情境性抑郁以及因金钱引发的焦虑。

"之前你有做过类似的事吗?"护士问道。

"这一辈子里没有过。"

"你现在感觉如何?"

"不知道,感觉有点怪怪的,不过我不想死了。"

护士在表格上匆匆记下。

护士离开之后,她看向窗外,看那树木在午后的和风中轻舞摇曳。此时正值交通高峰期,她看到远处的车辆首尾相接,正沿着贝德福德环城公路缓缓挪移。那不过是树木、车流和平平无奇的建筑物,然而那却是所有的一切。

那正是生活。

过了一会儿,她删除了发表在社交媒体上的自杀帖,一时间的多愁善感促使她又写下了一些文字。她给这些文字取了一个标题——《我所获得的感悟》,作者署名为"曾经历过每一种人生的无名之辈"。

我所获得的感悟
（by 曾经历过每一种人生的无名之辈）

我们总会痛悼那些未曾经历过的人生。我们希望能发掘自身其他才能，接受不同的机会；我们希望自己工作更努力，爱得更投入，理财更精明；我们希望自己更受欢迎，希望自己没有退出乐队；我们希望澳大利亚之旅得以成行，别人邀请自己喝咖啡时没有推辞，或者进行更多的瑜伽运动……

想念未曾结交的友人，惦念未曾做过的工作，思念未能与之成婚的对象，怀念未曾诞育的孩子，动动这样的念头实在不费吹灰之力。我们可以轻而易举地透过他人的目光审视自我，唯愿自己不负众望，一人千面，成功扮演一个个不同的角色。我们会为此心生悔意，沉浸在无穷无尽的悔恨之中，直至自己的时间所剩无多。

我们为自己未能经历的人生而追悔莫及，然而真正的问题并不在于那些你未曾拥有的人生，而在于悔恨本身。悔恨让我们萎靡凋零，以为自己正是自我和他人的死敌。

我们无法得知那些别样人生究竟是更美好还是更糟糕。没错，那些人生是真实存在的，而你也是真实存在的，我们所要关注的正是你的存在。

显而易见，我们的足迹无法遍布世界各地，我们也不可能和每一个人结识，做每一份工作。然而，无论我们经历的是什么样的人生，从中获得的大部分感受依然是相通的。我们无须参加每一场比赛便可品尝赢得比赛的滋味，我们无须聆听世上所有的音乐便可领悟音乐的真谛，我们无须品尝产于世界各地的每一种葡萄酒便可领略葡萄美酒的香醇。爱、欢笑、恐惧、痛苦，所有这些皆是相通的。

我们只需闭上双眼，品尝面前饮品的滋味，当歌声响起时侧耳聆听。我们真真切切、实实在在地活着，其真实程度不亚于任何一段别样人生，而我们还能感受到相同的喜怒哀乐。

只需身为一人，感受一段人生。

无须为了体验一切而去做每一件事，我们自身即蕴含着无限可能。只要我们还活着，我们就拥有无限未来。

让我们善待一生中遇见的人。让我们偶尔抬头仰望，因为无论你身在何时何地，头顶皆是延绵无尽的天空。

昨天我认为自己已经没有未来，要我接受眼前的人生是绝无可能之事。然而到了今天，尽管这人生依然是一团糟，却仿佛充满了希望和可能。

我猜想，正是因为我还活着，这不可能之事才成为可能。

我的人生能否奇迹般地告别痛苦、绝望、悲伤、心碎、艰难困苦和孤独沮丧？不能。

那我想活下去吗？我想。我想。

即使说上一千次，答案也是毫无疑问。

理解人生 vs. 活在当下

几分钟之后,她哥哥来看她了。他收到了诺拉发给他的语音信息,在凌晨零点零七分的时候他回了一条短信:"你还好吗,小妹?"之后医院联系上他,他立马跳上第一列离开伦敦的火车,前往贝德福德。在圣潘可拉斯车站等车的时候,他还为她买了最新一期的《国家地理》。

他把那本杂志放在诺拉的病床边:"你以前挺喜欢这本杂志的。"

"我现在还喜欢。"

能见到哥哥真好。他那粗粗的眉毛和透着几分勉强的微笑并没有变。他走进病房时低着头,姿态略显笨拙。诺拉之前曾在两种人生中见到自己的哥哥。和那时候相比,现在他的头发显得更长。

"很抱歉最近没和你联系,"他说,"事实并不像莱文说的那样。我不再想迷宫乐队的事了。这段时间我过得不如意。妈妈去世之后,我碰到了一个人,之后我和他分手了,弄得一团糟。我不想和你谈起这件事,事实上,我不想和任何人谈这件事。我只想喝酒,而且我喝得太多了。这才是真正的问题。不过我已经开始寻求帮助解决这个问题了。这几个星期我都没有喝过一杯酒。现在我还去健身房运动,一切也恢复正常了。我还参加了交叉训练健身课。"

"哦,乔,真是不幸。听说你跟人分手我很难过,我为你的所有遭遇感到难过。"

"你是我唯一的亲人了,小妹,"他的嗓音微微有些变调,"我知道此前我没有珍惜你。在成长过程中,我从来都不是最优秀的那个。可是我也有自己的问题。我得照爸爸说的做,我不得不隐瞒自己的性向。我知道你过得不如意,可我也一样。你什么事都做得很好,读书、游泳、音乐……我比不过你。而且你也知道爸爸是什么样的人。他认为男子汉就应该是那样的,而我还不得不拼尽全力,迎合他的假想。"他叹口气:"这真是太奇怪了,同一件事在我们各自的记忆中居然是不同的。不过不管怎样,别离开我,好不好?退出乐队是一回事,而离开这个世界……我可真是受不了。"

"只要你不离开我,我也不会离开你的。"她说。

"我向你保证,我哪儿也不去。"

她想起之前在摇滚明星人生中,她在圣保罗听说自己的哥哥因吸毒过量而离世时心中涌起的哀痛。她让乔抱抱她。乔小心翼翼地照她说的做了。她感受到哥哥身上散发出充满生机的暖意。

"你当时想跳到河里救我,谢谢你。"她说。

"什么?"

"我一直以为你没有打算救我,可你的确想要救我,只是当时他们把你拉回来了。谢谢你。"

乔恍然大悟,总算明白她在说什么。可同时他又有点摸不着头脑,当时诺拉朝彼岸游去,她又怎么知道此岸上发生的事?"啊,小妹,我爱你。那时候我们都是年纪轻轻的小傻瓜啊。"

乔离开了一个小时。他向诺拉的房东讨来钥匙,为她取来衣物和手机。

她拿起手机,看到伊芷回了一条信息:抱歉,昨晚到今早我都没有回复。我想和你正正经经地聊一聊,从头聊到尾,聊他个天翻地覆!你怎么样了?我想你。还有,六月份我就回英国了,这次回来就不走了。想你,朋友。我还有一大堆座头鲸的照片要发给你。伊芷。

诺拉很高兴,忍不住发出一声轻笑。

她回复了一条信息。她心想:有意思,有时候生活一直都躲在拐角处等着你,等你转过弯,出现在眼前的一切都焕然一新。

她浏览国际极地考察站的脸书主页，看到一张照片。她认出了照片上的女人，那正是曾经和她同住一个船舱的英格莉德，她正和野外科考小队的队长彼得一起，用一个细长的钻探测量仪测量海冰的厚度。主页上还有一个文章链接，文章的标题是"国际极地考察站的研究证实最近十年是北极地区有记录以来气温最高的十年"。诺拉分享了链接，还留下一条评论："加油！"她决定等挣到钱之后，她要给这个考察站捐款。

医生认为诺拉可以回家了。她哥哥在优步（Uber）上叫了一辆车。在他们离开医院停车场的时候，诺拉看到艾许开车来到医院。今天他肯定是上晚班。在这种人生中，艾许开了一辆不同的车。诺拉朝他微笑，可他并没有看到她。她希望艾许幸福，她希望今天当班的时候只有一台简单的胆囊手术在等着他。或许周日的时候她要去看看贝德福德半程马拉松，看看艾许跑步。或许她可以邀请艾许喝杯咖啡。

或许……

她和哥哥坐在车子的后座上。哥哥告诉诺拉，自己正在找一份适合自由职业者的工作。

"我打算做个音效技师，"他说，"只是模模糊糊有这种想法。"

听到这话诺拉很开心。"哦，我觉得你应该做个音效技师，我觉得你肯定会喜欢这工作的。我也说不上为什么，只是一种感觉。"

"好吧。"

"我的意思是……这工作或许不如国际摇滚巨星那样风光，不过可能……更安全，也可能更幸福。"

她这话说得没头没尾，乔并不相信她的话。不过他还是面露微笑，自顾自地点点头："说实在的，哈默史密斯有家录音棚正在招音效技师。那地方距离我住的地方很近，只要五分钟就能到达。我甚至可以走路去。"

"哈默史密斯？哈，没错，就是那里。"

"什么意思？"

"我只是觉得听起来很顺耳——哈默史密斯，音效技师，光听听这两个词就觉得你一定会幸福的。"

乔哈哈大笑："好吧，诺拉，好吧。我有没有和你说起那间健身房？正好就在我的住处隔壁。"

"哦，太棒了！有没有碰到合适的人啊？"

"说实话，还真有。他叫作埃文，是一个医生。他也去上交叉训练健身课。"

"埃文！对啦！"

"什么？"

"你应该和他约会。"

乔笑了起来。他以为诺拉在拿他打趣："我还拿不准他是不是同性恋呢。"

"他就是!他绝对是个同性恋,他绝对喜欢你。埃文·朗格福德大夫。约他出来吧,你信我好了!那将会是你做过的最正确的一件事……"

她哥哥哈哈大笑。这时候车子已经开到班克罗夫特大道33A号门前。诺拉身上没带钱,也没带钱包,于是乔付了车钱。

班纳吉先生正坐在窗前看书。

诺拉从车里出来,站在街上。她看到哥哥一脸惊诧地盯着手机。

"怎么了,乔?"

乔几乎说不出话来:"真的是朗格福德……"

"什么?"

"他真的是埃文·朗格福德大夫,之前我都不知道他姓什么,可当真是他。"

诺拉耸耸肩:"这就是兄弟姐妹之间的心电感应。加他好友吧,关注他吧,不然直接给他发邮件,尽你所能去联系他。当然了,不要未经他同意给他发裸照。不过我可以告诉你,他就是你的真命天子,真的。"

"可是你怎么知道他姓什么?"

诺拉挽住哥哥的手,她知道眼下她无法给出合理的解释:"你只管听我的好了,乔。"这时候她想起午夜图书馆的艾尔姆太太曾说过一句带点"反哲学"意味的话，于是把这句话照搬过来："你无须理解人生，你只需活在当下。"

她哥哥朝班克罗夫特大道 33A 号的大门走去。诺拉环顾四周，看看那一栋栋连排房屋，看看立于苍穹之下的树木和路灯。她为自己身处其间而感叹不已，长长地舒了一口气。她仿佛是头一次见到眼前的景色。或许在这些房屋里也有另一个"潜入者"，正在体验第三种、第十七种甚至是最后一种人生。或许她可以发现这样的人。

她看向 31 号。

当班纳吉先生透过窗户，看到诺拉安然无恙，他的脸上渐渐散发出光芒。他面露微笑，嘴唇动了几下。诺拉看得出他说了一句"谢谢你"，仿佛看到诺拉还活着就足以让他心满意足。诺拉打算明天拿点钱去园艺中心，给班纳吉先生买一株鲜花，装点他的花圃。就买毛地黄吧，她觉得班纳吉先生会喜欢毛地黄的。

"不要谢我，"她朝班纳吉先生叫道，给他抛个友好的飞吻，"应该我谢谢你，班纳吉先生！谢谢你所做的一切！"

他脸上的笑容变得更灿烂了，他的眼眸饱含慈爱和关切。而诺拉想起了关爱别人和被别人关爱的滋味。她跟着哥哥，朝公寓走去，准备进行清理打扫。在进门前，她还不忘看一眼班纳吉先生花园里那一簇簇鸢尾花。之前她无法领略这种花的美，可现在那鸢尾花却让她心醉神迷。她从未见过如此细腻艳丽的紫色。这些花朵展现的并不仅仅是娇艳的颜色,而是一种语言,一阕华美乐章中的音符,就如同肖邦的音乐一样铿锵有力。这些花朵无声地揭示了生活中那令人赞叹不已的奇美壮丽。

火　山

当你发觉你想逃离之处正是你想要去的地方，你会有意外的发现。把你困住的不是监狱，而是你对事物的看法。诺拉经历过的人生天差地别，然而感知上最剧烈的变化却是在她再次进入同一人生时发生的——对于诺拉而言，这也是最为奇特的发现。她回到了自己的本源人生中，她将始于此，终于此。

之所以会产生这种最重大、最深远的变化，并不是因为她变得更富有、更成功，也不是因为她声名鹊起，也不是因为她去到斯瓦尔巴特，置身于冰川和北极熊之间。而是因为她在同一张床上睁开双眼，看到自己身处同一间邋遢潮湿的公寓里，看到房间里像以前一样，摆着同一张破旧的沙发、一盆丝兰、几盆微型仙人掌和书架，还有那从未派上用场的瑜伽训练手册。

还是那些书和那架电子琴，猫咪不在了，还是没有工作——一切还是老样子。她前面的人生仍然充满了未知。

然而，一切却变得大不相同了。

之所以会发生这样的变化，是因为她不再为别人的梦想而活。以前，她以为人生唯一的圆满在于变成假想中那个完美的女儿、完美的妹妹、完美的搭档、完美的妻子、完美的母亲、完美的员工……而不是做一个纯粹的人。现在，她已经把这种想法抛到一边，她打算为自己而活，为自己负责。

之所以会发生这样的变化，是因为她还活着，她曾经与死神擦肩而过，现在又活过来了；是因为她已经做出选择，她选择活下去；是因为她已经体验到人生的浩渺无际，而在那浩渺之中她发掘出自己的潜能——她不仅有能力做那么多的事，还有能力感受到这一切。她原来的人生如同一阕平凡单调的乐曲，充满压抑沮丧的旋律，偶尔还会蹦出几个绝望的音符。然而现在她发现自己的人生还存在其他音阶和乐章。这让她充满希望，为自己身处这种人生中而心怀感激。她知道自己可以抬头望望那灿烂的苍穹，观看莱恩·贝利主演的无聊喜剧，听听音乐，和人聊天，感受自己的心跳……而所有这一切都让她乐在其中。

之所以会发生这样的变化，最重要的一点是因为那本沉重而令人痛苦的《遗憾之书》已经完全化为灰烬。

诺拉正在用简洁的文字撰写一份钢琴课招生广告，这时候手机响起。她拿起手机，对方说："嗨，诺拉，我是多琳。"

听到多琳的声音让诺拉惊喜不已:"啊,多琳!前几天上课时我不在家,实在不好意思。"

"过去的事就让它过去吧。"

"我不想为自己找借口,"诺拉一口气说下去,"不过我还是要说以后再也不会出现这种情况了,我可以向你保证。如果你还打算让里奥跟我学琴,我保证一定不会放你们鸽子。我不会让你们失望的。不过如果你决定不让里奥跟我学琴了,我也能理解。可是我还是要告诉你,里奥拥有非凡的音乐天赋,他对钢琴很有感觉。他可以成为一个职业钢琴家,他可以去皇家音乐学院学习音乐。我想说的是,如果他不再跟我学琴,我还是希望他能继续下去,跟别人学琴。我想说的就是这些。"

接下来是长久的沉默,只听得到手机的电磁声。

多琳终于开口了:"诺拉,亲爱的,你用不着长篇大论地说那么一番话。其实是这样的:昨天我和里奥一起去镇上,在博姿专卖店买洗面奶的时候,他问我:'我还是能继续学琴的,是不是?'那么下周我们能继续上课吗?"

"当真?真是太棒了!那我们下周继续吧。"

诺拉打完电话,在电子琴前坐下,即兴弹了一支她从未弹过的曲子。她喜欢这支曲子,她打算把它记下来,再配上歌词。或许她能把它谱写成一首真正的歌曲,放到网上。或许她能谱写更多的歌曲。或许她能筹到足够的钱,申请攻读硕士学位。或许她既能谱写歌曲又能继续学业。谁说得准呢？在她弹琴的时候，她的目光落在那本杂志上，那是乔给她买的杂志。摊开的杂志上有一幅照片，那是印度尼西亚的喀拉喀托火山。

火山是一个矛盾集合体。它既象征着毁灭，又象征着生命。一旦火山熔岩流速放缓，开始冷却，它会慢慢凝固。随着时间流逝，凝固的熔岩会破碎分解，化为肥沃的土壤。

她决定了，她不是黑洞，而是火山。她不能逃离自己，她必须留在那里，照看这片荒芜之地。

她可以让自己的心田长出一片森林。

终　　局

和午夜图书馆的艾尔姆太太相比，眼前这个艾尔姆太太看起来衰老得多。她一脸倦容，布满皱纹的脸庞如同一张地图，原本花白的头发现在变成稀稀疏疏的银丝，手上还长着老人斑。不过她的棋艺不减，和多年前在海泽尔登中学图书馆的时候没什么两样。

橡树叶养老院也有棋盘，不过那棋盘早已布满灰尘。

"这里没人下棋，"她对诺拉说，"你能来看我，我很高兴。这的确是一个惊喜。"

"如果你乐意，我可以天天来，艾尔姆太太。"

"叫我露易丝吧。你不用上班吗？"

诺拉微微一笑。昨天她拜托尼尔把那张钢琴课招生广告贴在弦理论乐器店里，现在已经有许多想学琴的人和她联系了。"我教人弹琴，隔周周二的时候去无家可归者救助站做义工。不过我总能抽出一个小时的……说实话，我也找不到人和我下棋。"

一抹疲惫的笑容爬上艾尔姆太太的脸庞："好啊,那很好。"她的目光透过房间的那扇小窗,看向窗外。诺拉循着她的目光看过去,看到一人一狗。那个人和那条狗她都认得。那是迪伦在牵着莎莉遛弯。莎莉就是那条紧张兮兮的牛头獒,身上还有被烟头烫伤留下的伤疤。它对诺拉颇有好感。模模糊糊的念头浮现在诺拉脑海之中:或许她的房东会允许她养一条狗呢?毕竟,他之前曾经允许她养猫。不过还是等她缴齐房租再说吧。

"待在这里感觉很孤单,"艾尔姆太太说,"就只是呆坐着。感觉棋局已经结束,我就像个孤零零的'王'留在棋盘上。我不知道你记忆中的我是什么样子的,不过在学校之外,我总是……"她犹豫了一下,接着说道:"……总是让人失望。我向来不是一个好相处的人。我做了一些让我后悔莫及的事。我是一个糟糕的妻子,有时候也算不上是个好妈妈。其他人都不大想理我了,而这也不能完全怪他们。"

"你对我很好,艾尔姆……露易丝。当我在学校碰到困难的时候,你总是会安慰我。"

艾尔姆太太深吸几口气,平复呼吸:"谢谢你,诺拉。"

"而且你现在也不是棋盘上一个孤零零的'王'了,一个小卒子已经来到你的身边。"

"你从来都不是小卒子。"

艾尔姆太太下了第一步棋。她将一个象推到一个占据优势的位置,她的嘴角浮现出一抹浅笑。

"看来这盘棋你会赢的。"诺拉说。

艾尔姆太太的眼中突然闪现出勃勃生机,她的眼眸闪闪发亮:"这正是象棋的美妙之处,不是吗?你永远不知道终局是什么样的。"

诺拉低头看看自己所有的棋子,思索下一步该怎么走。她的脸上露出微笑。

The Midnight Library © Matt Haig 2020
Copyright licensed by Canongate Books Ltd.
arranged with Andrew Nurnberg Associates International Limited
Simplified Chinese translation copyright © 2023 Ginkgo (Shanghai) Book Co., Ltd.
All rights reserved.

本书中文简体版版权归属于银杏树下（上海）图书有限责任公司。
著作权合同登记图字：22-2022-124号

图书在版编目（CIP）数据

午夜图书馆 /（英）马特·海格著；梁颂宇译. --贵阳：贵州人民出版社，2023.4（2025.4重印）
ISBN 978-7-221-17478-9

Ⅰ.①午… Ⅱ.①马… ②梁… Ⅲ.①长篇小说—英国—现代 Ⅳ.①I561.45

中国版本图书馆CIP数据核字(2022)第213557号

WUYE TUSHUGUAN
午夜图书馆
[英] 马特·海格 著
梁颂宇 译

出 版 人　朱文迅	选题策划　后浪出版公司
出版统筹　吴兴元	责任编辑　徐小凤
特约编辑　王 頔	装帧设计　墨白空间
责任印制　常会杰	

出版发行　贵州出版集团　贵州人民出版社
地　　址　贵阳市观山湖区会展东路SOHO办公区A座
印　　刷　河北中科印刷科技发展有限公司
经　　销　全国新华书店
版　　次　2023年4月第1版
印　　次　2025年4月第3次印刷
开　　本　889毫米×1194毫米　1/32
印　　张　13
字　　数　236千字
书　　号　ISBN 978-7-221-17478-9
定　　价　56.00元

读者服务：reader@hinabook.com 188-1142-1266
投稿服务：onebook@hinabook.com 133-6631-2326
直销服务：buy@hinabook.com 133-6657-3072
官方微博：@后浪图书

后浪出版咨询(北京)有限责任公司　版权所有，侵权必究
投诉信箱：editor@hinabook.com　fawu@hinabook.com
未经许可，不得以任何方式复制或者抄袭本书部分或全部内容
本书若有印、装质量问题，请与本公司联系调换，电话010-64072833

《活下去的理由》

著者：[英] 马特·海格（Matt Haig）
译者：赵燕飞

书号：ISBN 978-7-2100-9714-3
出版时间：2018年1月
定价：38.00元

☆ 这是一本用痛苦写就，却能让人走出痛苦的书

☆ 新锐小说家马特·海格以文学手法剖白自身心理困境，再现一段克服绝望、走出抑郁的生命之旅

内容简介 |

24岁时，作者马特·海格不幸被命运选中，成为抑郁症患者。本书讲述了这个并不比任何人坚强的年轻人，一点一滴克服精神上的极度痛苦，从绝望中活下来的故事。

在《活下去的理由》中，马特一面以文学手法精确再现那些不被理解、无法言说又撕心裂肺的精神痛苦，代抑郁症患者发出那些不曾被世界听到的呼喊；一面又用举重若轻的笔调，讲述他在爱的陪伴下一次次击退黑暗的经历，向读者分享了一场绝望与希望并存、黑暗和温暖交织的生命之旅。

著名演员乔安娜·林莉称这本书"甚至能救活几条人命"，亚马逊读者称"想把这本书拿给所有人看，因为它说出了自己无法表达的心声"。